[鹿小姐书系]

第3650次喜欢你 2

无影有踪 ——著

The 3650th time I like you

江苏凤凰文艺出版社
JIANGSU PHOENIX LITERATURE AND ART PUBLISHING, LTD

图书在版编目（CIP）数据

第3650次喜欢你．2 / 无影有踪著．--南京：江苏凤凰文艺出版社，2018.10

ISBN 978-7-5594-2716-8

Ⅰ．①第… Ⅱ．①无… Ⅲ．①长篇小说—中国—当代 Ⅳ．①I247.5

中国版本图书馆CIP数据核字（2018）第182754号

第3650次喜欢你．2

作　　者　无影有踪
责任编辑　丁小卉　姚　丽
总 策 划　周　政
出版监制　杨翔森　曾筱佳
项目总监　猫懒懒
特约编辑　唐叨叨
封面设计　小　乔
版式设计　李映龙
封面绘制　潘　冉
责任监制　刘　巍　江伟明
出　　品　大周互娱
出版发行　江苏凤凰文艺出版社
出版社地址　南京市中央路165号，邮编：210009
出版社网址　http://www.jswenyi.com
印　　刷　湖南凌宇纸品有限公司
开　　本　880mm×1230mm　1/32
字　　数　268千字
印　　张　9
版　　次　2018年10月第1版　2018年10月第1次印刷
书　　号　ISBN 978-7-5594-2716-8
定　　价　36.80元

目录

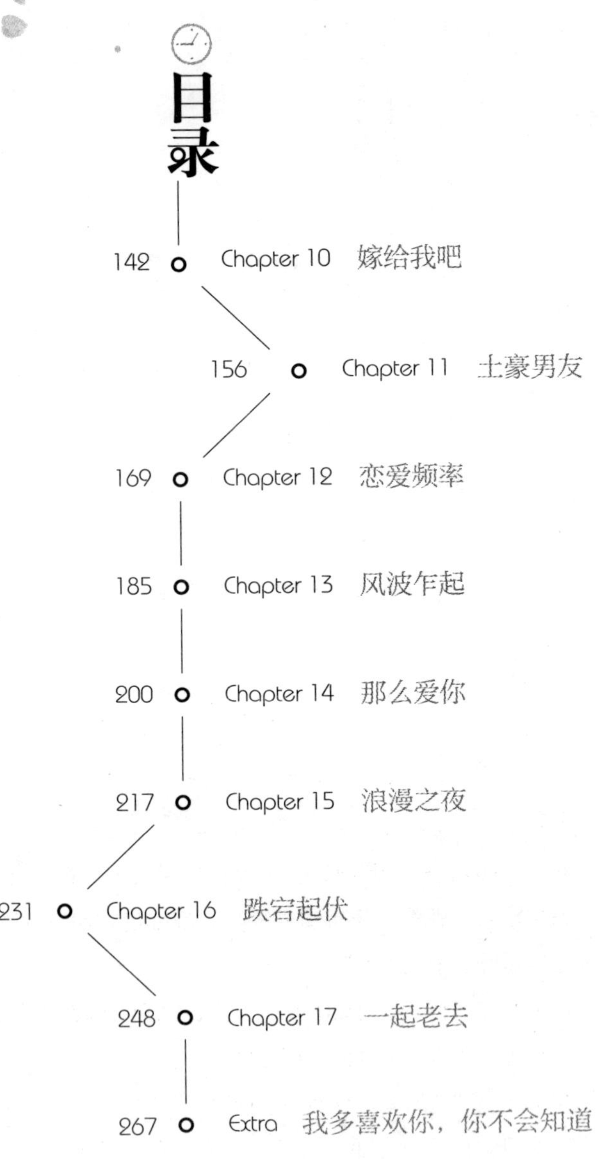

目录

Chapter 1　爱之体验

感情啊，真是一种奇怪又奇妙的东西。
轻易挑起无数情绪，又轻易化解无数情绪。

前一刻还觉得他傲娇又蠢，这一刻，她很想取代那个惹他发火的女人，千哄万哄都乐意。

“滚！”褚灵均骂道，转身就走。

“……”这个男人嘴也太贱了，长得帅就能恃帅行凶啊？

车内女人不甘示弱，怼回去：“狗脾气，活该你被女人甩！”

褚灵均离去的脚步一顿。

对方再接再厉，嘲讽道：“快两米的大老爷们，一点心胸气量都没有，跟自己女人怄气，还等着人来哄。我都替你媳妇抱不平，她是找了个老公还是养了个儿子？”

褚灵均这暴脾气，这要不是个女人，他分分钟就得去揍人。

可她是个女人，她那些话还分外……

原本怒气冲冲的他，反而被怼得冷静下来。

他给卫驰打了个电话，接通后，那边声音很嘈杂。褚灵均道：“不管你在干什么，停下来，认真听我说话。”

“怎么了，这是？”卫驰调侃道，“跟女朋友闹别扭了？”

“……”

“猜对了。”卫驰笑。

这万家灯火时，他不跟白月光你侬我侬，给他打热线电话，用脚指头想想也知道是感情问题。他褚霸王现在在圈子里是出了名的见色忘义。有了白月光，兄弟什么的，都是浮云，饭局酒局什么的，统统靠边站。

褚灵均有点尴尬，但现在除了这身经百战的兄弟，他也不知道该找谁分析问题了。

他三言两语把事情经过说清楚，末了愤愤道：“老子恨不得把心掏给她，她倒好，跟做生意一样！一笔一笔算得清清楚楚，连本带利还了回来！”

褚灵均说起来就窝火，一只手扯着领结，缓解那种快要窒息的难受。“你说她到底怎么想的？她是不是真心喜欢我？”

原本也有烦心事的卫驰，听到褚灵均说这些，莫名舒坦了些。

果然，压抑的情绪要靠兄弟更压抑的情绪来调节，这就是兄弟的最大作用。

他呵呵笑道：“亏你还自称霸霸，你知道你现在像什么吗？自卑又猜忌的蠢货。”

“你……”褚灵均想要爆粗了。

卫驰安抚道：“我理解你，到底是喜欢太久求而不得，缺乏自信，患得患失。”

“……”褚灵均突然就哑口无言。

患得患失，这四个字，真的是又狠又准地戳着心窝子来的。

“不自信就成了过度自尊过分强势。”卫驰作为局外人，平静地为他分析，“曲玥做的事没有错，相反，错在你过度解读。如果她不喜欢你，何必在乎你怎么看她？尽情享用你的资源，尽情捞好处，你是没在外面玩过，不知道那些傍金主的女人是什么样的。可怜她一片良苦用心，还被你骂得狗血淋头……那些钱对你来说屁都不是，但对曲玥来说关系重大，懂？”

褚灵均：“……”

“你跟她从来不是一个阶层的人。”

“少说废话！”褚灵均怼回去。

他很烦这种论调，什么阶层不阶层，曲玥是他这辈子最爱的唯一爱的女人！就算她惹到他，让他气急败坏，也无法影响他对她的爱。

“亲测鉴定，褚霸霸爱商为负。”

褚灵均挂断电话，不想再闹心了。

另一边酒吧里，周筱悠跟卫驰这拨人一起玩，大概听到卫驰正在对褚灵均进行感情教育。

“奔三的男人，谈恋爱一点都不成熟。”周筱悠啧了声，“心疼我玥玥，谈了个嚣张跋扈的大少爷，憋屈。”

卫驰道：“该有的经历还是得有，不然就是一张白纸，他现在跟个十几岁的毛头小子没差别。”

周筱悠挑眉看他，眼神意味深长，笑道：“所以你是经验丰富咯？”

虽然褚灵均没有深入体会卫驰的话，但有一点他也意识到了，他不该发火。

随着时间推移，褚灵均的情绪冷静下来，加之分开的想念，他后悔了。他也意识到，不该这么粗暴地发火。现在闹成这种局面，彼此都难受。

褚灵均往餐厅里去，当他再次来到刚刚的位置，已经换成了另一对情侣。他去前台找服务员问，又找到经理，最后得知曲玥今晚在这里订了房间，而且是情侣主题房。

褚灵均这个心情……酸爽得一言难尽。

原来他的白月光，除了烛光晚餐，还准备了浪漫之夜……

褚灵均急忙上楼去找人，他真的是肠子都悔青了，恨不得扇自己几巴掌。

叫你暴躁！叫你发火！叫你狗脾气！

褚灵均来到曲玥房门外，敲门前又顿住，深呼吸，调整表情。

有点忐忑，他对着门自言自语演练："刚才言语过激，是我不对，我就这臭脾气，你别跟我计较……你要不原谅我，今晚我就守在门外不走了！"

褚灵均敲门。没人应。接连敲了几下，还是没人应。

他叫来酒店工作人员，打开房间，房内空无一人。

二十分钟前，曲玥还在房间里。她坐在观景阳台上，喝着红酒，远眺城市繁华的五光十色。手机始终捏在手中，想给他打电话，又控制着自己。该说的已经说了，再打过去又能说什么呢？

她知道他强势，他从来都是横行霸道、说一不二。可是，随着两人感情加深，成了恋人关系……随着他总是哄她宠她，跟大男孩一样对她展现出可爱的一面……

感情不一样，心态不一样，一切都不一样了。如今他对她发火，她会很难过很委屈。

曲玥把一瓶红酒喝完，还没有等到褚灵均的电话。

独自一人，她也不想继续待着了，拎起包，离开房间，下电梯。

在接待大厅，陆泽言看到独自前行的曲玥，叫道："曲玥？"

曲玥顿住步，回过头，陆泽言走上前。两相对视，曲玥眼里还泛着水光，刚刚喝完酒，脸颊嫣红，美中带媚。一袭红色连衣裙，勾勒着玲珑有致的身段，明明清新脱俗，却又跟妖精一样勾人。

陆泽言暗吸一口气。他一直知道这个女人很美，而且美得很对他的胃口。可他真没想到，她能一次又一次对他形成冲击。不过他是陆泽言，是千亿集团创始人，不是面对美色就昏头的毛小子，更不是只会下半身思考的动物。

纵然内心波澜乍起，脸上只淡淡微笑："一个人吗？"

曲玥点头。本来是两个人，现在是一个人了。

"我刚忙完，正巧也是一个人。要不一起坐坐？"陆泽言笑道。

曲玥其实没有心情，现在只想一个人待着。

可是，对方是谁？陆泽言。甲方爸爸！

她微笑点下头。

两人在三楼的露天花园酒吧，找了个角落的位置坐下。

侍者呈上菜单时，曲玥给自己点了一杯热饮。陆泽言挑眉，笑道："我以为你会跟我喝两杯，庆祝合作愉快。"

曲玥解释道："晚餐时喝了酒，胃不太舒服，想喝点热的。"

本身就喝了酒，现在单独跟异性相处，自然不会再碰酒。

"嗯。看出来你喝了点。"陆泽言不以为意，也点了一杯热饮。

侍者退去，陆泽言调整状态，尽量忽视她的美丽，开口道："上次的招标，我得谢谢你。"

曲玥不懂了。她沉默看他，等待下文。

"谢谢你对金湖的信任，用品质和效益胜出。这段时间我对反腐放松了，内部管理力度不够，你给我提了个醒。"

曲玥很快明白了，看来之前的确有内定。她微笑道："那我更要谢谢陆总，给我们小企业发光发热的机会。"

"曲玥，我很看好你。你的公司已经上了轨道，聘请职业经理人足以胜任。我觉得你可以有更大的作为。"陆泽言看着她说，撇开美色，眼里是对人才的欣赏。

"除了暖通，我们可以有更多领域的合作。"

曲玥渐渐睁大眼。陆泽言这是对她抛出橄榄枝？

陆泽言说："我新设立的金融平台，最近正在招贤纳才，你有兴趣的话可以考虑看看。"

曲玥在惊愕过后，微微笑起："因为我男朋友是褚灵均吗？"

她的专业和从事行业，跟金融没有半毛钱关系。她知道这是一个极有门槛的圈子。那些金融高才生，大多家境优渥，都是用钱堆出来的眼界和资源。她何德何能，怎么可能被他看上？

思来想去，唯有一个可能性，褚灵均。他这个男朋友，虽然把感情处理得一塌糊涂，但在金融圈里，却是呼风唤雨的人物，顶尖翘楚。听周筱悠说，想跟他吃饭的精英富商们排队拿号都不一定轮得上……

陆泽言坦然道："有部分原因，但不是全部。"

曲玥笑着无奈道："他擅长，不代表我擅长。"

"聪明人会以发展的眼光看问题。你身边有一个天才引路，加之你自身的实力，会成长得比谁都快。"陆泽言道。

曲玥眼神有点复杂，欲言又止。

陆泽言仿佛看穿了她那点小心思，笑道："资源也是一种本事，你不要小看。"

"嗯。"曲玥没有否认他的话，开口却是婉拒，"不过目前确实没有这方面的想法。"

"无碍。"陆泽言毫不介怀，脸上仍是笑容，"你如果有其他想法，欢迎随时来找我聊，我很乐于参与。"

"谢谢。"曲玥微笑，眼睛里像流淌着一条星河，明亮又清澈。

她只是静静看着他，静静地思考，没有谦卑造作，没有大惊小怪，更没有搔首弄姿，可就是这么的平静纯粹，他反而像是被撩拨了……

陆泽言端起茶杯，喝了一口，润了润干燥的嗓子。

放下杯子，他说："这跟褚灵均没有关系，是我对你能力的欣赏。"

曲玥点头，由衷道："谢谢。"

在此之前，陆泽言刚结束一场商务洽谈，原本是心生烦躁，不愿去酒局，选择独自放空。

遇到曲玥，两人坐在这里，看看风景聊聊天，他觉得很舒服。一种由身到心的放松，加之美好的视觉享受，让人流连不去。

两人聊到曲玥公司产品，陆泽言之前看过标书，有一定了解，说得头头是道，即便跨界也能给出精确点评。曲玥拿起手机，翻出相册，里面有一个合辑是专门放新产品设计图形。

曲玥递给陆泽言看："如果你们有更喜欢的，感觉更符合客户需求定位，可以随时调整方案，精细化定制。"

陆泽言接过手机，认真看了起来，忽而笑道：“贵公司的设计人员很具有审美水准。”

曲玥微笑，笑容里暗藏了那么一份开心和得意：“我是首席产品设计师。”

她常常跟技术人员泡在一起，研究设计的可行性。起初只负责美观，如今也算半个内行。

以前徐醒在的时候，中规中矩地做产品，不愿意花一些心思去做改变。她试过提出想法，他说她是绣花枕头华而不实不懂装懂。如今自己亲自掌管公司，从最初的懵懂，到后来不断精进产品，获得客户交口称赞，其中乐趣妙不可言。

陆泽言看了曲玥一眼，目光带着肯定和赞扬。

陆泽言欣赏那些产品样式时，曲玥去了一趟洗手间。电话铃声突然响起，来电显示“褚灵均”。陆泽言将手机调成静音。他没挂也没接，继续欣赏图片。

曲玥过来时，他将手机放下，扣在桌面，继续跟她聊天。

另一边，褚灵均一遍又一遍地给曲玥打电话。

明明打通了，怎么就没人接？这是没注意到手机，还是遇到了什么危险？

褚灵均在房里走来走去，焦虑地抓着头发。有过上次被人挟持的前车之鉴，他内心充满不安。他的白月光那么美，被不怀好意的人盯上怎么办……

接连打了五六次电话，还是没人接，褚灵均快要爆炸了。

他找到酒店管理人员，要求看监控。通过走廊的监控，他看到曲玥出现，那一刻连呼吸都屏住了。她进房间，出房间，进电梯，接着出电梯。再切换到大厅监控，他找到了曲玥和陆泽言碰面的画面……

经过工作人员分析，这两人可能是去了三楼的花园酒吧。

褚灵均迅速往那边赶去。

跟他吵完后，遇到陆泽言就跟人家约会，笑得那叫一个甜……

她心里还有他这个男朋友吗？！

他那么担心她，不停打电话，她置之不理……

如果说之前的吵闹让褚灵均很窝火，那这一次，他被伤得有点喘不过气……

原来他真的没有那么重要。他生气了，走了，她照样好好的，还能跟其他人谈笑风生。就连他打来的电话，她都能漠然置之。

褚灵均脑子里乱哄哄的，飞速赶往酒吧。

曲玥坐在茂盛的盆栽旁，正在吃东西，桌旁只有她一人。

褚灵均大步上前，坐在曲玥对面，沉声质问："陆泽言呢？"

曲玥愣神，抬头看他。

没想到他还会回来，而且找到这里来……

刚刚陆泽言有事先走了，而她到现在还没吃什么东西，胃里很难受，便点了份沙拉套餐，打算垫个肚子再走。

他一字一顿道："别以为我不知道，陆泽言刚刚就在这里！"

曲玥讶异，他怎么知道？

曲玥解释道："陆泽言刚刚有事先走了。"

他眯了眯眼，眼神阴沉沉的，声音冷到极点："打电话不接，知道我要来，就把他支开了？"

"你打电话了？"曲玥又是一愣。

她后知后觉地拿出手机，看到了一大串的未接来电。

"别给我装模作样！"褚灵均咬牙切齿。

虽然觉得她在装，可她这浑然不知的模样，倒让他心里好受了一些。

"不知道什么时候把手机调静音了，没注意。"曲玥如实解释。

看到他打那么多电话没接到，内心有些歉疚，她软声道："是我不对，疏忽了，让你担心。"

其实她一直在等着他的电话，现在看到他打了那么多电话，气势汹汹的出现在她眼前……她一点都不生气了，反而有种隐约的满足感。

褚灵均的满腔怒火，面对曲玥的温声软语，不知如何发作。

嘴里猝不及防被塞进来一块鸡肉，褚灵均差点哽噎住。他气急败坏地看着她，把鸡肉咬碎吞下。正要开口，又是一块牛油果塞过来……

她一脸若无其事，褚灵均觉得自己的杀气快要被耗尽了。

不等曲玥再次食物进攻，他豁然起身，避开投喂范围，冷道："我在跟你说话！"

"你不饿吗？一直生着气，没吃东西吧。"曲玥看着他，眼神平和，带有关怀，"先吃饱再说话？"

"我……"气势不能崩！不能崩！她才跟野男人约会，不能被糖衣炮弹糊弄过去！

褚灵均命令自己狠起心，绷起脸，冷道："你还知道我在生气？已经气饱了！"

曲玥"哦"了一声，无辜地看着他："可是我很饿……"

褚灵均被那眼神看得……狠起来的心瞬间软了。明明恨不得立马拖她走，身体却杵在原地不动，说："吃完了再算账。"

曲玥低头专心吃东西。他见她吃得差不多，终于出声催促："你好了没有？"

曲玥拿起纸巾，擦了擦嘴巴，拎包起身，优雅离去。

被无视的褚灵均："……"

很好很嚣张，居然敢挑衅霸王！

他三两步上前，将曲玥打横抱起，往酒店外走。走到车边，把车门打开，将曲玥放到副驾上，自己上了驾驶座。

车子以狂飙的速度回去。

周筱悠给曲玥打电话："哪儿呢？你跟霸霸吵架了？要不要过来一起玩啊？"

"你在哪儿？"曲玥问。

周筱悠："新光天地，这里新开一家酒吧，驻场的小哥哥好帅哦。"

曲玥看了褚灵均一眼说："小悠在新光天地等我，你送我过去好吗？"

褚灵均突然抢过曲玥的手机，对着那头道："我们要回去睡觉！单身狗，你自己浪！"说完摁了电话。

不等曲玥质问，他率先气势如虹道："这都几点了，还想着出去浪！周筱悠那单身狗，想怎么玩怎么玩，你能一样吗？你还有我，你晚上的时间是我的！"

"……"曲玥微微红了脸，别过脑袋去看车窗外，没吭声。

另一边，周筱悠听着嘟嘟嘟的忙音，悲愤地想，她要向关爱单身狗成长协会投诉这霸王！

褚灵均把曲玥带回家，才刚进门，就把她按在门上一顿猛亲。

曲玥被逼迫得方寸大乱，呼吸不稳。好半晌，他才放开她，喘着气，居高临下道："我跟你说，你是我老婆！就算咱俩生气、吵架、闹，你还是我老婆！"

男人潮红着脸，神情凶悍霸道，眼里却藏了些委屈："不能对其他男人放电！不能跟其他男人约会！这些是我的权利，我才能有的待遇！"

"你胡说什么，我没有放电，没有约会。"曲玥为自己辩解，"恰好遇到陆泽言，他是甲方，一起去喝茶而已。"

"我看到你对他笑了！笑得惹人犯罪！"褚灵均控诉。

就算知道她没有任何歪心思，可她笑得那么好看，她没有想法不代表别人没有啊！

"我……那只是礼貌微笑好不好？"

"不好！"褚灵均盯着她被亲得嫣红的唇瓣，再一次啃了上去。

这些都是他的，笑容是他的，吻是他的，人是他的，什么都是他的！

其他男人多看一眼，都是偷了他的！

曲玥被褚灵均亲得头晕目眩，差点喘不上气来。

他来势汹汹，简直像是要吃了她，而她毫无力气阻挡……

夜深了。

原本曲玥特地睡在次卧，想要两个人各睡各的，各自冷静。谁知道褚灵均洗完澡就跑过来，钻进她被窝不说，还双手双脚地缠住她。

不知道是这夜深人静火气降了，还是在自家床上抱着媳妇让人安心，褚灵均声音又低又软：“宝贝儿，不抱着你我睡不着……”

“谁是你宝贝儿，就知道对我吼！”曲玥哼声。

“我没有啊……就是有时候吧，控制不住，天生暴脾气……”褚灵均一脸无助，可怜巴巴道，“被设定成行走的炸药包，我也很绝望啊……”

曲玥差点被逗笑，努力憋着，说：“行走的炸药包，跟你可真贴切。”

褚灵均讨好地笑：“所以要靠宝宝多担待呀。”

之前的不愉快都无足轻重了。那时候的怒意、委屈、暴躁、气急攻心，在这夜深人静抱着心爱姑娘入睡时，统统如云烟散去。

感情啊，真是一种奇怪又奇妙的东西。

轻易挑起无数情绪，又轻易化解无数情绪。

半晌，曲玥忍不住开口：“你这样压着我，不好睡觉……”

不安分的褚灵均：“那就别睡了，咱们聊聊天。”

曲玥打了个哈欠：“我困了……”

独自一人在酒店时喝了些红酒，这后劲上来，实在困了。

曲玥任由男人跟树袋熊一样缠在她身上，没多久就睡过去了。

褚灵均毫无睡意。原本多好的浪漫之夜，那酒店情侣套房相当有情调……就这么被搅和了。

心痛。

听到曲玥均匀的呼吸声，他撑起身，借着稀薄的月光，静静看她。

越看越美，越看越着迷……

他低下头虔诚地用双唇去触碰……

曲玥睡得沉，他一步一步停不下来。

曲玥被一阵尖锐的剧痛惊醒。睁眼，看到上方的男人。

男人眼里火光跳跃，察觉她醒来，看着她，声音嘶哑：“可以吗……”

曲玥点头，明明额头在冒着冷汗，她伸手环上他，低低道：“喝了点酒，头晕……有点麻痹了……正好趁着这次……”脸颊越来越红，跟火烧一样。

褚灵均原本躁动不安的心，受到这鼓励，便一鼓作气。

曲玥闭上眼，下意识的，紧紧抓住他。

或者是今晚的酒真的有些麻痹作用……或者是她被这吵闹弄得心力交瘁，她想进一步，进一步黏合彼此，这样他会不会对她有更多的温柔和耐心，更多的理解和包容……

或许她只是看上去对感情很淡定，把工作放在很重要的位置。

或许她对他的依恋，已经超过了自己能把控的程度。

此时此刻，她真真切切地感受到那种你中有我我中有你的满足感和幸福感。

疼痛，没有关系。有疼，才有刻骨铭心。有疼，才有仪式感。

第一次结束后，她所有的感觉只有一个字，痛。

而褚灵均在放空后回过神，这才发现曲玥情况不对劲。

他心疼的心脏直抽搐，抓住她的手，很是懊恼地说：“是不是很痛……我送你去医院……我，我先去给你找止痛药……”

正要翻身下去时，被曲玥拉住了。她缓过一口气，声音像浸了水般温柔：“不用，没事的……过了就好了……”

褚灵均：“……”

真的过了就好了吗？

看他很不放心又不知道如何是好，变得有点呆愣，她扬起唇角：“笨蛋……有心思去找止痛药，还不赶紧拿热毛巾来……”

拥有一个这么心疼自己的男人，还有什么不满足的？

他很好，真的很好。

他让她知道，被全心全意爱着是这么幸福。

就算他有时候像个幼稚的男孩，会发脾气会暴躁会不讲道理……可是没关系，从来没有十全十美的人。她要的也不是十全十美，她有了褚灵均，特别满足。

幸福的日子过了没几天，曲玥要去周筱悠那里暂住了。周筱悠最近状态不好，说自己失恋了，强烈要求曲玥去陪她。好闺蜜的请求，无法置之不理。

褚灵均在曲玥要求下，送她去周筱悠那里。褚灵均安慰自己，为了不得罪老婆闺蜜，暂且分开几天，能忍！

但真要长治久安，还得一纸婚书了。于是，褚灵均思考，结婚的事情得尽快提上日程了。

曲玥收拾行李时，褚灵均守在一旁，这不让带那不让带。

她拿护肤品，他说："周筱悠那边都有，一起用就行，带来带去多麻烦。"

她拿书籍，他说："就住几天，能看得了多少，别带了，那么沉。"

她拿包包，他说："就手上提的那个通勤包就够了。"

曲玥看着自己收拾来收拾去还是很空的箱子，表示很无语。

那衣服……衣服总可以多带几件吧？不，褚灵均说："三套衣服，足够。"

"你去待几天就回来了，越简单越好。"褚灵均提起小箱子，"走吧。"

原本准备的24寸旅行箱现在换成了12寸的小箱子，里面的东西乏善可陈……曲玥觉得，她就该自己悄悄地走，不该让他送。

褚灵均拎着箱子上车，心情总算有了那么一丝舒坦。让她瓶瓶罐罐带一大堆去可不得了，那是要长住的架势。

就这么点家当，看你撑得了几天！褚灵均为自己的机智点了个赞。

周筱悠在家等着，特地准备了宵夜美食招待他们。褚灵均来了以后就像国王巡查领地一样，四下转了一圈，还去为曲玥准备的房间细致检查一番。

曲玥跟周筱悠坐在沙发上闲聊，褚灵均从房里出来时，周筱悠吐槽道："你当我这儿龙潭虎穴呢？"

褚灵均微微一笑："怕你在家藏了野男人。"

周筱悠一个抱枕甩过去："人送到了，您赶紧走吧，哪儿凉快哪儿待着去。"

褚灵均可不，他大摇大摆地往沙发上一坐。"我等你们准备睡了再走。"说着，身体靠向曲玥，搂上她的肩膀，一脸依依不舍，"要不我先陪你睡，等你睡着再走？"

"褚灵均，你搞清楚，"周筱悠抖着鸡皮疙瘩，"你们不是一起从你家住到我家！"

服了，这褚霸霸谈恋爱不仅掌控欲强，腻歪程度也是一流！

褚灵均眉目凉凉，淡淡道："我媳妇跟我在一起后，就没有自己睡过，不习惯怎么办？睡不着怎么办？"

"……"周筱悠无语。

"那你们自己商量，我先去洗漱了。"

周筱悠走后，褚灵均迫不及待地抱住曲玥，跟个大宠物似的嗅着亲着："宝宝，我先陪你睡着再走。没我在，你肯定得失眠。"

"并不。"曲玥清淡的声音仿佛一盆冷水兜头浇下，"我会睡得很好。"

褚灵均的表情稳不住了。为什么不按套路出牌！为什么不能走一个黏人女友的人设！

"不早了，你赶紧回去休息。"曲玥从褚灵均怀里逃脱，走到玄关处去开门，"快走快走，我送你出门。"

褚灵均瞧她这迫不及待的样子，气得牙痒痒："等一下，等周筱悠出来，我有个重要的事要跟她说。"

褚灵均面色严肃，曲玥以为是要说什么重要的事，便陪他一起等着。结果，周筱悠出来后，他说："这几天，你一定不能带男人回家！这里不能有男人的影子！"

周筱悠扯了扯唇角："OK，没问题。"

曲玥相当尴尬了，忙不迭把褚灵均拉走，一路送到电梯口，被他亲了又亲，总算是把人送走。

再回到屋内，周筱悠靠在沙发上，双手捧着脸，星星眼看她："玥儿，你越来越美啦！有男人滋润，果然就是不一样。"

平心而论，曲玥这段时间比刚分手时美多了。那时候心力交瘁，三观崩坏努力重建，在工作中忙得日夜颠倒。感情、金钱、事业的多重压迫，逼得她喘不过气，整个儿气色很差，一脸疲惫，痘痘频发，全靠天生丽质撑着不至于崩坏。

但现在不一样了，事业蒸蒸日上，感情有了寄托。男朋友帅气可爱又专一，日子就像泡在蜜罐里一样甜滋滋的。经济上不为债务操心，还有大把钱花。以前舍不得买的护肤品美容仪高档面膜，现在都舍得买了，还去健身房美容院办了卡。

如今气色好极，皮肤白皙通透，水灵饱满，清丽得像出水芙蓉。而那双灵秀妩媚的眼里，透着明亮的光，更是为她添上了动人的一笔。

这是一个美丽又幸福的女人，从外表便可得知。

曲玥坐到周筱悠身边，笑道："你的真命天子也会出现的！"

"哪有那么容易……"周筱悠轻叹。

身边的人来来回回不少，可没有哪个人，让她感受到挚诚又炙热的爱情。套路太多，令人厌烦。

褚灵均回家后，独自躺在床上，那个不习惯啊！那个煎熬啊！

是的，两人自从在一起后就睡一起了，每晚都抱在一起。他习惯了抱着那软玉温香的身体入睡，习惯了那淡淡的香气，习惯了那顺滑的长发，习惯了那凝脂的肌肤……那是一种难以言喻的美好和舒服，舒服到他睡着时唇角都是微微笑着的。

此时此刻，独躺空床，褚灵均恨不得冲去周筱悠家把人掳回来。

褚灵均捶着床，翻过来覆过去，怎么都睡不着，难受死了。

他实在绷不住，给曲玥打去一个电话。

曲玥已经躺在床上，半梦半醒间接起电话，打了个哈欠："还没睡啊？"

褚霸霸不开心了："你第一次跟我分开过夜，你都不想我吗？"

"想啊……想啊……"曲玥呢喃，"我去梦里见你哈……"挂电话，继续睡。

敷衍！太敷衍了！褚灵均愤愤丢开手机，压根就不想他！

可是他好想她啊……想到睡不着啊……

不知道翻滚了多久，还是睡不着。褚灵均捞起手机，自拍一张生无可恋的苦瓜脸，发到朋友圈，配字："失眠了。我老婆有毒。"

曲玥安稳睡到天亮，虽然睡前的确有些不习惯，但敌不过强大的生物钟力量，这一觉还是睡得不错。去公司的路上，点开朋友圈，看到褚灵均半夜发的自拍……一瞬间被雷得七窍生烟。那忧郁男孩的矫情自拍风，真的跟他大佬般凶悍凌厉的脸很不符合。再一看，时间差不多是半夜三点的时候。

"在干吗？"她给他发去信息。

半夜失眠的褚灵均，这会儿正呼呼大睡。

到了公司，没有回应，曲玥点了个视频聊天。

响在耳边的声音把褚灵均吵醒，他滑开手机，视频接通。

曲玥看到胡子拉碴的男人，吊着两个黑眼圈，眼眶都似凹陷了些，脸色很不好看……

她发现他好像躺在床上，便问："在睡觉？"

"啊……"

"那你赶紧睡，我不吵你。"

曲玥关掉视频。褚灵均气得从床上跳起来，已经吵醒了还要闹哪样！

他马上又发了一个视频通话，缠着曲玥一直聊，到她要开会的时候，她左哄右哄并答应一起吃晚餐才终于能把视频挂掉……

忙碌一天，快要下班时，秘书敲门进来："曲总，有人找你……"神色有些欲言又止。

"谁？"

"曲玥！"徐醒推开秘书，出现在门边，眼神恳切，"我就跟你说几句就走。"

曲玥本想质问他们怎么就随便让人过来了，但一想，这毕竟是徐醒创立并领导了几年的公司，他想进来还是不难。

曲玥冷着脸道："我不想听你说任何话。"

徐醒走入室内，走近办公桌，曲玥脸色越来越冷，他突然扑通一声，在她眼前跪下了。

"曲玥……救我一次，好吗……"

"看在我们几年情分，拉我一把……"

"我被逼到绝路了，我没办法……"

镜片后，那双斯文俊秀的眼，泪水滚落。

Chapter 2

越爱越甜

褚灵均是我的男神。
他超级有男人味，超级有风度，超级性感。
他最性感的地方是，他只在乎我的感受。

办公室内，曲玥面无表情地看着徐醒。

不久前，他还来公司张牙舞爪地叫嚣。

更久前，他把这家公司甩给她时，手握那家互联网公司得意洋洋地说，没了他这家公司迟早完蛋。

没想到现世报来得这么快，完蛋的不是她，是他。

她一直觉得，以徐醒这种投机方式做事业不会长久，所以这一天只是早来和晚来的差别。

她看着这个人的眼泪，内心没有丝毫波动。

曲玥坐在办公桌前，淡淡道："徐总的公司我救不了，请回吧。"

徐醒脸色僵硬，没想到他这么践踏尊严来求她都无济于事。在他印象中，她一直是个心软好说话的姑娘……

但他不能放弃，所有的资金口都被堵死。摊子铺得太大，现在已是债台高筑，回不了头。合作方一夜反目，当初予以利好的资本家避而不见，竞争对手被巨头收购形成碾压性优势，被逼到悬崖边上的他思来想去，唯一能求助的竟然是当初接管这家摇摇欲坠小公司的前女友。

“我知道你能救我……”他恳切地看着她，“你跟悦行和金湖都有合作，你有几千万利润了。”

曲玥翻阅着文件，没有抬眼看他，仿佛没听到他的话。

“借我一千万，我保证一年后，不，半年后，我就以三分利息还你。”

“如果你还不放心，我可以给你公司股权，一千万，20%的股份，一旦上市，股价暴涨，你的回报极其可观。”徐醒说这些话倒是诚心诚意，他现在需要曲玥来救。只要能救他于危难，他愿意回以丰厚利润。

他始终相信，只要撑过这个难关，一切都会好起来。

“曲玥——”见人始终没有回应，他拔高音量，声嘶力竭道，“我求你了曲玥，咱们俩相爱一场，你忍心看着我死吗？这么多年的情分都喂狗了吗？！”

曲玥缓缓扯开唇角，笑：“你出轨的时候，为什么不想想多年的情分？你转移资产骗我签下高额贷款的时候，为什么不想想情分？”

“我知道我有做错的地方……可我犯的只是全天下男人都会犯的错！还有那笔钱也是为了投资新公司，你不了解公司的前景，我怕直说你不敢答应。”

曲玥面带嘲讽，淡淡道：“我知道，你无论做什么，都有堂而皇之的理由。”

“只要我们继续在一起，所有债务和财富都是共享！我不是欺骗你，我只是为了公司发展！曲玥，是你抛弃我的，是你非得分手。我从来没想过跟你分开！”

“当然，是我要分手，谁规定了我非得在垃圾堆里捡男朋友？”曲玥坐在办公椅上，签字笔在手中打转，眼神冷漠睥睨。

他跪着求她，她波澜不惊，仿佛承受这一跪没什么大不了。

“你……”徐醒脸色难看极了。

女人一身高档职业套装，长发盘起。精致的妆容，强大的气场，无一不在昭示这是一个职场女强人，是个厉害的角色。这已不是当初刚从大学毕业，傻乎乎地相信他，愿意拿钱给他的女人了。对上她的眼，他竟不似以往那般底气十足。

不到万不得已，他真的不想翻脸。可他在她冷酷的脸上，已然看不到一丝希望。

"曲玥，你别逼我……"他缓缓道。

曲玥不想再跟他多说，连多看一眼都嫌烦。

她正要叫人进来把他请出去，徐醒道："你忘了公司前几年都是我管的？你现在走得好，可别忘了以前是怎么拆东墙补西墙。"

曲玥抬眼看他，神色不动。

徐醒站起身，脸上泪渍还没有干透，眼神却变了，不再是忏悔哀求，而是鱼死网破的决绝。他不疾不徐道："那几年的资料账务我都有保存，那些违规行为和偷税漏税的证据，一旦抖出去，够你受的！"

曲玥放在身下的手，暗暗攥起。

"到时候，你跟这两家大公司的合作都会被迫中止，你连东山再起的资本都没有。"他微微笑，"当然，你有好皮相，可以让男人养着。不过我看你现在干劲十足，公司发展得也不错，你也不想这一切戛然而止吧？"

好半晌，曲玥缓缓道："徐醒，你又一次刷新了我对卑鄙的认知。"

徐醒冷道："这是你逼我的曲玥，是你非得分手。你傍了大款，赚了大钱，我陷于危难，你冷眼旁观。我给你利息，割肉给你股权，已经拿出了最大的诚意。这都是你逼我的，是你不讲道义在先。"

"你威胁我也没用。你需要的资金太多，我拿不出来。产品没交付，利润都只在账面上。"

"你有钱！我知道你有钱！就算你没有，褚灵均有！"她的冷淡和平静，让他越来越烦躁，"我给你时间，你好好想想，为了这点钱毁了这家公司和你自己的前程值不值得！"

徐醒离去后，曲玥靠在办公椅上，精疲力竭。

她当初招惹的到底是怎样人面兽心的东西！

在校园里，他醉心科研，生活简单，助人为乐，脸上总挂着谦和的笑，对她更是无微不至，可以说他的世界里只有学业和女朋友。那时候，拉个手他会脸红，在一起他会笑不停，对她没有过一句重话。

那时候没人发现，他内在的自我膨胀和欲望压抑。当他走出社会，当他想要的越来越多，当他感受到社会不平等，当他觉得自己苦心做科研还不如别人走关系来得快，他的心态崩了。他开始钻营算计，他变成极端利己主义者，他为了钱为了社会地位可以不择手段。

曲玥抬起手，揉着额头。

或许她从来就没有真正认识他，她被他表面的伪善蒙蔽了。

可她已经为此付出了巨大的代价，为什么还是不够？

这个人渣，还要恶心她多久？

曲玥把手头亟待处理的事务解决，让财务经理把这几年的账目都拿出来。

到了下班时间，曲玥给大家一起订外卖，一起加班。她要尽快整理公司成立以来的所有乱账和假账，把情况摸清楚。

另一边，褚灵均跟曲玥约好吃晚餐，到点了直接开车过来。

抵达写字楼底下的停车场，给曲玥打电话。

他哼着小曲，心情愉悦，才做的发型和一身早春定制新装，时尚时尚很时尚。

因为是他主动邀约，吃饭地点他也是一再询问那群酒肉朋友，多番对比挑选后，定了那家很有品质的私厨。电话接通，他语气轻快道：“我在B2，D区，你是自己下来，还是我上去接你？”怕她磨蹭，不等她回答，他又说：“你等着，我上楼接你。”

曲玥有几秒发蒙。她正跟下属对账，送来的快餐就放在一旁，打算这一册弄完就吃。

褚灵均的电话，让她猛地想起，今晚说好一起吃饭……徐醒那边的烂账让她压力巨大，吃饭这种事被大脑自动忽略了。

曲玥拿着电话，愣愣不知所言。

褚灵均说了半天，只听到那边的呼吸声，估摸着她还在工作，顾不上跟他说话。褚灵均不满道：“曲总，下班了，请放下你手上的工作，乖乖地等宝宝来接你。”

几秒后，曲玥点下头：“好。”

放下手机，她对几个下属道：“今天就到这里，明天继续。”

几人全都是目瞪口呆。

刚才是男朋友打来的电话？工作狂曲总，女强人曲总，居然被男朋友管教得服服帖帖，活干到一半乖乖下班啦？

没一会儿，他们一边吃着丰盛的外卖，一边八卦。

“我赌一个鸡腿，曲总是去跟男朋友约会。”

“咱们曲总是性情中人。”

“年纪轻轻就该谈恋爱嘛，没有爱情的滋润，钱赚得再多也没意思。”

“咱曲总妥妥白富美啊，她男朋友可别是那种骗财骗色的小白脸……”

“你去网上搜索褚灵均，看看是何许人也。”

“……”

褚灵均上来时，就见曲玥独自站在盆栽旁，不知道在想什么想得出神。垂眼思索时，眼睫毛像一把小扇子时而扇动，清丽的侧脸白玉无瑕。

褚灵均放缓脚步，轻轻走过去，靠近后，猛地一把抱住她！

曲玥吓了一跳，嗔道：“干吗吓人啊……”

褚灵均紧紧抱着她，这里亲一口那里亲一口，边亲边说：“我宝宝怎么看都美炸了！”

“……”这像是被一条大型犬黏上，非得往脸上糊口水，曲玥赶忙道，“好了，好了，你消停一会儿。”

“我们这么久没见，你不想我吗？没有激动地亲亲抱抱举高高，居然还一个劲推我！我生气！我不服！”褚灵均振振有词，听着还颇为愤慨。

曲玥哭笑不得，她偏过脑袋，在他还在吐槽的时候，蜻蜓点水般吻上他的唇。

他一怔，她伸出双臂抱住他，一个用劲将一百四十斤的壮汉悬空抱起来。

三秒后松手，看向他惊愕的眼，眉眼弯弯地笑："亲了，抱了，举高高了，我的小公主还满意吗？"

褚灵均被逗得不好意思，伸手敲她脑袋。曲玥笑着闪躲，挽起他的胳膊："走啦，我肚子好饿。"

后面出来的员工瞧见曲玥和褚灵均嬉闹的一幕，都有点脸红。

端庄大方的女老板，和她高大冷峻的男朋友，居然还有这样的一面……

谈恋爱的人，果然很……表里不一。

褚灵均带曲玥去他订好的那家餐厅。湖边别墅里，不直接对外开放的私厨，品质和格调都是一流。两人坐在窗边的位置享用晚餐。

褚灵均努力利用这个时间说服曲玥晚上跟他回家。

"一日不见，如隔三秋，晚上还不能见，残忍得令人发指！"

"快回来吧我的宝宝……我快想死你了！"

"再说了住在别人家多不自在，还是在自己家舒坦。"

曲玥慢条斯理地咀嚼完食物，说："你那也不是我家啊……"

"怎么不是了？"褚灵均不容置喙道，"有我的地方就是你的家！"

"……"曲玥突然失去语言。

有我的地方就是你的家——这句话在她胸口里横冲直撞。

她眨了眨眼，遏制住饱满又汹涌的情绪。

"宝宝乖，咱们回家吧。"褚灵均那语气，像是哄着一个小闺女。

曲玥端起酒杯，与褚灵均轻碰，浅酌一口后，轻声道："小悠挺想有个人陪着，我先回去跟她聊一聊。"

“我也想有个人陪着啊！你看看我这黑眼圈，我昨晚一夜无眠，可难受。我才是你宝宝啊，你对我好一点嘛！”以前一心逞强撑场面的男人，如今已堕落为毫不犹豫卖惨了。

但这一招很管用，曲玥看到他眼下那一圈淡青色，眼里流露出心疼。

褚灵均趁热打铁：“因为昨晚没睡好，今天工作也不在状态，签了一个巨坑的合同。”

“你……工作上的事情怎么能开玩笑？”

“谁开玩笑了，精神不济，不在状态，少看了一个零！血亏！”

“……”

“你在外面多流浪几天，聘礼都被别人坑光了！”

曲玥忍俊不禁，垂下眼，脸颊微红。

这到底是诉苦还是在撩啊。

曲玥心神摇曳，全然忘了工作上的烦恼，连徐醒带给她的危机都抛诸脑后。这一刻她就是一个幸福的小女人，享受着感情的幸福和快乐。

次日到了公司，曲玥再次拿起那些账务审核。当初什么都不懂，当个企业法人什么都不过问，任由徐醒大刀阔斧地干。现在再看看这些假账和当初产品检测报告，真真是被惊出一身冷汗。这种打擦边球的玩法，没揪到还好，一旦被揪出来，吃不了兜着走。

现在该怎么办？一旦暴露，她必然受到连累，现在签的这些订单都会受到连累，很可能还被合作公司追责。

借他一千万封口？不，这种人是喂不饱的，他看准了她身后有褚灵均，一千万只是一个开头。只要这个公司还存在一天，他就有勒索她的底气。

曲玥左右为难，脑子里突然冒出一个念头。

告诉褚灵均吧，说不定他能帮助她。

他能力比她大得多，两个人一起想办法总比她一个人在这里苦恼好。

曲玥正想着，褚灵均来电话了：“下班了我来接你啊。”

“我今晚跟小悠有约……”曲玥这话一说，那边的空气冷了下来，她柔声哄道，“乖啦，我明天就回家了嘛，今晚去看看小悠的准男友，帮她把个关。”昨晚周筱悠特地告诉她，今晚要带她认识一个感觉不错的追求者。

褚灵均一声轻哼：“你能把什么关。”

“跟你比较就知道行不行呀。”曲玥笑，“要比得上你实在太难，有你一半就能合格了。”

前一刻还有暴走倾向的褚灵均，瞬间心花怒放，嘴角扬得高，声音是藏不住的笑意：“那是，一般人能跟我比吗？”

“不能，当然不能。我男神是独一无二的闪闪发光的世上最好的男人。”曲玥软着嗓子道。说出这么浮夸的赞美完全她没有不好意思，音色又嗲又甜。

褚灵均听到耳朵里，痒痒麻麻的感觉从耳廓扩散到全身，骨头都要酥掉了……

秘书走进办公室时，就见老板拿着手机靠在大班椅上，一副快要升天的美妙表情。

褚灵均被糖衣炮弹轰炸得理智尽失，痛快地给了曲玥自由。原本的计划被打乱，又不想一个人回去在空屋子里睹物思人，褚灵均便约上卫驰一起消遣。

吃饭时，褚灵均感叹了一句：“曲玥陪周筱悠去看她的男朋友，她们闺蜜情深，我倒成了孤家寡人。”

卫驰夹在筷子里的一片肉掉了下去：“你说什么？周筱悠他男朋友？她有男朋友了？谁？”

“不知道，还在发展中吧，准男友。”褚灵均漫不经心，没发现卫驰的神情异样僵硬。

吃过饭，两人一起去打台球。连续几局，褚灵均把卫驰打得落花流水。

褚灵均很是无趣地说：“你今天状态不对，心不在焉。”

卫驰索性放下球杆，掏出烟盒，给自己点了一支烟。吞云吐雾几口，他说：“你问问曲玥在哪儿，咱们过去看看？”

“你想看谁？”褚灵均戒备地盯着他。

“放心，我保证不多看你老婆一眼。”卫驰说完，突然又重重叹了一口气，“实话跟你说吧，我跟周筱悠上过床。我们俩谁也没开口捋这关系，就一起装糊涂。”

“你一个大男人，把人睡了，还装没事人？”褚灵均呵呵两声，总结一个字，“渣。”

这周筱悠毕竟是他媳妇的好闺蜜，他还是稍微有那么一点同仇敌忾之心。

曲玥陪周筱悠一起赴约，对方还带了一个朋友来。吃饭时，那位朋友的目光快要黏在曲玥身上。吃过饭，一行人提议去一家颇有名气的小酒馆。曲玥适时微笑道：“可不能太晚，不然男朋友会担心。”

男人一听，脸上满是遗憾，但很快调整过来。

只是男朋友，还有机会，有机会！

酒吧内，一杯清酒伴着浅吟低唱的民谣，光影转动，氛围宜人。

周筱悠与发展目标聊天时，另外一位不断地找话题跟曲玥聊。曲玥嫌他聒噪，独自到吧台小坐，他也跟了过来。

褚灵均找过来时，就看到一只苍蝇黏在曲玥身边。

他在曲玥另一边的吧台落座，听到男人道：“我常来这里，压力大的时候，独自在这里放空一会儿就好了。你知道这种感受吗？”

“不知道。”褚灵均接口，淡淡道，“但我知道，压力源于无能。”

男人看到突然杀出的程咬金，面色不悦，很快调整自己缓和下来。

他没理会褚灵均，温柔款款地看着曲玥，摇了摇手中的杯子，说：“最近被公司提到了总监的位置，除了年薪百万，还有股权分红。以前常想如果我能到这个位置该过什么样的生活。现在真的上来了，反而迷茫了。”

“是很迷茫。”褚灵均斜倚吧台，淡淡接口，“没拿过那么低的薪水。”

……这是来了一个砸场子的？男人恨不得把手里的酒瓶扔过去。

曲玥垂下眼，手掩住唇偷笑。

这个男人算是事业小有成就的都市精英，原生家庭条件也不错，自己名下有房有车，加之相貌端正，身边不乏优质美女追求。但他一直矜持着，寻觅着。今晚看到曲玥，那种众里寻他千百度蓦然回首那人却在灯火阑珊处的感觉涌上心头，惊艳，倾慕，年轻激荡的心骚动了。

半路杀出一个程咬金来砸场子，并没有让他知难而退。酒吧这种地方，不知所谓的显摆比比皆是。男人不理会褚灵均，继续跟曲玥聊天。

“我平常没什么特别的兴趣爱好，以后有了女朋友，愿意天天陪她逛街，给她买买买，最新款手机，各大品牌的衣服鞋子包包，随便她挑。以后的婚房，她想住哪儿就买哪儿，反正负担得起，只要她喜欢，那都不是事儿。”

“呵呵……”褚灵均又笑了，笑容里透着不屑一顾的轻蔑。

男人按住不悦，反将他一军：“你能为女朋友付出什么？”

褚灵均晃了晃酒杯，浅啜一口，微笑道：“颜值。”

明暗交错的光线落在他脸上，勾勒出完美的线条。高鼻薄唇窄脸，搭配得宜，性感又阳刚。这要靠脸吃饭，毫无压力。

“……”男人差点喷出一口老血。

冷静，冷静！大敌当前务必冷静！这人不是善茬，八成是看中曲玥美色，想来截胡！

他干脆不跟曲玥聊了，直接跟褚灵均聊，现在已经是两个男人的较量。

他问：“平常炒股吗？”

褚灵均：“没有。”

男人顿时有了掌握主动权的舒爽，脸上颇为云淡风轻地说：“这玩意不碰也好，散户入场容易被割韭菜。我前些年投到股市里的钱翻了几倍。最近大盘行情差，手里有几只股票跌停，一天就亏了几十万，幸好我及时止损，总的来说还是赚了差不多一套房的钱。”

“天哪，一天亏几十万！”褚灵均颇为惊讶地说。

男人大气地笑：“不是大事，就当交学费了。”

褚灵均说：“照这么个亏法，三百年后我就破产了。”

男人：“……”

语塞半晌，憋红了脸，一口气灌下一整杯酒。

不聊了，这天没法聊了，他遇到了比他还会装大爷的人！

褚灵均伸手搂住曲玥肩膀，凑到她耳边，亲昵道：“就算破产了，你也不会嫌弃吧？毕竟我靠颜值吃饭。”

曲玥垂头闷笑，褚灵均亲上她的额头。

男人快要暴卒，装完大爷还动手动脚？

“喂，你……”他正要出言阻止，听到褚灵均对女神说：“今晚去我家，怎么样？”

女神点下头，声音轻柔婉转：“好呀，那我们走吧。”

“？？？”男人要怀疑人生了。

他试图去拉曲玥的手，褚灵均一回头，俊美的脸凌厉肃杀。男人怂了，垂下手，但仍是告诫曲玥：“你别被骗了，他说的不一定是真的，吹牛谁都会……”

曲玥环上褚灵均的腰，仰着脸看他，眼里落满情意，笑道：“怎么会被骗，这张脸摆在这里呢。他可是靠颜值就能哄我开心的男人。”

男人：“……”

堕落！现在的美女，太堕落了！分分钟就被长得好的男人泡走！

褚灵均这个陶醉啊，伸手轻刮一下曲玥的鼻子，笑：“就喜欢你这么有眼光！”

褚灵均不再理会那个失意的男人，搂着曲玥的纤腰，走到周筱悠那边。

卫驰和另外一个男人一左一右夹着周筱悠，正不动声色地互相试探和博弈。她的脸色似忧似喜，太过丰富，连曲玥都揣摩不透她到底什么心情。

褚灵均走近了说：“你们慢慢玩啊，我们先走了。”

卫驰赶忙阻止：“别啊，待会儿一起去唱歌，嗨起来！”

褚灵均正要拒绝，卫驰起身走到他身旁，压低声音道：“是不是兄弟，今晚你怎么着也得跟我并肩作战。”一个人强行介入人家的约会未免尴尬，有了褚灵均和曲玥在就好多了。一群人玩，看起来顺理成章。

曲玥面露不解。卫驰这是起什么劲儿？

褚灵均把曲玥揽到一边，低声道：“卫驰跟你好闺蜜春风一度了。”

曲玥大为惊愕，居然还有这回事……那丫头提都没跟她提过，心里真能藏事。

褚灵均说：“我看卫驰是对她有点什么想法，咱们就一起玩玩吧，省得他抹不下脸。”

曲玥忙点头，她还是很关心好朋友的感情生活。今晚这个人在普通人中是精英，相貌家境学历工作各方面都算优质。但，如果比较对象是卫驰，那就差远了。

周筱悠在来的路上还特地跟她说：“他不知道我家的产业，以为我就是一个普通白领，你也别声张啊。我这次就想找个踏实的人，谈个踏实的恋爱，可以的话就结婚。”

“年纪轻轻，你就恨嫁了啊？”她挤对她。

周筱悠摇头：“在那个所谓二代圈子里泡久了特没劲，男人逢场做戏的多，认真的少。我也过了贪玩的年纪，想要长长久久的陪伴……”说着她很羡慕地看向曲玥，道：“你家褚霸霸多好，追到手之前那么拼，追到手之后还那么黏，可把我羡慕得。我就不图他那条件了，只要有个各方面都过得去的男人，这么真心对我，我就满足了。”

曲玥现在回想周筱悠的话，不知道这些转变和感慨是不是跟卫驰有关。

卫驰喊上大伙儿一起去会所玩，那个被褚灵均暴击的男人，实在扛不住内伤提前走了。周筱悠的相亲对象张宁，跟众人一道出发。

到了常玩的地方，又恰好遇见一拨熟人，卫驰把两拨人并到一起嗨。

是的，他就想要那个男人看看周筱悠的圈子，有的人是他高攀不起的。

曲玥去了趟洗手间，再回来的时候，就见偌大的包间里人影绰绰。她正要进去，几个女人走到门边。

李露看到曲玥，上下打量一番，毫不掩饰眼里的鄙夷："怎么哪儿都有你啊？"

"这谁啊？"她身边的人接口问道。

李露很烦曲玥，这种貌美又穷酸的女人，仗着皮囊优势博取男人青睐，她特别不服气。虽然她自己为了变美，每年花费七位数整脸。

"不是咱们圈里的人，开一家快倒闭的小公司，见人就发名片，来这里八成是为了推业务，顺便捞捞好处。"李露对曲玥的印象还停留在上一次同学会时。她压根就不知道这段时间曲玥身上发生了什么，既不关心也没在意。

李露这么一说，她身边两个小姐妹都面露嘲讽，仿佛看待一个做皮肉生意的女人。

曲玥脸色不变，得体大方地微笑道："不好意思，请让一让，我要进去找我男朋友。"

"哟，男朋友？你男朋友哪位啊？叫出来我们认识认识呗。"李露以为她是张口说瞎话，故意刁难道。

曲玥觉得这些人实在是很无聊。其实上一次同学会她就知道了，那些所谓名媛团的女人很排斥她。她们面对她时，浑身上下充满了迷之优越感，连使唤她干活都带着一股理所应当的颐指气使。那时候她确实有心想拉关系，但后来她也明白了，有的人离得越远越好。

曲玥的手机响了，是褚灵均打来的。

“宝宝呀，去个洗手间怎么还没回来啊？”他忧心忡忡地问，“你不是迷路了吧？要不要我去接你啊？”

褚灵均这么说着，已经穿过群魔乱舞的中央舞池往外面走。走到门边，一眼就看到曲玥，他快步上前拉住她的手：“你在门口傻站着干什么？”

李露和那几个女人脸色一变，愣愣看着他们交握在一起的手。

曲玥目光扫过她们，淡淡笑道：“她们不相信我男朋友在里面，非得让我叫出来给她们见见。”

李露一直对褚灵均有点意思，奈何高岭之花不可攀，心事只能自己消化。这些年对褚灵均有意思的女人，要么不敢明目张胆地喜欢，要么就是表白后落得被他怼哭的下场。

可现在是什么情况，褚灵均交了女朋友？还是她最看不惯的白莲花曲玥？这也太滑稽了吧，大学这么多年，一点征兆都没有啊！她都被徐醒甩了，褚灵均怎么会去接盘……

褚灵均审视着这几个女人，问曲玥：“你跟她们很熟吗？”

“不熟。”曲玥淡道。

几个女人眼神泄露出紧张。谁也没料到她的男朋友是褚灵均，这个场面已经不仅是尴尬了，还令她们感到不安。褚霸王的脾气向来很炸裂，一般人惹不起……

曲玥在说完后，又补了一刀：“我也不懂，她们为什么非得要我把男朋友叫出来给她们看。”

褚灵均凛冽的视线扫过那几个女人。

李露小心翼翼解释道：“之前没听说过你交了女朋友……不知道，就是好奇嘛……”

她连褚灵均的微信都没机会加，也没机会近距离观摩褚灵均的动态。

“好奇？”褚灵均冷笑，“对别人的私生活那么好奇，你怎么不去当狗仔？”说着他打量货物般将她从上到下又从下到上扫一眼，眼底是赤裸裸的鄙视和厌恶，“人模狗样，又丑又骚。”

李露表情一变，眉头蹙起，像是要生气，又像是很伤心。

褚灵均呵呵，冷笑道：“怎么着，不服气啊。有空回家多照照镜子，别出来污染我视线。”

李露呼吸剧烈起伏，还没说话，眼泪就掉下来了。

这是她一直喜欢的人啊，这么肆无忌惮地羞辱她……脸上火辣辣的，犹如被扇了耳光，心中是针扎般尖锐的刺痛。

李露身边的朋友实在看不过去，帮她说话：“你怎么能这样说女孩子……”“你也太没有风度了吧……”“你还是不是男人，这样对女人太LOW了……”

褚灵均搂上曲玥的肩膀，笑道：“我是不是男人，我宝贝儿知道。”

再度看向她们时，他目光转冷，带着奚落和嘲讽：“至于你们，一群不入流的妖魔鬼怪，还想有女人的待遇？得了吧，老子的风度宁可拿去喂狗。”

“……”

“你……你……”

“……你太过分了！”

几个女人被他骂的，气极却又不知所措。

李露身体颤抖着，一抹眼泪飞快跑掉了，抽噎声越来越远。几个女人看看她的背影，又看向褚灵均。

“滚开，别挡老子的道！”褚灵均收了笑，面容凶狠冷峻。

相比刚才让人恨得牙痒痒的羞辱，这一刻气势凌厉的他更让人害怕。几个女人身体比脑子先一步做出反应，纷纷往一旁闪躲。褚灵均牵着曲玥的手走入。

她们本来是听说人都在这边，过来一起凑热闹，现在被褚灵均这么羞辱一番，都没脸进去了，几个人怏怏离去。走远了，才敢互相吐槽。

“这个褚灵均太没有风度了！”

“我还是第一次被人这么骂……”

“以为自己长得帅有几个臭钱就了不起……”

“太气人了！真的要气死了！”

不过这些褚灵均都听不到了。即使听到了，他也毫不在意。他从不在乎别人怎么看他，尤其是他压根就不放在眼里的人。

褚灵均牵着曲玥的手坐在角落沙发。不时有人看过来，想上前搭讪，又没插话的余地。

褚灵均将水果切成一小块一小块，往曲玥嘴里喂，曲玥欣然享受他的服务。两人低声说笑，亲密得浑然一体，自成一个小世界。

其实以曲玥低调内敛的性格，她并不喜欢在人多的时候这般亲密，但是刚才挡在门外的女人给她提了个醒，她至少得让这些人知道，她是褚灵均的女朋友。

“以后有事马上给我打电话，别一个人傻站在那给人欺负。”褚灵均对曲玥叮嘱道。

“没有欺负啊……”

“一群人把你堵那儿还不叫欺负？非得骂你打你啊？”褚灵均恨铁不成钢地看她，“谁要敢那样，我不得弄死他！”

曲玥故意笑他：“你不要总是喊打喊杀的，人家都说你没风度了……”

“老子管那群蠢货！”褚灵均斜睨她，“小妞，你觉得哥哥有没有风度呀？”那一脸明晃晃的威胁，无异于是你敢说一句我没风度我就跟你没完。

曲玥一言难尽地看他。

褚灵均伸手挠她痒：“什么眼神……认真回话！”

曲玥边躲闪边笑着道：“有有……”

“有什么？”他继续挠。

“你先停下，让我好好说话。”

褚灵均松手，曲玥贴近他，凑到他耳边，柔声道：“褚灵均是我的男神。他超级有男人味，超级有风度，超级性感。他最性感的地方是，他只在乎我的感受。”

褚灵均一把搂住曲玥的小蛮腰，按捺住飘然欲飞的心，端起高冷表情。正要说点什么，笑容泄露而出，他迅速扭过头。恰好有人在应景地唱着：“甜蜜蜜，你笑得甜蜜蜜，好像花儿开在春风里……”曲玥看到他偷笑的脸，跟着笑起来。

Chapter 3

幸福伏笔

可是，总有那么一个人。
来势汹汹地闯入你心里，轻易改变一切。
或许来得迟，但他总会来的。

张宁随周筱悠来到会所，本以为是朋友之间的聚会，来了才发现别有洞天。而她这些朋友，一个个都光鲜亮丽大牌加身，钻石翡翠名表名包闪瞎人眼。

这些奢侈品，他最多偶尔给女朋友送，讨对方欢心。如果是作为日常，天天换着花样来，他怎么都承担不起。好巧不巧，他还遇到了他上司的朋友。说是朋友，其实是上司极力巴结讨好的资源方。他在这里只是再普通不过的一员，与大家嬉闹玩笑。

张宁不傻，他很快就明白了这是一个什么层次的圈子。他一个靠技术吃饭的IT民工，只想踏实过日子，压根不想攀龙附凤。

还没到散场，他跟周筱悠提出来：“小悠，对不起啊。老板临时call我，有紧急任务，得赶回去加班。”

周筱悠微怔，很快道：“好吧，我送你出去。”

张宁正要拒绝，周筱悠已经拎包起身。她陪同他往外走，一旁的卫驰不动声色地跟上去。

走到门边，看着两人并肩离去的背影，他给自己点了一支烟。接连抽了几口，那两人就快要离开视线时，他突然疾步跟上。

周筱悠陪张宁走到大门外，张宁说："你回去玩吧，我自己开车走。"

"那好，今晚人多，没好好陪你，咱们下次再约。"周筱悠微笑道。

张宁想说什么，又顿住。挣扎一番，他还是说出来了："小悠，之前是我不够了解你。咱们其实不太合适。"

"哪里不合适了？"周筱悠追问，心中升出不快。

"就是……不太合适……"他面露尴尬，避而不谈，"那，我先走了。"

周筱悠看着他的背影，说："之前追得那么积极热烈，每天三次打卡问候，每晚坚持尬聊，大老远来公司接我送我，送鲜花送手工品，感冒送汤嗓子疼送药，坚持了几个月，现在突然说不合适？那你之前在想什么？追女孩追着好玩吗？"

卫驰站在一根廊柱旁，手里夹着烟，定定地看着周筱悠的背影。

她说的每一个字，他都清楚地听入耳中。

男人顿住步，但没有回头。他看着远处辉煌壮丽的城市夜景，声音沮丧："对不起，我们真的不适合。我只是个普通人，我不够资格喜欢你。"

"我也只是个普通人啊！"周筱悠大声道，声音带着激动。

她正要下台阶，手臂突然被抓住。周筱悠回头，看到卫驰没有表情的脸。

"你干什么，松手！"周筱悠不悦道。

"他说得对，你们的确不合适。"

"卫驰，这是我们之间的事，跟你没有关系！"周筱悠语气不善，带着发怒前兆。

卫驰松开手，微笑："傻姑娘，你听我一句话，当一个男人说他配不上你，那他就是真的配不上你。"

周筱悠脸色一僵，扭过头不看他。她走下台阶，往张宁走去。

霓虹闪烁的街区，风声拂过耳边，夹着女人的声音。

“张宁，我不能违心地说我很喜欢你，但是我欣赏你的人品，喜欢你在某些时刻带给我的温暖。所以，我愿意跟你交往，给彼此一个互相了解的机会。或许我会爱上你，或许我们有缘无分，这一刻谁也无法预知结果。但我可以明确一点，这跟你的经济条件无关。从一开始，我就了解你的情况，这就是你这个人。我既然跟你约会，就不在乎这些。”

女人平静的声音，带有一种说不出的温柔。张宁站在车边，久久没有挪动步伐。垂下的双手，时而攥拳时而松开，眼底一片凌乱的挣扎。

“你不在乎，周叔叔能不在乎吗？”卫驰的声音由周筱悠身后传来。

“周叔叔放任你跟我们一起玩，你以为是为了什么？”卫驰笑，“他不过是想你在这个圈子里找个门当户对的伴侣。”

张宁听到这话，深吸一口气，拉开车门，上车前回头看了周筱悠一眼，歉意地微笑：“老板催得急，我先走了。”

周筱悠目送白色大众绝尘而去，转过身，卫驰在身后微笑看她：“进去吧。”

“卫驰你有病吗？”周筱悠表情难看，“我的私事需要你来指手画脚？”

卫驰依然笑着：“就凭咱们这么多年的交情，我也不能看你犯傻啊。女人有时候就容易感情用事，不理智。”

他笑得风度翩翩，她却是越发火大。无数憋屈的情绪压抑在胸臆间，让她难受得慌。“滚开！”她粗暴地推开卫驰，往回走。

卫驰跟上她的脚步，笑道：“这小脾气，前一刻还温柔可人，这会儿就暴跳如雷了，差别对待啊。得，没关系，我理解，你尽管朝我发泄好了。”

“你……”周筱悠转过身，一脸怒容，扬起手，像是作势要打他。

卫驰神色不动，一脸俊雅的痞笑。那笑容里甚至有一丝宠溺的意味，仿佛在说，只要你高兴就好。周筱悠盯着那张脸，心里某处在隐隐作痛。

她放下手，转身就走。

卫驰跟在她身后，笑容渐渐敛起，眼神转深。他再次点起一支烟，吞云吐雾间，想着什么。

周筱悠回到包间时，曲玥跟褚灵均正在台上合唱《想把我唱给你听》。周筱悠坐到他们对面的位置，给自己倒一杯酒。

褚灵均牵着曲玥的手，看着她唱："我把我唱给你听。把你纯真无邪的笑容给我吧，我们应该有快乐的幸福的晴朗的时光……"目光交汇缠绵，情意诉说还休。

"谁能够代替你呀，趁年轻尽情地爱吧，最最亲爱的人啊，路途遥远我们在一起吧……"

一首轻快甜蜜的情歌，被他们俩演绎得格外动人，就连那些玩闹的人都纷纷看过去。

"看这样子，褚少好事将近咯。"

"我赌一艘游艇，这是未来的褚夫人。"

"你们发现没有，以前一言不合就发飙的霸王，今晚一直搂着他女人笑，都没看到他黑过一次脸。"

"啧，怼天怼地的褚霸王变成乖巧纯情小奶狗，不习惯这人设。"

"小奶狗？哈哈哈哈，老子要笑炸……"

周筱悠瞧着那对疯狂撒狗粮的情侣，笑容苦涩，一口气灌下一瓶酒。

以前她觉得单身挺好，喜欢不一定要在一起。可是看到他们俩在一起，看到曲玥从以前的拼命坚强到有个人撒娇依靠，看到褚灵均从网瘾中年变成黏人男友，看到他们眼角眉梢透露出的幸福……她内心的渴望被唤醒了。

她发现单身如此寂寞，如此乏味，如一潭死水。她也想身边有个这样的人，独属于她的、热烈的、唯一的，感情归属。不是卫驰那样的大众情人花花公子，也不是张宁那样的知道她家世就逃跑的怂货。

曲玥唱完一首歌，发现好姐妹一个人在喝闷酒，到她身边坐下。

周筱悠跟她碰杯："祝你的幸福天长地久!"

曲玥笑着回道："祝你早日遇见你的幸福!"

周筱悠撇撇嘴，道："说不定注定孤独一生。"

曲玥笑："当初分手的时候，我觉得我很难再去爱人和相信爱，这辈子可能就这样了。可是，总有那么一个人，来势汹汹地闯入你心里，轻易改变一切。或许来得迟，但他总会来的。"

散场的时候，周筱悠喝高了，浑身酒气，脚步虚浮。曲玥扶着她往外走。卫驰走到周筱悠另一边准备扶她，被她用力挥开。

卫驰摸了摸鼻子，尴尬地笑："喝醉了还记仇呢？"

走到停车的地方，曲玥说："我跟小悠住一起，我带她回家。"

褚灵均一脸便秘的表情，就知道，就知道……看到周筱悠那醉鬼的样子，他就感觉不妙了。但他不会轻易妥协，大声道："卫驰送她也是一样，咱们回家。"

"行行，我带她回去，你们过自己的二人世界。"卫驰去接周筱悠。

周筱悠虽然喝高了，但没有喝麻，意识还是有的。卫驰靠近，她猛地推他："滚开！别烦我！"那一脸暴躁，就差抡起包包砸人了。

"妞，你别发酒疯……"

"呃……"周筱悠撞到他怀里，拉开他的西装，吐了。

褚灵均圈着曲玥默默退离两步，撤离危险区。

"老子这里不是垃圾桶……你往一边吐……"

"我……呃……"

"又来了？还没吐完？！你存心的吧？"

"呃……"

曲玥都快看不下去了。

向来潇洒倜傥风度翩翩的卫驰，就这么成了垃圾桶……

呕吐物臭味熏天，卫驰的眉毛都快拧成结了。可是周筱悠不撒手，他也不能强行把人撂倒，只能受着。

周筱悠吐完后，将他推开，摇摇晃晃走向曲玥。曲玥赶紧递水给她漱口。周筱悠舒服多了，拉起曲玥的手："走，咱们回家。"

褚灵均看向卫驰，卫驰一脸无奈的表情："那麻烦你们看着她了，我得赶紧去处理一下。"他忍着恶心的污秽和异味，转身往会所去。

褚灵均开车送曲玥和周筱悠回去。

车上周筱悠靠在曲玥肩头呢喃："今晚你可别走了，留下来陪我啊……"

前面的褚灵均立马道："把你送回家，你就赶紧洗澡睡觉。这么大个人了，还要人陪什么？"

"呸！你比我还大！你滴酒未沾！你更不需要玥儿陪！"

"呸什么呸，那是我媳妇！不陪我陪谁？你什么身份，给我一边玩泥巴去！"

"你说是你媳妇就是你媳妇啊！有本事把结婚证亮出来啊？还没八抬大轿娶回家，就要人履行媳妇的责任！想得美！你现在身份还不如我，铁打的闺蜜团，流水的男朋友！"周筱悠说着，还扮了个嘲笑的鬼脸，"啰啰啰……"

褚灵均绷着脸，一个急刹车，轮胎摩擦地面发出尖锐的声响。他转过身，看着周筱悠，道："再啰嗦一个字，给老子滚下车！"

曲玥赶忙开口："好了好了，你跟女孩子计较什么。"

周筱悠一声轻哼，抱住曲玥。褚灵均咬牙切齿，很想把她掰下来丢出去。可也只能是想想而已……他憋着一口气继续开车。

周筱悠故意在曲玥耳边低声道："你男朋友好凶哦，他有没有家暴过你？"

褚灵均额头青筋直跳，握紧方向盘。

曲玥觑了一眼褚灵均，缓缓道："肢体暴力没有，有时候有语言暴力……"

褚灵均心中警铃大作，忙道："宝宝，你别乱说啊，我什么时候用过语言暴力？"

“桃花岛酒店那次……你骂我，还摔东西走人，这就是语言暴力，对我伤害很深。”曲玥语气透着一丝忧郁。

褚灵均：“……”

他顿了顿，含糊其辞：“那都是什么时候的陈年往事了……”

曲玥：“一周前。”

“……”这小姑奶奶，完全不给人台阶下啊。

褚灵均被怼得无力反驳，只好低声道：“我错了嘛，以后再也不会了。再有下次你揍我，我保证骂不还口打不还手！打死了你顺便继承我蚂蚁花呗！”

曲玥没忍住，笑了出来，低低道：“少来，打死了谁赔我老公？这亏本买卖我不干。”

褚灵均跟着笑：“我就知道，我媳妇最心疼我了。”

周筱悠默默扭过头……

本以为听到了恩爱小两口不为人知的心酸秘事，结果，才几秒钟啊，画风突变，又成了秀恩爱！今晚这狗粮吃得太撑了，消化不良！

褚灵均把她们俩送回去，独自开车回家，在路上接到卫驰电话。

“怎么样？人送到了没有？她没有发酒疯吧？”

褚灵均正不爽：“自己打电话去问。”

“打了啊，不接，我能有什么办法。”卫驰苦笑。

“你现在是几个意思？想追她还是怎么的？”

“情况复杂，有点乱……”

在此之前，他并没有设想过这种可能性。两人从同桌到死党，这么多年的交情，不说是同穿一条裤子的铁哥们，也是相当深厚的友谊了。你对我的黑料一清二楚我对你的过去明明白白，这种随时能把对方底裤扒干净的知根知底，由朋友转化为情侣……多尴尬，都没法好好相处了。

“还没想清楚就把人睡了，你渣得我无言以对。”

“你不明白，我们这情况……真有点复杂……”

“感情是这世界上最简单的事，喜欢就上，不喜欢拉倒。”他就是这么简单纯粹的人，喜欢曲玥就一门心思喜欢她，心无旁骛。

“哪来那么多的复杂，连自己喜不喜欢一个人都不知道，不是智障就是耍流氓。”

褚灵均话糙理不糙，卫驰被怼得连连叹气，不知道说什么好。

褚灵均不是知心大哥哥，也不想当情感热线，没说几句就把电话挂了。

周筱悠洗澡之后没有睡意，跟曲玥坐在观景阳台上，品着红酒闲聊。

周筱悠羡慕她感情幸福，曲玥笑道：“你羡慕我，更应该对未来抱有希望。以前的徐醒什么样，你也知道……”

说到这里，她想起了当下的烦心事，不由得多说了几句；“以前在校园里，环境太单纯，看不清楚一个人的本质。那时候大家都觉得徐醒踏实可靠，勤奋上进，他的同学和导师都对他赞不绝口。实际上他自私自利，甚至不惜损人利己，这种狭隘偏激的思想，藏在他内心深处，遇到矛盾冲突抉择的时候，就全暴露出来了。”

周筱悠：“那种人啊，多行不义必自毙。”

曲玥苦笑：“他连走上绝路都不忘拖我下水。”

周筱悠听出不对劲：“他是不是又整什么幺蛾子了？”

曲玥长话短说：“公司从注册以来法人就是我，前些年我什么都没过问，他游走在灰色地带，做假账搞假资质不说，还留了证据，现在反倒拿来威胁我，不得借他一千万就举报我。”

“人至贱则无敌啊！这混账丧尽天良了！”周筱悠气的放下酒杯，怒骂一顿。

曲玥不紧不慢地给她添上酒，劝道：“算了，骂他费口水。”

“你打算怎么办？给他钱？你可千万别犯傻！这就是无底洞！他会无止境地勒索敲诈你！”

“我明白，但是我也没什么办法……我想找灵均商量商量。”曲玥垂下眼，摩挲着酒杯，“不到万不得已不想麻烦他，尤其关系到徐醒，他知道后一定很不开心……”

“那是，前任就是现任的眼中钉肉中刺！不过你也用不着找褚灵均，我这边可以给你想想办法，我明天问问我妈。”

曲玥这才想起来，周筱悠她母亲好像是国际知名会计师事务所的高管。

“那麻烦你了……”

“咱俩什么关系，还提麻烦不麻烦的话，见外了哈。”周筱悠跟她碰杯，笑道，“你不是只有男朋友，还有好朋友呢。”

曲玥心中一暖，扬起微笑。

第二天曲玥工作间隙，接到周筱悠的电话。她效率极快，很快给她反馈：“我妈说问题不大，别担心。你安排个时间，带上资料，双方碰个头具体谈。她那边的法务都是处理这些事的老手了。”

曲玥心中一喜，这几天笼罩在头上的阴云顿时散去。

“我这边什么时候都行，看阿姨什么时候有空，我听她安排。”曲玥说完，又由衷道，“小悠，谢谢你！”这种事花钱都不一定能找到靠谱的人解决，更别说像她妈这种行业顶端大牛。

“得，别整虚的，道谢不如留下来陪我多住一阵子。”周筱悠说着，坏笑起来，“估计褚霸霸想打死我的心都有。”

曲玥跟着笑。她还真不能干脆利落地答应周筱悠。

“不过我有一句说一句啊，分居对你来说是好事。你们俩还没结婚就住在一起，时间久了就没激情了，成了乏味的鸡肋，可能结婚的心思都淡了。不利于你走入婚姻啊。”周筱悠语重心长地说，“你知不知道那个理论，同居就是让未婚男人享受已婚福利，免费试吃，吃饱了就不想付费咯。调查数据显示，同居时间越长越结不了婚。”

曲玥怔了怔。她还真没想那么多，跟褚灵均就是顺其自然地发展。在谈恋爱之前，她就住到他对面，在一起之后，顺理成章地住在一起……

曲玥沉默片刻，说："我相信他，也相信自己。如果我们俩连同居都能过得乏味鸡肋，怎么度过以后婚姻漫长的几十年？我跟他在一起，也不是为了马上嫁给他，一切顺其自然。"

"好的，老铁，佛系恋爱，一切随缘。"

曲玥被逗笑。她承认，周筱悠的话有一定道理。但是，这得具体情况具体分析，现在她已经跟他到了同居这一步，她突兀地提出搬出来，对他同样是一种伤害。

果然……

下午还没到下班时间，褚灵均就过来接她了。

男人把玩着她的头发，一脸兴奋道："宝宝，我箱子都准备了几个，先去搬东西回家，再出来吃饭。"

曲玥看他那期待满满的眼神，心中庆幸没有脑子一热答应周筱悠。

"嗯。"应声，正要低下头，被褚灵均托住下巴。他低下头，含住那唇瓣品尝。

曲玥心中一惊，立马推开他，拉开安全距离，嗔道："别闹，在办公室呢。"

褚灵均长吁一口气，扯开领带，消化那断气般的憋屈感。

他双手叉腰，盯着她："小妞，你这样就过分了啊！"

曲玥正经脸："办公场合，又是工作时间，我得注意形象，被下属看到了不好。"

褚灵均笑着走近她："这个问题很好解决啊……"

曲玥觉得他那笑容，就像是大尾巴狼……

他靠近，她后退，结果她被他堵在了盆栽旁。褚灵均低下头，暧昧地笑："这是视线死角，你的下属就算进来，第一时间也看不到这里。"

"别闹……唔……"接下来的话被严严实实地堵回去。

曲玥不像褚灵均那般肆无忌惮，在工作场合，尤其是自己的公司里，她时刻谨记自己是公司负责人，一言一行都要得体规范，为大家做好表率。这会儿被褚灵均缠上，她又气又恼，可是又毫无办法。她越推，他越放肆，不敢大声，又没多大力气，倒像是欲拒还迎。

身后是墙壁，旁边是巨大的落地盆栽，门如果被推开这里正好是视线死角。褚灵均仗着这得天独厚的地理条件为非作歹。

外面突然传来敲门声。

曲玥一瞬间僵硬，奋力逃开他的唇，哑着嗓子低低道："快走开啊……"

褚灵均将悬空的她放下，曲玥腿一软，差点摔了，幸好被他及时扶住。

褚灵均在她耳边吹气："宝贝儿，站不稳我来抱抱。"

曲玥推开他，整理衣装和散乱的头发，疾步走到办公桌前坐下，应道："进来。"

产品经理汇报完后，曲玥说："我认为这个方案并不合理，利润提得太高，客户很难接受。"

"曲总，一线品牌定价都在这个范围内……"经理低声提示。

"可我们还不是一线，不要因为接连拿下几个大订单，就摆出店大欺客的架势，市场竞争很激烈，容不得自视过高。"

曲玥完全由之前的旖旎中抽离，全身心投入到工作中，灵秀的眉微微蹙着，手指翻阅文件，视线随之移动，脑子飞速运转。褚灵均坐在一旁，懒洋洋地看着她，手指在椅背上轻轻敲打。视线滑过她的唇，想到那柔软甘甜的滋味，他勾起唇角，自己都没察觉地笑着。

曲玥心无旁骛地工作，他不催也不恼。因为他发现她这模样也是格外美丽。他可以安安静静地继续欣赏一百年。

曲玥把文件递给产品经理："根据我说的修改调整，明天再把修改版的给我看。"

经理应了声，离去。

产品经理带上门时，褚灵均走回到曲玥身边。

曲玥不等他催就道："我收拾好东西，我们就走。"

她站起身，整理桌面零碎的资料文件，正要拿手机和钥匙，男人从背后圈住她，双手覆在她手上，贴着她的后背。

“……”曲玥有点紧张。

“干吗呢，刚刚不还催我下班……”

“宝贝儿，”他凑到她耳边，吹着热气，轻轻厮磨，“你不觉得我们现在这个角度，很适合那啥吗？”

曲玥：“……”

这个男人惯不得，惯着就没完没了了。

外面是员工从走廊经过的走路声和说话声，听不清具体，但有杂乱的声音不断传入。

“褚、灵、均！”她咬牙切齿。

“在，宝宝我在！”他柔声回应，带着戏谑。

曲玥又气又想笑，她板着脸道：“你再不放开，我就翻脸了！”

褚灵均嬉皮笑脸地说：“翻呀，怎么翻都是美美的小仙女脸。”

曲玥没控制住闷笑了一声。她立马收住，推开他，转身拿包包装东西。

“想笑就笑啊，别憋着，憋坏了身体可不好……”褚灵均跟在她身旁打转，“如果感到快乐你就笑着拍拍手，如果感到快乐你就笑着跺跺脚……”

曲玥实在是被逗得不行，没忍住捶了他一下，眼神嫌弃，嗔道，“你怎么这么啰嗦？”

褚灵均立即正色道：“老子平常那是真高冷·霸道总裁·褚！”

他翻了个白眼，望天：“鬼知道发生了什么，跟你在一起就自己控制不住自己！”

曲玥扭过头，忍笑。

这哪是霸道总裁褚，明明是大龄儿童·活宝本宝·褚三岁。

车子往周筱悠家开，褚灵均随着音乐哼着歌，心情愉悦。

手机铃声突兀地响起，曲玥一看，是一个陌生的号码。

曲玥接起来：“喂？”

“给了你几天时间，钱到位了吗？”

徐醒的声音传来，曲玥蹙眉，前一刻的欢喜消失，眼底现出厌恶。

“玥儿，你是个聪明女人。这么点钱，不值得你跟我闹得头破血流鱼死网破。你可是有希望嫁入豪门的少奶奶，你还有大好前程。”

曲玥看一眼身边的褚灵均，不想在他跟前扯，一言不发，把电话挂了。

“谁啊？”褚灵均随口问道。

曲玥淡道：“推销电话。”

褚灵均：“……”

可他隐约听到玥儿……

还是一个男人叫得这么亲热……

那边徐醒突然被挂电话，气得不行，再次拨过来。

手机铃声响起，曲玥见是刚才那个号码，直接挂断。

褚灵均问：“谁啊，怎么接都不接？”

“之前的推销电话，懒得理。”曲玥怕他再打来，把手机调成了静音模式。

褚灵均敲打着方向盘，莫名有一丝不开心。但他没说什么。

Chapter 4 小号进击

我就是这么喜欢你。
无论你做什么，我都是替你兜底的人。

周筱悠陪曲玥一起收拾她的东西，之前没带多少，收起来很省事。

周筱悠把曲玥试着好看的衣服一并塞给她，道："吊牌都没剪，你打包带走吧，放我这儿占地方。"

"羡慕你的大长腿，这阔腿裤就你穿得出味道，我不行，拿去拿去。"

"这个包太大了，你用合适，我不行，买回来都没拎出去，一直放着。"

"还有这套面膜……我皮肤用了过敏，我看你适合，带去用吧。"

褚灵均在一旁看着，忍不住道："喂，你别把我老婆当垃圾桶啊，自己不要的往她那儿塞！"

两个女人齐齐回头。

褚灵均看着曲玥，心疼道："宝贝儿，你喜欢什么咱们就去买买买！不收人家破烂哈！"

曲玥："……"

这些一件至少五位数的没剪吊牌的衣服叫破烂？她一直想买但舍不得买的面膜叫破烂？这位大哥是不是对破烂有什么误解？

周筱悠翻了个白眼，要是别人她直接开怼。换成褚霸王，算了，不理这凶悍的傻子。

“这都是我喜欢的！”曲玥笑，“来一趟还能大丰收，我赚惨了！”

褚灵均……真心疼他这朴实的媳妇！

下次必须把媳妇带去全世界最大最齐全的商场，让她疯狂shopping！

收完了东西，褚灵均带两位女士去吃饭。为了感谢周筱悠这几天的招待，褚灵均根据她的喜好，把车开去一家牛排店。出发前，他特地给卫驰发了一条消息，通知他时间地点，问他来不来。

等车开到时，拿出手机一看，卫驰回复：“马上到！别约其他人了！”

于是，三人落座没多久，就见卫驰踩着餐厅中央那条T台路，风姿绰然地走来。

他跟褚灵均风格不一样，如果说褚灵均的面相凌厉蛮横，一看就不是好人，那卫驰一看就面善，而且是那种让人感觉舒服的好脾气人设。他眉目不动时都像在微笑，随便看人一眼就像在撩妹。他白皙的脸，淡粉的唇，秀挺的鼻梁，五官精致不说，皮肤好到女人都嫉妒。

他这种类型，在学生时代是让女生们疯狂迷恋的校草系列；出了社会后，是令女人们心神荡漾一夜风流也甘之如饴的雅痞系列。

褚灵均以前总说卫驰弱鸡，标榜自己的男人味，还展现健身后的肌肉成果。结果健身房面对面，对方一脱衣服，棱角分明，肌肉一点不比他少……后来他不说他弱鸡，说他娘炮。

卫驰在周筱悠旁边的空位落座，笑道：“正巧在附近，听他说你们在这儿，顺便过来蹭个饭。”

周筱悠目光一瞥，看向窗外，就当没他那个人。

曲玥笑着点点头，她一直跟卫驰不算很熟，但她知道，周筱悠跟他关系好。之前听褚灵均说，卫驰跟周筱悠那个什么，她很是惊讶。但是筱悠没主动提，她也不想八卦。

褚灵均淡淡道："从金融城到这里，也就跨了两个区，还算顺便。"

卫驰眼风扫过去。兄弟，把我叫来又拆我台，你几个意思？

褚灵均接收到卫驰不满的目光，全然不当回事，又道："这么顺便过来，不是为了跟我吃饭吧？"

卫驰："……"以前怎么没发现，这货这么面目可憎？

卫驰脸上徐徐笑开，道："正好想吃这家牛排了，你们又正好在，两全其美。"

周筱悠一声轻哼，拿起手机摆弄。他们俩说话，她都懒得接茬。

牛排端上，褚灵均率先将自己那份切好，然后跟曲玥对调。

卫驰看到对面那两人的互动，心想一日不见如隔三秋啊，以前曲高和寡的褚霸王，现在都是会哄女孩子的套路帝了？于是，卫驰将自己的牛排细致切好，偏过头，对周筱悠说："我这份给你。"

周筱悠正切了一小块放入口中，她不紧不慢地嚼着，吃完后，睨了卫驰一眼，说："别东施效颦了。人家是情侣，你是我什么？"

卫驰接二连三受挫，心里素质可以说是很强大了。他笑得风度翩翩，说："我是你好朋友啊。再说，我是男人，照顾女士是应该的。"

周筱悠呵呵："那真是不好意思，这位女士有洁癖，只接受她男朋友照顾。"

她回过头，自己悠然地边切边吃，视卫驰如空气。

曲玥大开眼界了。以前只看到周筱悠黏着卫驰，跟在卫驰身边打转，两人嬉笑打闹谈笑风生，好不密切。上次离开酒吧时，她不搭理卫驰，曲玥只当她是喝醉了。像现在这么针锋相对地呛他……以前是从来没有过的事！

连曲玥这种旁观者都惊讶于周筱悠态度的转变，更别说卫驰这个当事人了。他很心塞，非常心塞。不就是把她那个相亲对象搅黄了么，至于记恨这么久？那个男人哪里配得上她，他还不是为她好？

周筱悠对曲玥说："吃完了咱们去滨江路兜风，顺便去那家新开的酒吧玩玩啊。"

"不约。我们不约。"褚灵均抢着应声，"你自己玩，我们要回家休息。"

"我又没约你，你自己回家歇着呗。"周筱悠嗤道，转而看向曲玥，目光热切，"就咱俩，lady's night~"

曲玥很难拒绝周筱悠。当初她刚失恋那阵子，不敢跟家里人讲，幸好有她，陪她度过最难熬的时期。现在她需要人陪，她哪能撒手不管。

曲玥看向褚灵均……那眼神，还没开口，褚灵均知道她想说什么。

周筱悠在一旁添油加醋："玥儿，你别还没结婚就把自己活成了黄脸婆。每天围着男人转，一点自由空间都没有了哦。"

褚灵均咬牙切齿，转头看周筱悠："你够了啊！"

周筱悠无辜脸笑眯眯。

曲玥对褚灵均说："要不你先回……"

"一起去！"褚灵均一锤定音，"一起！"

"这个可以有。"卫驰微笑。

什么lady's night！听着就不靠谱！

吃过饭，天色暗下来。城市灯火渐次亮起，五光十色，星星点点，展示着现代文明。

褚灵均在前排开车，周筱悠拉着曲玥坐在后排，于是卫驰坐在了副驾的位置。

褚灵均眼角余光一扫，看到卫驰的脸，而不是自家媳妇那秀色可餐的模样，一阵心烦。

卫驰与他视线相接，无奈耸肩。你以为我想坐在这里？

到了酒吧，周筱悠拉曲玥去跳舞。卫驰跟褚灵均坐在位置上喝酒，看着很像是两个失意男人在喝闷酒。

褚灵均："行了，别装，我知道你对周小妞有意思！"

男人看男人，一看一个准，何况是这么多年的兄弟。

卫驰有点尴尬："睡过之后没法再回到哥们的位置上……"

以前真的就把她当小丫头，小妹妹，带着她玩，有事护着她。那晚不知道是怎么的了，鬼迷心窍，被恰到好处的酒精蛊惑……那夜色，那灯光，那香气，一直以为的小妹妹成了勾人的女妖精……

第二天醒来，她率先走了，他一直躺在酒店床上发愣。再见到她，她跟没事儿人一样。他只能选择性遗忘，自动忽略那段记忆。两人仍是称兄道弟，一起吃喝玩乐。看起来跟以前一样，实际上大不一样。以前有身体触碰根本不当一回事，有时候还勾肩搭背。现在，不经意间碰到个小手就觉得烫人……

可他不确定这到底是什么，是欲还是情？

褚灵均白他一眼："你就这么缺哥们？"

卫驰一声轻咳，不缺，当然不缺，他的哥们遍布五湖四海。

褚灵均："喜欢就上！赶紧把人追到手！"

他现在对周筱悠谈恋爱的渴望比对投资公司股票涨停还要急切热烈。

赶紧谈恋爱去过她的二人世界，不要再占着他媳妇！情敌都没有这么可怕！这种光明正大堂而皇之扛着友谊的大旗侵占他们私人生活空间，简直了，褚灵均恨得牙痒痒还无可奈何。

卫驰又是一副愁眉苦脸的模样："这情况复杂……"

"复杂什么！你想要多少支持资金？一千万够不够？一个亿行不行？下狠功夫，赶紧追到手！"

卫驰被酥到了，感动得看着褚灵均，端起酒杯："患难见真情，古人诚不我欺。好兄弟，真感情，我先干为敬！"

褚灵均端起酒杯，呵呵："谁跟你患难见真情，你赶紧把那个祸害收了，我的日子才好过。"目光环顾，曲玥不知道被周筱悠拉到哪儿嗨去了，就这么把男朋友丢在这里跟男人厮混。

褚灵均一声叹息，仰头，一口闷酒。

酒过三巡，卫驰也渐渐放开了。

他拿出手机给褚灵均看，说："其实有点小进展……我有个小号，跟她聊得还不错。”

褚灵均拿过手机一看，卫驰这个小号叫小也哥，头像是个叼着烟的男人素描，简单利落的黑色线条，帅气中透出桀骜。这号里就一个好友，悠悠我心。

褚灵均问：“她知道这是你吗？”

“必须不知道。”

这骚操作，褚灵均无法理解：“你是有什么特殊癖好？大号不聊，换小号聊骚？”

“大号被她拉黑了。”卫驰无奈道。

就那天他把她相亲搅黄，事后给她打电话不接，再给他发微信，居然直接拉黑了……

他开小号，原本就想窥个屏，看看她的朋友圈，了解她的动态。昨晚后半夜，看到她发个星空图，配文：失眠，有人聊个五毛钱的天吗……他正好也没睡着，一时失控，去搭讪了。

她问他是谁，他随便瞎扯了个身份，把自己包装成张宁同款IT民工。哦不，为了提高点档次，他还说自己有公司股份，算是精英阶层了。

她让他发照片，他怕泄露机密，发了公司里最帅的一个小鲜肉照片。原本有一搭没一搭爱理不理的女人，在看了照片之后，瞬间变成热情洋溢的秒回，一口一个小哥哥，小奶狗，很帅哦……卫驰心情很复杂，但还是你来我往地聊着。到最后互道晚安时，天空都鱼肚白了。

褚灵均手指在屏幕上滑动，他其实没什么耐心看八卦，一目十行地扫过。但手机很快被卫驰抢走：“具体内容是隐私，就不分享了。”

褚灵均啧啧：“我不关心你的隐私，我只关心你什么时候能拿下。”

卫驰自己滑动着聊天记录，表情很诡异，时而勾唇像是要笑，时而又沉下脸很不爽的样子。半晌，他开口道：“先聊着，吸引她的注意力，让她没心思跟其他男人发展，等时机成熟后再跟她摊牌……”

褚灵均无语：“你们这些年轻人玩的套路，我不懂。”

“你不需要懂，事业有成，美人在怀，人生赢家。”

这一波吹捧褚灵均吃了，颇有些得意地笑了笑：“金诚所至金石为开，我虽然是事业有成威武帅气的霸道总裁，为了追这个美人，也吃了不少苦……想当初为了让美人玩开心，差点搭上半条命，在滑雪场的时候……”

“那什么，”卫驰打断某人的忆苦思甜，“我就说说奉承话，您别太当真。”

褚灵均：“……”

卫驰扭过头喝酒。想给老子塞狗粮，没门!

另一边，周筱悠跟曲玥在舞池中跳累后，坐在了吧台边。

曲玥感觉到她存心避开卫驰，便问：“你跟卫驰怎么了？”

“烦他。”周筱悠哼声，“睡过就装死，还吓跑张宁。现在看到他就烦。”

“朋友没得做了？”

“没！”周筱悠斩钉截铁。

“我现在想谈恋爱，想找男朋友，想谈场你很专一我也很专一的恋爱。不需要那么多异性朋友。”她再也不想品尝友达以上恋人未满的滋味了。

周筱悠甩开卫驰带来的阴影，拿出手机，点开微信，翻出一张照片，递给曲玥看：“帅不帅？就问你帅、不、帅？”

曲玥看了一眼，问：“你新老公？演了什么剧啊？”

“哈哈哈哈……”周筱悠得意地笑，“不是，他是才撩的小奶狗，鲜嫩多汁，嘴也甜，昨晚陪我聊了一宿。”

“干什么的？怎么认识的？”

“技术海归，IT小哥，有股份和分红，不错吧？明明可以靠脸吃饭，还是个上进的学霸！”

至于是怎么认识的，周筱悠都忘了什么时候加的微信。微信好友太多，能拉出一大片不认识的。她是个热心人，有时候在公众场合，遇到学生创业求加二维码支持的，她也不拒绝。

“我再聊几天，不错就约出来见个面。”

曲玥愕然：“没见过面？你不认识啊？网友？”

“别一副大惊小怪的样子，这都什么年代了，网恋多常见。”

“万一他是骗子呢？”

“长得这么帅，怎么可能是骗子？”周筱悠不屑道，“行骗不如做鸭子，钱来得更快。”

曲玥：“……”

想了想，还是觉得不放心，便道：“你要是真想见面，见面前问清楚他的姓名电话，找关系查一查真实身份。”

“放心啦，没问题，骗不了我。”周筱悠调整姿势，借着暧昧的灯光，自拍一张，发给小也哥。

很快，那边回复：“小姐姐今晚也很美喔。在哪里玩？”

周筱悠：“要过来吗？”

小也哥：“加班狗。（捂脸）（捂脸）”

卡座里，褚灵均看卫驰正用小号跟周筱悠聊天，心神一动，问他：“你能不能现在就把周筱悠聊回家？”

卫驰一愣：“这怎么操作……”

“想办法啊！这点能耐没有，好意思说你能撩？”褚灵均鄙夷道，“以后别在我跟前吹牛了，死扑街！”

卫驰被激，立马道：“说谁扑街呢，你等着。”

两人你来我往地聊了几句后，卫驰话题一转：“小姐姐，咱们开语音，我一边工作一边唱歌给你听，好不好？”

周筱悠：“这得等我回家，酒吧太闹啦。”

“乖巧等小姐姐回家。（可爱）（可爱）”

“我唱歌很好听喔。”

周筱悠被撩得蠢蠢欲动，她是个颜控，还是个声控。这个颜值爆表的小奶狗说要一边加班一边唱歌给她听……简直太暖太可爱了有没有！

周筱悠放下手机，捂住脸偷笑。

曲玥看她那春心荡漾的模样，适时提醒："网络有风险，网恋需谨慎。"

"哈哈……"周筱悠大笑。

"宝贝儿，今晚就散了吧。你跟霸霸回家过二人世界去。"

她也给了她一句提醒："爱得再深，也不要失去自我。男人多薄幸，女人要掌握爱情的主动权。"

另一边，褚灵均还在催卫驰："你行不行啊？能不能搞定？老子待得快烦死了！"

褚灵均是宅男，没谈恋爱之前沉迷游戏，谈恋爱之后沉迷女人。他对在外面浪实在提不起多大兴趣。

"别急，快了……"卫驰道。

他知道那丫头喜欢声音好听的小哥，有段时间还去直播间听主播唱歌。

话刚落音，周筱悠跟曲玥走过来了。周筱悠懒懒道："玩累了，散了吧。"

卫驰递给褚灵均一个眼神，嘴角一挑。怎么样？就问你服不服？

褚灵均面无表情，竖起大拇指。

褚灵均开车把周筱悠送到家，丢下卫驰，载着曲玥迫不及待往家飞驰。

车库里停好车，曲玥去后尾厢拿东西。走的时候才一个箱子，回来的时候成了两个箱子。褚灵均想到其中一箱子是被周筱悠抛弃的破烂，有种抬手扔进垃圾桶的冲动。

他照例独揽两个箱子，曲玥跟在他身后。车库里很安静，只有两人前后交错的脚步声和箱子在地面滚动的声音。

褚灵均感叹："还是这清净好。"

曲玥笑。

"宝宝，我年纪大了，不喜欢闹腾，咱以后少去酒吧那种吵闹的地方好不好？"

“好呀。”她乖巧应道，柔软的声音带着甜。

褚灵均突然顿住步：“你别走我后面，走我前面去。”

“嗯？”

“牵不着，总得看得着啊。”

曲玥低着头笑，加快脚步，走到了他前面。

褚灵均一手推一个箱子，肩膀上还挂着曲玥的包包。他跟在曲玥身后，瞅着她高挑有致的背影，一脸痴汉笑。

深夜，曲玥蜷缩在褚灵均温暖厚实的胸膛里，沉沉睡去。

褚灵均抱着媳妇，舒服得不要不要的，之前是激情，现在是温情，缺一不可。躺了一会儿，他轻轻地松开曲玥，去洗手间拿热毛巾来给她擦拭。曲玥困得眼都不想睁开，意识迷迷糊糊，随着他去。

褚灵均再次从洗手间出来时，看到曲玥放在小桌上的手机屏幕亮了。

有人来电，未知号码。手机被调了静音，什么动静都没有。

褚灵均心神微动，拿起手机，走到门外，接通：“喂？”

那边安静了几秒，随即是嘟嘟嘟的忙音。挂断了。

另一边，徐醒放下手机，脸色难看。这么晚了，褚灵均接的电话？他们俩住在一起了？睡在一起了？这件事他想绕开褚灵均进行，于是一言不发挂了电话。

褚灵均看着挂断的号码，联想到上次曲玥的异常……他拿起自己的手机，把那个号码发给一个朋友：“查查这个号码是谁。”

周筱悠跟她母亲许惠芸确定好时间地点，通知曲玥。许惠芸考虑得很周到，为免曲玥带着资料账目来回跑，她亲自带着助手和法务到曲玥公司来。曲玥听到安排后，感动不已。

她跟周筱悠说：“能请到阿姨帮忙，我很开心了，费用方面该多少是多少，可不能让阿姨白忙。”

周筱悠笑道：“得了吧，太后不缺钱。”

许惠芸过来的这天，曲玥特地安排清洁人员把公司里里外外弄干净，不要留下脏乱差的死角，自己又亲自检查一遍，到了女卫生间时拿出香水喷了喷。她还提前一天通知员工，第二天一定要穿正装上班。

到了时间，曲玥一身职业套装，带上财务人员去楼下接人。

商务车在写字楼外的空地停下。车门打开，率先下来一个男人，他用手垫着车顶，迎接里面的人出来。高跟鞋落地，小腿迈出，当许惠芸站在眼前时，曲玥愣住了。

这是一个五十岁女人的样子吗？如果不知道她是周筱悠母亲，她或许以为她只有三十多岁！白色真丝衬衣搭配银灰色西装，及膝裙下是宛如少女般纤细的双腿，脚下踩着十几厘米的恨天高，步伐优雅稳健。

女人脸上看不到皱纹，皮肤白皙紧致，说她三十多岁怕是没人不相信。但那高贵的气质和强大的气场，却是三十岁女人很难拥有的。

许惠芸看着曲玥微笑："你好，曲玥。"

"许总好！"曲玥笑着颔首。

曲玥带着许惠芸一行人上楼。她在职场上也见过些女强人，但像周筱悠妈妈带给她这么强烈直观冲击的还是第一次。美丽透着干练，优雅带着大气，宛如女王。

电梯里，许惠芸看着曲玥道："你本人比照片还要美。"

曲玥像个小迷妹，羞涩地笑起来，说："许总您才是真美，叫您阿姨我都觉得不合适，姐姐还差不多。"

许惠芸爽朗地笑："姐姐谢谢你了。咱们私下叫，别让小悠知道。"

曲玥跟着笑。可气场可亲和，打扮时尚，身材窈窕，这样的五十岁真让人羡慕啊！

曲玥带许惠芸一行人进入会议室，里面是已经准备好的一系列财务资料。安排大家落座后，曲玥亲自给许惠芸介绍情况。了解清楚后，这边人着手审查账目。

曲玥陪同在一旁，许惠芸说："我们需要一些时间梳理。你去忙你的，不用耗在这里，财务在这里就行了。"

“好。”曲玥点下头，“我就在公司。有什么需要，随时叫我。”

曲玥回到自己办公室，忙碌工作。许惠芸绝佳的状态给了她一定的刺激，她精神百倍地投入到工作中，连坐姿都异常挺拔，没有丝毫倦怠。

快到中午时，曲玥准备安排午餐，许惠芸的助手说不用太麻烦，就叫简餐到公司来吃。

曲玥陪大家一起用餐。她担心许惠芸吃不惯，见她面色轻松，毫无异样，才放下心来。

吃过饭，许惠芸喊上曲玥陪她一起散步。无人时，许惠芸道：“大概情况我了解了，你不用担心，问题不大。如果你要万无一失，可以花点钱，我帮你打点，把你的损失降到最低。”

“谢谢许总！”曲玥感激道，“资金方面，我能承担。”

许惠芸问：“公司前副总徐醒，你打算怎么办？”

曲玥微怔。

“如果你愿意起诉他，我这边有专业法务可以给你提供支持。”

“起诉……能赢吗？”曲玥不确定地问。

她一直是被动的一方。他仗着早一步预谋，让她狼狈不堪，而他自己游刃有余。

“能。徐醒比起那些上市公司高管的段位还差远了，要揪出他的问题不难。”许惠芸平淡的语气，透出强大的威压。

曲玥想，这就是大神实力吧。

“职务侵占罪，挪用资金罪，这两项就足够让他进去。对于职务侵占罪，《刑法》第271条第1款，利用职务上的便利，将本单位财物非法占为己有，数额在五千元至一万元以上的，应予立案追诉。数额较大的，处五年以下有期徒刑或者拘役；数额巨大的，处五年以上有期徒刑，可以并处没收财产。”

曲玥认真倾听，一时间没有回答。

许惠芸说：“你自己考虑好，如果确定起诉，我们需要更多更全面的资料。”

曲玥回神，当即道：“我愿意起诉，我会全力配合。”

“好。”许惠芸点下头，眼里带着赞赏。

她听周筱悠说了这两人的渊源，还担心她心慈手软，不愿以牙还牙。看来这是个干脆利落的孩子，她喜欢。

曲玥回到办公室，站在向外俯瞰的玻璃窗前。街道两旁是高大林立的梧桐树，时有车辆驰过，有拎着包行色匆匆的职业人。

窗外日光正好，她依稀想到了那年，徐醒兴高采烈地带她来这里，告诉她公司选址，跟她说着他的雄才大略。那时候她相信他的才华和抱负，希望他展翅高飞，实现他的梦。

或许他打动她的，也是那一腔热忱……

如今这些统统不复存在。

他一步一步，践踏她的尊严，挑战她的底线，一别两宽后仍妄想从她这里掠夺。

如果有机会，她当然要反击。她要捍卫自己如今拥有的一切，不容许他再来破坏。即便是……让他进监狱。

曲玥拿起手机，点开微信，回复几个公事询问后，点开褚灵均的对话框。

鬼使神差的，她发送：“如果我是一个心狠手辣的女人，你还喜欢吗？”

等她走回到办公桌前准备办公时，提示音响起，褚灵均回复了。

“有多狠？”

“……”

“杀人放火吗，那哥替你埋尸，带你浪迹天涯。”

“哪有这么夸张……”

“偷偷扎小人？别这么费劲，哥直接帮你消灭敌人。”

曲玥被逗笑，回复：“别搞笑了……”

“谁跟你搞笑。我就是这么喜欢你。无论你做什么，我都是替你兜底的人。”

隔着屏幕，她仿佛能看到他笃定的神情，还有那双眼睛里的深情厚意。

曲玥心中情绪涌动，不知道回复什么好，良久，回了两个字："谢谢！"

"谢什么！不如晚上让哥开心开心。（白眼）"

"……工作了。"曲玥赶紧结束话题。

怎么一聊就聊歪了……

另一边办公室内，褚灵均滑动着手机屏幕思索，这小妞在想什么呢?

心狠手辣，呵呵，正好，他从来不是善茬。

昨晚的电话号码查出来了，是徐醒。

他以为他这时候正为了那一摊子负债焦头烂额疲于奔波，居然还有心思来骚扰他老婆。

徐醒的情况他再清楚不过，为了让他更痛苦，他把死刑变成了死缓，让他在焦虑惶恐中挣扎奔走，直到最后一丝希望和尊严被粉碎，再来致命一击。

不过现在他有点等不及了，不如早点收网解决那杂碎。

徐醒昨晚打电话被楚灵均接到，选在第二天工作时间再给曲玥打过来。

"曲玥，你到底是帮还是不帮？不帮我你也没有好结果，你确定要一起死？"一来便气势汹汹地威胁，想在气势上打压她。

曲玥冷笑："我不仅不会帮你，还会把你送上法庭。徐醒，恩断义绝之后本可以大路朝天各走一边，现在是你非要自找麻烦。锒铛入狱的时候，别怪我狠心。"

徐醒一愣，继而失笑："曲玥，牛皮不是这么吹的，送我上法庭？你凭什么？"

"凭什么我会告诉法官，而不是你。"曲玥冷淡回应。

徐醒听着她这语气，略感不安。

“不用再打电话试图威胁我，有什么话请对我的律师讲。”曲玥挂断电话。

徐醒半晌没回过神。

是什么给了她这么强大的底气？

这个女人越来越强硬，越来越狠心，越来越……不像他当初认识的曲玥了。

Chapter 5 风雨欲来

一盏灯，一个等待的人，一个温暖的家。

到了这一步，徐醒也很烦躁。他的确是留存了一些账目证据，但这种东西可大可小。

对没有关系的小企业主，可能是巨大危机。但对于实力雄厚关系背景强硬的人来说，不算什么事。如果说之前徐醒有把握用这个拿捏曲玥，现在听到她底气十足的回应，再联想到褚灵均……他反倒进退维艰。

而且他的本意只是想弄点钱渡过眼前的危机，他并没有想搞曲玥，更不想搞那家公司。自己一手创立的公司，在他潜意识里，总把它当作一个寄托，当作最后的归处。

对于曲玥的强硬，徐醒一时间没有更好的对策。业绩断崖式下跌，银行那边催利息催得急，股东也在不断逼他。眼看到了发工资的时候，财务为赤字，根本发不出来。当初跟他夸夸其谈的资本家们，如今都避而不见……

徐醒将自己拾掇一番，穿好西装打好领带，看着镜子里的自己，对自己说："过了这个坎儿就好，我能挺过去。"

他出发前往启程资本，老板程鑫是颇有名气的天使投资人。程鑫当初跟他面谈过，那时他正春风得意，对于他开出的条件不甚满意，双方不欢而散。如今形势每况愈下，围绕在身边的资本家消失殆尽，他只能再去试一试，只要能渡过这次危机，就算把公司拱手让人他都认了。

徐醒没有提前预约，在大厅沙发上坐着干等。他打定主意，非得等到人不可。来往的人侧目，他低头看杂志，只当不知道。

喝了几个小时茶水，徐醒憋不住，去洗手间。

"那个徐醒太好笑了，当初眼高于顶，现在来蹲守求人。"

"我听说，老板知道他过来，今天不打算来公司了。"

"阴魂不散，怕了他了。"

坐在马桶上的徐醒，紧紧攥拳，其中一人的声音他记得，是程鑫的秘书。

"别说，当初他那家公司看着势头不错，我还以为能发展成独角兽……"

"概念好也得有人买账啊，现在做互联网企业就靠烧钱，没钱什么都玩不转。他一穷二白不说，还得罪大人物，非死即残。"

"得罪谁了？说说呗，勾起我的好奇心了。"

马桶上的徐醒凝神屏息，听着外面的对话。

"我也是在一个饭局上听程总跟人聊到，有个背景深厚的大人物对他精准打击，知道风声的都不敢对他抛橄榄枝了。要不说人家是大人物，这才多久，徐醒就跟狗一样过来求我们了……"

"什么人啊，这么牛？"

"褚霸霸。"

这位如雷贯耳的大佬，这个圈子里的人都知道。

"啧，难怪老板避而不见。"

"是吧，这时候跟徐醒来往，不是没事找事？"

那两人说着聊着离开了洗手间。

徐醒起身，走出来，拧开水龙头洗手。双手在水流中反复冲刷，那双没有聚焦的眼充满阴鸷。这段时间发生的事在脑海中回放，一切突然有了清晰的答案。

为什么有那么多看似唾手可得的机会……为什么竞争对手突然迅猛发展……为什么被资本家看空……为什么一步一步走到了悬崖边……

是楚灵均在玩弄他，这只大手在背后翻云覆雨。

他先把他送到云端，断掉他一切退路，然后狠狠踩入地狱！

褚灵均……褚灵均……

这个噩梦一般的男人……

大学校园里，徐醒很努力。作为保送研究生，他毫不倦怠，学习和工作都很积极，实验室一泡就是一天不说，为导师做牛做马毫无怨言，吃苦耐劳的个性，深受导师喜欢。而他的目标也很明确，将来要创业，做技术型企业家。

他跟曲玥在一次工艺设计比赛中认识，他是参赛者，她是活动主持人。那一次最出风头的莫过于他这个特等奖获得者和最美女主持。

她对他的设计很感兴趣，多聊了几句。而他惊艳于她的美貌，乐于交谈。但他不是刚上大学的毛头小子，大学几年的阅历让他知道，美女这种稀缺资源属于大款和富二代，跟他们这种寒门子弟毫无关系。

多聊几句，并没有多想，也不敢多想。

后面他帮导师去本科代课，恰好又遇到曲玥。两人聊得投机，便约着一起去吃饭。

徐醒心思萌动，又在克制自己。万万想不到，就是这样简单的来往，为他惹祸上身。

那天晚上他在实验室被人叫出来，几个人带他去操场。那是他第一次见到褚灵均，一个看着就不好惹的男人。

他夹着烟，转过身看他，脸色一寸寸冷下来，说："别打曲玥主意。"

那种语气那种神情，无异于一种示威和命令。

"你是曲玥男朋友？"徐醒道，"没听曲玥说啊。"

他很确定，曲玥是单身。

褚灵均脸色更难看了，隐隐透着不耐烦，道："我叫你别打曲玥主意，听得懂人话吗？"

徐醒微笑："看样子你也不是她的家属，我们俩什么关系，跟你无关吧，同学。"

都是年轻人，都是心高气傲的年龄，谁也不愿意莫名丢掉尊严。

褚灵均耐心用尽，这几天看着他跟曲玥同进同出一起吃饭，嫉妒得眼都红了。过来警告他，还这么嚣张……脾气暴躁的褚灵均，对于这种嚣张的人，向来有他的办法。

徐醒正要说话，褚灵均一脚踹上他的膝盖。

猝不及防的徐醒跌倒在地，没等他缓过神，狂风暴雨般的拳打脚踢落在身上。

徐醒知道自己出身贫寒，没有家庭背景也没有经济条件，在这座人生地不熟的大城市读书求学，他一直很低调，或者说很压抑。他埋头学习，与人为善，从不惹事。由于他低调的作风，也没什么事儿找上他。

这一次是个例外。是他万万想不到的意外。

朗朗乾坤下，居然有人这么嚣张霸道肆无忌惮，才说几句话就动手打人。

"现在能听懂人话吗？"

"老子叫你离曲玥远点，你还不乐意是吧？"

"那是你能垂涎的人？"

褚灵均挥退身边的朋友，跟徐醒单挑。徐醒这种安分守己的人，哪里是褚灵均的对手。褚灵均身经百战，从小打到大，学过柔道和散打，体格又结实，一个挑几个都不是问题。

徐醒这阵子跟曲玥出双入对，看得他火冒三丈。吃醋，嫉妒，仇视，种种激烈的情绪混在一起，他下手很重。

"听懂我的话了吗？"他盯着他问，表情凶狠。

徐醒艰难地掀开眼，他不想妥协，可是这一刻他却没办法，无法不屈服于暴力……

他正要说话，一声清脆的呵斥传入耳中。

“褚灵均，你在干什么！”

这是那个女孩的声音……

曲玥快步跑上前，用力推开褚灵均。

褚灵均仿佛傻掉了，前一刻还嚣张跋扈毁天灭地的狂暴，突然就偃旗息鼓，有些无措地看着眼前的女孩子。

“他哪里惹到你了？你为什么要打人，还下手这么狠？”

曲玥一回头，看到徐醒那模样，难受得不行。她赶忙扶住徐醒，支撑着他摇摇欲坠的身体。

褚灵均吐出一口气，道：“这是我跟他之间的事，你走开。”

“你们俩的事为什么有这么多人在，还都是你的朋友！以多欺少很有脸吗？”曲玥鄙夷道。

褚灵均怒道：“老子是单挑！没有以多欺少！不信你问他！”

“斗殴就很光荣了？打人你还有理了？”曲玥白了他一眼。

她扶着徐醒离去。

“你给我站住！”褚灵均怒喝。

曲玥置若罔闻，扶着徐醒走了。

他的拳头捏得咯吱作响，眼睁睁看着他们走掉。

不然还能怎样？她是他连一根手指头都舍不得碰的白月光啊！

那些朋友兄弟伙，看到向来横行霸道的褚霸王就那么待在原地，脸上怒火燎原，却一动不动。良久，他狠狠踢了一脚身旁的石块，骂了一声。

他们都没看到，他眼里的难受。

曲玥扶着徐醒离去，连夜带着他去医院门诊看伤。他身上什么都没带，她给他挂号帮他付医药费忙前忙后，贴心照顾。

徐醒看着女孩窈窕的背影，心中暖流涌动。

本科的时候他谈过一个女朋友，没有她美貌也没有她温柔，更没有她懂事。那时候女朋友总嫌他陪她的时间太少，不带她出去玩，不给她送礼物。闹的次数多了，徐醒烦不胜烦，最后分手。

恋爱只是调剂，在他心里远没有学业的分量重。更别说现阶段的他，也没钱支付那些恋爱费用。自那后，他断绝遐念，更加专注学业。

他输液时，她坐在一旁陪他聊天。

“你跟褚灵均发生什么事了？”曲玥问道。

一个本科生和一个研究生，还是不同院系的人，活动区域不在一起，学习生活更是不搭边，怎么就扯上关系，还闹那么大矛盾？

“褚灵均？刚才打我的人？”徐醒问。

他没见过褚灵均，却听说过这个名字。都是平常不经意从身旁女生兴奋的议论中听到。知道那是一个开顶级跑车上学的富二代，知道那是一个把女生迷得尖叫的帅哥，还知道一群女生背地里喊他老公。

“嗯。”曲玥点头。

徐醒沉默片刻，说：“不清楚，我不认识他。我在实验室，突然被他们叫出去。褚灵均警告我，让我离你远点。我问他是你男朋友吗，他突然就动手了，还问我能不能听懂人话……”

曲玥难以置信地皱起眉头：“让你离我远点？”

“你们俩是什么关系？”徐醒问。

曲玥说：“高中同学。”

如果说高中因为是同班同学和前后桌的关系，有一些接触和往来！进了大学后就很少接触了。如果不是他太招人，名头太响亮，她都不知道他上了这所大学。

徐醒微笑：“这么说你不是他女朋友。”

“当然不是。我跟他就是老同学，连好朋友都算不上。”曲玥淡道。

尽管褚灵均从中学到大学一直是引领风骚的人物，可曲玥恰好反感那种浮夸。她喜欢的是内敛细腻沉稳的男孩子，从小缺乏父爱的她，更喜欢成熟一些的男性，而不是褚灵均那种同龄的嚣张又浮躁还喜欢惹是生非的男孩。这种人带给她的危机感远远大于好感。

徐醒像是放心了，温声道：“那就好，其实我还担心……像他那种养尊处优又唯我独尊的二世祖，高兴起来把女孩子捧上天，不高兴了就往死里欺负……”

深夜离开医院，回到学校的时候，宿舍楼的大门已经关了。

徐醒说：“我带你去附近酒店里开房，将就睡一晚。”为免她误会，又加上一句：“我把你送到就回宿舍休息。”

曲玥同意了。

两人在校园里漫步，坐在长椅上聊天，徐醒谈着他的专业他的理想，曲玥认真倾听。

她神情专注，眼里带着向往。徐醒越说越起劲，这是一种从未有过的自我认同感和兴奋感。这样一个美丽的女孩，愿意坐在他身边，听他说着话。

她没有跟褚灵均站在一起，反而为了他与他对峙。无法言喻的感动，还有一些复杂又微妙的情绪……

夜风拂过，撩动她的长发。她笑得那么好看，明月都已黯然失色。

时至今日，徐醒都记得那个晚上。

她给他尊严和满足感，被他刻在心上的那个晚上……

徐醒看着眼前的镜面，里面的男人不是当初校园里那个青涩少年了。

他曾经拥有过很多，如今快要一无所有……就连那个捍卫他的姑娘，如今也站在了他的敌对面，跟那些恃强凌弱的人在一起。

徐醒走出大厦，茫然地看着往来穿梭的车流。

秘书和财务的电话接二连三打来，不断告知他更坏的消息。银行已经下了最后通牒，再不还款就要破产清算。集资者拿不到分红不肯罢休，集体躺在公司大厅里要钱。公司人心涣散，系统故障没人理会。当初他高薪挖来的IT民工们，如今都在热火朝天地接洽其他公司找出路。如果宣布破产能一了百了还好，但徐醒很清楚，一旦宣布破产，那些债主不会放过他。都是黑白两道通吃的人物，有钱赚大家好说话，没钱能把你逼到亡命天涯。

他在深渊里不断下坠，他唯一的希望——曲玥，如今也要对他拔刀相向。

而这一切的始作俑者——褚灵均，都是褚灵均！

褚灵均插足他的感情，把他女人抢走……

褚灵均利用自身强大的优势，对他降维攻击，害得他倾家荡产身负巨债。

他明明有着大好前程，就这样一败涂地，连翻身的机会都没有。

而他褚灵均，是不是正在品尝胜利的快感？

深夜，灯火通明的街道。

徐醒坐在街边的大排档，一杯接一杯地喝酒。

所有来电拒绝。远离外界所有骚扰。

天空响起几声闷雷，随即大雨倾盆。

坐在露天桌的纷纷往棚子里去。徐醒坐在原地不动，依然一口接一口闷酒，任由瓢泼大雨在身上冲刷。

窗外风大雨大，室内温暖安宁。

曲玥窝在褚灵均怀里，沉沉睡去。他听着她绵长的呼吸声，内心一片舒坦。

扔到地毯上的手机响起铃声。褚灵均本不想管，奈何吵闹不休。

他起身去拿手机，来电未知。他走出室外，接通电话。

这次不等他出声，那边率先开口："褚灵均。"

褚灵均一听就明白了，冷笑："教训还没尝够吗，徐醒？"

"褚灵均，不要以为自己是操控一切的神。你把我逼到绝路，我也不会让你好过。"

"你倒是说说，怎么不让我好过？"褚灵均仿佛听到天大的笑话，他打开电话的免提，仍在桌子上，捞起烟盒，偏头点了一支烟。

"我这里有曲玥的裸照和不雅视频，你想不想看看？顺便，可以对比下，她是在我这里表现好，还是在你那里更卖力……"徐醒笑声沉沉，语气满是羞辱和玩弄。

褚灵均脸一沉，眼神阴鸷可怖。

“当然，光给你欣赏是不够的，独乐乐不如众乐乐。只要我在网上散布，所有人都能消遣她的身体，欣赏她在床上的样子……以现在的网络传播速度和网民们的求知欲，曲玥的身份很快也会被扒出来……你到时候怎么办呢，是跟她分手还是为她打掩护？”

“徐醒，这么做你没有好下场。不仅是你，你的家人，你的朋友，都会被你牵连，我不会让跟你相关的任何一个人好过。”褚灵均咬着牙，一字一字道。

“呵呵，我连自己都顾不了，还顾得上其他人？那你也太高看我了。”

褚灵均沉默。徐醒一鼓作气地说：“光脚的不怕穿鞋的，大不了以命相博，褚灵均，是你把我逼到绝路，我现在什么都没有，什么都不怕。”

“两个小时内，给我一千万，我再考虑要不要跟你协商这件事。没钱你就守在网络前，等着猛料。”说完，徐醒挂了电话。

褚灵均听着嘟嘟嘟的忙音，猛地把手机砸出去。

片刻后，他深吸一口气，再次捡起自己的手机。

徐醒已经发来了账户。褚灵均不敢去赌，他不能让曲玥遭受这种伤害。

他毫不犹豫地通知下属去办。另外，他联系私家侦探查徐醒的位置。他要想办法掌握主动权，被动受胁迫不是他的风格。

曲玥第二天醒来时，发现一直很爱赖床的褚灵均，今天比她醒得还早，靠在床边翻阅手机。她翻个身，迷迷糊糊地趴在他腿上，呢喃一声：“这么早啊……”

何止是早，褚灵均这一晚备受煎熬。他的手掌在曲玥背上轻轻游移，斟酌着用词。

曲玥又快要睡着时，褚灵均开口道：“宝宝，我问你一个问题，你别生气啊。”

“什么啊……问呗……”曲玥懒洋洋应声，三分慵懒七分睡意。

“你以前跟徐醒，到哪一步了？你们有没有很亲密地接触？”

曲玥瞬间醒神，后背一寸寸僵硬。

依然趴在他身上，她却浑身难受。

“你有没有……让他给你拍那些大尺度的照片视频什么的？”褚灵均很艰难地问出口。

曲玥闻言，变了脸色。她默默移开身体，起身，背靠着床，拉起被子盖住自己，低声问：“你怎么突然问这个？”这个问题来得太突然，让她手足无措。

“我看论坛上有人说，跟前男友做，还让拍那些大尺度的东西……我就有点担心……随口问问啊，你别多想……”褚灵均窘迫得快要语无伦次了。尤其是曲玥凝重的表情低落的气压，让他的心沉沉下坠。

半晌，曲玥低低道：“我没有。”

“你确定？”褚灵均并没有因为她的回答松下一口气，反而因为她的沉默和迟疑忧心忡忡。

曲玥咬了咬唇，脸色越来越难看，心情极度压抑。但她还是以平静的语气回道：“没有，如果你很介意的话，我也不知道怎么办……”说完，她翻身下床，去卫生间洗漱。

褚灵均愣在床上。

这是几个意思？到底有还是没有？

曲玥在盥洗台前洗脸，洗着洗着就红了眼眶。

她跟徐醒毕业前就在一起，那时候是学生，没有什么过于亲密的举动。后来毕业了，因为创业的经济压力搬到一起住。她妈再三强调，领证了再同房，再不济也要做好保护措施，不然把肚子搞大，奉子成婚很难看。那时两人各住一室也算彬彬有礼。

直到有一天晚上，徐醒喝得半醉不醉地回来，突然就想要。没有任何抚慰和准备，吓得她仓皇逃跑……后来他有那方面的想法都被她躲掉，她怕极了那晚的阴影。

他不考虑她的感受，不跟她好好沟通，反而觉得她拿乔，说他前女友也好好的，说女人满足男人是天经地义。她愈发反感，愈发抵触。再后来工作强度越来越大，两人感情越来越淡，平常连肢体接触都少，更别说这种事了。

这时候被楚灵均问起来，她心里有种说不出的难受。

难受什么？当初眼神不好遇人不淑？没有把初恋给楚灵均，跟他早早谈恋爱？

不，她不是懵懂青涩的小女生，不会怨天尤人，她知道人生所有的弯路都是必经之路。

当初因为他表现出来的那些特质，对他的喜欢是真喜欢，她并不以此为耻。

她的难受是因为褚灵均问的问题。

为什么会突然问这些？是不是在心里对她之前那段很介意？

她已经尽量不让他接触跟徐醒有关的事，就是怕他想多了越想越心烦。

她无法改变自己的过去，无法让发生的事不存在，如果他介意，她能怎么办？

曲玥难受的是这种无力感，难受的是他的难受。

曲玥洗漱完，在衣帽间换好衣服，出来一看，褚灵均坐在床边抽烟。

男人阴郁的神色，毫无遮拦地撞入她眼底。

两人目光对上，褚灵均敛神，扯出一抹干笑，道：“我就随便问问，你别生气。”

“我不生气。”曲玥吸了下鼻子，瓮声瓮气，“你起床吧，我去弄早餐。”说完便下楼。走出门外，眼圈酸涩发胀，红得不行。

室内，褚灵均拧灭烟头，双手用力抓着头发，一脸暴躁抓狂。

看着那么难过，还不生气，这说明什么？拍过了？没拍过被他这么问，不是该火冒三丈吗？徐醒那个渣贱，做出这些不足为奇。她当年是他女朋友，一时糊涂答应他，也怪不得她。

褚灵均遇到曲玥的事就方寸大乱。

徐醒笃定的语气和曲玥的隐忍，他越想越觉得真有这么回事。

可他没法再问，也不想说出这件事。他怕曲玥承受不了，不想她跟他一样被恶心得夜不能寐。他不能再让心爱的女人受到二次伤害，这种事情交给他来解决就好。

吃早饭的时候，两人各自怀揣心事，相顾无言，默默用餐。餐桌气氛是少有的压抑。

褚灵均想说点什么缓解一下，可是心烦意乱实在不知如何开口，索性闭嘴不言。

曲玥不想再沉溺于这个漩涡，他不提她便不提，为了分散注意力，不使表情失控，努力去思考公司的事情。

吃完饭，褚灵均照例送曲玥去上班。

车内音乐流淌，曲玥主动找话说："过几天就要驾考了。"

"准备得怎么样？"

"这阵子工作忙，没怎么练习，怕是有点悬……"

"没事儿，这几天我陪你练习。等晚上人少了，咱们沿着滨江路开。"

"好呀。"曲玥轻快应声。聊了几句，她心情好多了。

到了公司，曲玥埋头工作。关于周筱悠妈妈说的证据问题，她在昨天就仔细整理了出来，包括当初那三百万的贷款。律师那边有什么需要，她都极力配合。

她现在只想快点解决这个历史遗留问题，将他彻底剔除她的人生，不再受到任何干扰。

快下班时，褚灵均得到徐醒的居住位置。为了逮住徐醒，他带了一批训练有素的职业保镖前往。路上，他给曲玥打电话。

"宝贝儿，我今晚有点事，不能去接你跟你一起吃饭了。"

"哦……"曲玥拖长的音调有些低落，随即又俏皮地问，"忙什么呢，应酬不能带女眷呀？"

褚灵均干笑："还真不能。自己忙完回家休息啊，晚上见。"

"嗯。"挂电话后，曲玥将拿出来准备补色的口红又放进兜里。

他不在，一个人回家也没什么意思，不如待在公司加班。

曲玥点了外卖就继续工作。

徐醒跟之前的白富美女朋友分手后，租了个公寓独居。褚灵均带人蹲守，一边看徐醒的资料一边分析情况。前几天每晚都回来休息的他，这一晚直到深夜仍不知所终。褚灵均不想曲玥独自在家等他，夜半便率先离去。

曲玥加班到华灯四起，回家，洗漱完去书房看书。

夜深人静，仍不见褚灵均回来，想到早上分开时还说带她学车，有那么一丢丢的心塞……

曲玥看书看得直打瞌睡，但是褚灵均没回来，她又给自己冲了一杯茶。本来是在楼上的书房，不知道怎么的就端着茶杯拿着书到了楼下。

坐在客厅的沙发上，一抬眼就能看到玄关。

她翻几页书便抬头看一眼，虽然在等待着，心中也不焦躁。

因为她知道，她等的那个人会回来。

褚灵均本以为这么晚回来，曲玥已经睡了，于是没给她打电话，怕影响她休息。结果他一推开门，室内灯光亮着，视线所及之处，女孩穿着浅色的真丝睡衣，蜷在沙发上，翻着书看。黑发别在一侧，侧脸美丽又干净，纤细白皙的小腿浸在柔光下。

他看着她，连鞋都忘了换。

一盏灯，一个等待的人，一个温暖的家。

胸腔里溢满了突如其来的窝心和感动。

曲玥听到动静抬起头，看到褚灵均，唇角扬起，笑道："回来啦。"

那么温柔悦耳的声音，洗涤他一天的疲惫。褚灵均不由自主地笑起来。

褚灵均三两步上前，将她一把抱住。

“欸，疼……”曲玥轻吟。

褚灵均松手，抬起她的脸蛋，左亲一口右亲一口，上面一口下面一口，没完没了……

曲玥笑着躲避：“糊我一脸口水，护肤品都被你吃掉了……”

“这是爱的口水，纯天然无添加剂独家限量版无价之宝！”

“有价也无市。”曲玥挤对道。

褚灵均眉头一挑：“看不起我，嗯？”

曲玥闻到他身上浓重的烟味，推他：“快去洗澡吧。”又问：“肚子饿吗，要不要给你煮碗面？”

“别别，在外面吃过，就想早点睡觉。”这么晚不想让她费事。

曲玥跟在褚灵均身后上楼，唇角微微弯起，眼底温柔似水。

他回来之前，这就是一个空荡荡的房子。

他回来之后，这是充满了欢声笑语有温暖有依恋的家。

看着男人伟岸的背影，她心里有种难以言喻的踏实感和满足感。

次日，曲玥在公司忙碌一天，下班了还没等到褚灵均的电话，她主动打过去。

褚灵均说：“宝宝呀，今晚有个项目要加班，你自己回家，好不好？”

曲玥：“……好嘛。”

说好了这几天陪她练车，怕是忘得一干二净了。

不过她自己也有工作忙碌的时候，虽然心里不舒服，但能理解。下班后，曲玥去驾校练车。她不想这次考试弄砸，尽早拿到驾照，生活和工作都会方便很多。

褚灵均连着几天都在追查徐醒的动向，疏忽了曲玥学车的事情，到了考试这天曲玥轻描淡写地说出来，他才如梦初醒。

吃过早餐，褚灵均送曲玥去考场，为了将功补过，说：“我陪你考完。”

曲玥知道他忙，拒绝道：“不用了，都是跟着教练走的，流程很多，你陪也不方便，忙你的去吧。”

褚灵均陪曲玥到他们驾考小分队集合点，跟教练打了招呼后，又把他叫到一旁去交代几句。平常一起练车的同学们跟曲玥笑道：“你跟你老公可真是养眼的一对。”“你们俩太登对了，配一脸啊！”

有女生笑眯眯说：“看着就好甜，已经脑补一部偶像剧了！”

曲玥脸上微笑，心情愉悦。

褚灵均离去前抱着曲玥亲了又亲，曲玥红着脸道：“好了好了，公共场合呢。”

“公共场合怎么了，我亲老婆犯法了？”褚灵均哼声。

“不是，你总得给单身狗留条活路啊。”

褚灵均笑了，捏捏她的耳垂：“行，发个善心，不秀恩爱了。老婆加油考试，考完回来有奖。”

Chapter 6

意外袭击

她发现自己比想象中更爱他，比想象中更离不开他。由心灵到身体的归属感，她完完全全地属于他，完完全全地爱着他。

考试过程很顺利，几个科目曲玥都顺利通过。她第一时间给褚灵均报喜，褚灵均笑道："很好，以后可以享受老婆专车服务了。"

聊了几句后，褚灵均说："我正在忙，回头给你打过去哈。"

"嗯。"曲玥回到公司，继续工作。

褚灵均那边确实忙，因为他收到徐醒发来的匿名信息。

"晚上十一点，城南新华街新一路红鑫旅馆见面。我带上U盘，你准备好一亿，不要带任何人来，也不要打什么歪主意，我存了定时上传，拿到钱就撤销。"

褚灵均同意了。只身前往没问题，但他不会傻到毫无防备。

下班时间，他给曲玥打电话："宝宝，今晚有事要忙，你自己回家哈。"

"哦，最近都很忙嘛……"

"是有点……过几天就好了。"

“嗯，那你忙。”曲玥善解人意地笑道，“等空了要陪我喔。”

“那是必须！”

曲玥这边挂了电话，那边周筱悠打来电话：“玥儿，今晚一起去嗨皮，别管你家霸王了。”

曲玥笑：“现在是他不管我呀。”

“嗯？怎么了？”周筱悠听出她藏在笑声里那一丝低落。

“这几天挺忙，每天都深夜回家……”曲玥顿了顿，品味着那种心境，调侃道，“我好像体会到失宠的感觉了。”

周筱悠笑个不停，边笑边说：“我怎么觉得你是被宠坏了……现在这些男人啊，一个个浪飞起，像霸霸那种黏老婆的还真不多。完了，以后离开霸霸你都找不到男朋友咯。”

曲玥跟着笑：“那他这招好坏。”以后换谁跟他比都比不上了。

“你不一样，你有盛世美颜，什么男人都能手到擒来！”

“拉倒吧。”曲玥哼声。从小被母亲耳提面命的教导，而且亲眼看到父母的婚姻悲剧，她从来没有自恃貌美有过多奢求。

“言归正传，晚上约不约？”

“不约。他忙我正好加班，最近事情多。几个大订单都在赶进度。”

周筱悠汗颜：“工作狂，女强人，在你的对比下，我成了渣渣，被我妈严肃批评教育。她把你夸成一朵花，我这个亲生女儿无法自处了……”

曲玥偷笑：“那我得好好感谢阿姨，把我树立成你的榜样……”

两人闲聊一阵，曲玥挂断电话，订了外卖，就投入到工作中。

曲玥忙完回家，已经是晚上十点，褚灵均还没回来。

洗澡时，她右眼皮直跳，一颗心忐忑不安。

这种不安定的心情持续跟随着她，她忍不住给褚灵均打电话。

语音提示，你所拨打的电话无人接听……

继续打，还是那样……你所拨打的电话无人接听……

曲玥端起桌上的茶杯，连喝几口水。控制不住，又拿起手机拨打电话。她强迫症一般，接连打了几个电话，始终没有接通。她越来越忐忑，等不下去，给卫驰打了个电话。

“你有没有跟灵均在一起？我打他电话没人接……”

“没有……我们不在一起。”卫驰应道，声音有些迟疑。

“那你知道他今晚干什么去了吗？为什么电话打不通？在什么地方啊？没有信号吗？”曲玥连连追问，内心充满不安。

卫驰感觉到她的慌张，沉默着，不知如何开口。因为褚灵均跟他说了，不想让她掺合这件事。

这异样的沉默，曲玥愈发感觉不对劲：“你知道什么？你快告诉我！我联系不上他，很为他担心啊！”

卫驰作为局外人，倒是跟褚灵均的考量不一样。

他知道褚灵均这次是去跟徐醒交易，而且是为了曲玥。他觉得曲玥有知情权。

卫驰一声轻叹，说：“我正要过去找他，我来接你，我们一起去。”

“好，好！”曲玥忙不迭点头。

片刻后，曲玥坐在了卫驰的房车上。

车上有警员，有专业的追踪系统。车子两侧还有警察相随。曲玥一上车，看到这阵势，吓蒙了，急声追问：“他怎么了？是不是被人绑架了？”

“没有。”卫驰安抚道，“你别担心，他就是去做个交易，咱们这是过去抓坏人的。”

褚灵均不可能毫无防备地去单刀赴会。他身上有定位追踪器。他按照徐醒说的做，是为了稳住他，并且抓住他。只要抓住了人就好办，定存可以破解。另外以防万一，安排技术人员即时监控，真有不雅照和视频出现第一时间清除。

褚灵均在约定时间来到旅馆外，没人。

等待片刻后，旅馆的服务员出来跟他说："先生，您是褚灵均吗？"

"我是。"他点头。

"徐先生让你上顶楼天台等他。"

褚灵均上了天台。

这个地方选址很狡猾，是城市的红灯区，街道脏乱差，治安很差，时有抢劫发生。褚灵均通过狭窄的步行楼梯往天台上走。

楼道间只有昏暗的灯光，到了顶层，从外面透入星光。

褚灵均踏上天台，借着微弱星光，四周环视。

背后响起脚步声，敏捷又短促，褚灵均瞬间转身，抓住一只手，那手上握着寒光毕现的匕首。褚灵均挥肘一击，蒙着头套的男人眼露惊骇，没想到褚灵均反应那么快。

一声闷响，男人脑袋被击中，褚灵均折断他的手将他甩开。

可就在电光火石间，几个手持凶器的男人蜂拥而上。猝不及防的褚灵均，腹部被刺中一刀。他面色惨白，眼神愈发狠厉，出手快准狠，仿佛伤口不是自己身上的。

从小到大的校霸，柔道散打冠军选手，不会轻易被撂倒。即便那几人有准备地埋伏，且带着凶器，想弄死褚灵均还是困难。褚灵均在被砍两刀的情况下，仍在周旋。

曲玥冲上天台，正看到这血淋淋打斗的一幕……

整个世界天旋地转，胸口像是被什么用力捶打，痛得无法呼吸！

警员和卫驰迅速上前，控制住那些人。曲玥冲向褚灵均，腿软得不听使唤，差点跌倒，心跳忽有忽无，还没哭泪水已经模糊了视线。

卫驰扶住伤痕累累的褚灵均，褚灵均一抬眼，看到曲玥，染血的脸现出不安。

"你……你怎么……来了……"

曲玥站在褚灵均跟前，抬起手，手指发着抖，不知道该往哪儿碰。

眼泪扑簌簌落下，她哽着喉咙，一句话都说不出来。

褚灵均有些虚弱，乍一看见曲玥有点慌，不知道说什么好。刚刚跟人浴血相搏一脸狠厉的男人，这会儿像个做错事的小孩般一脸慌张无措。

还是冷静的卫驰率先开口："别担心，他皮糙肉厚，扛得住，咱们赶紧去医院。"

褚灵均："……"皮糙肉厚什么鬼？

曲玥连连点头，尾随着，一起下楼。

救护车很快赶到，一行人赶往医院。失血过多的褚灵均一上车就在做紧急治疗，曲玥坐在一旁默默擦眼泪。褚灵均一直在看她，看到她那么难过的模样，心里特难受，比身上的伤还让他难受。

卫驰！谁让你告诉她的，害她担心受怕！等老子好了弄死你！这是他昏迷前一秒脑子里闪过的念头……

卫驰接收到他凛冽记恨的眼神，表示压力很大。

这一次他们都失算了。

本以为徐醒是为了敲诈勒索，没想到他是想要褚灵均的命。

他从头到尾就没出现，而是提前布置好现场，雇凶杀人。

之前给他的两千万，他用来打点这些。公司直接不要了，给了家人几百万，雇这些亡命之徒花了几百万。一千多万转为外汇，现在已经用伪身份坐在飞往美国的国际航班上。

徐醒恨褚灵均，恨之入骨。

他知道在这片土地上，他无法跟有着雄厚资源背景的褚灵均对弈。即便现在褚灵均被他唬住，给了他钱，以后也不会放过他。

一了百了的办法，就是杀了他。

大不了从此亡命天涯。运气好还能逍遥法外，运气不好有他陪葬也不亏。

医院住院部。

急救室外，曲玥在走廊来回踱步。

卫驰陪在一旁，在她逼问下，已经把事情始末告诉她了。

曲玥听后，气得直捶墙，哽声道：“他为什么不告诉我，一个人来做这些……”

“你也别怪他，他就是想自己把事情解决，不让你受影响。”

“太过分了……一个人独断独行……说是为我好，考虑我的感受了吗……”曲玥在快要歇斯底里前咬住唇，隐忍着激动的情绪。

卫驰不知道怎么安慰她，只能沉默。如果他知道今晚情况这么危险，不会带她来……那场景确实刺激太大。

警察赶到医院，把曲玥带到大楼外谈话。曲玥把自己所知道的关于徐醒的一切，一五一十地告诉警方。末了，她咬牙道：“你们一定要抓住他！”

警方点点头，安抚道：“你放心，我们会将犯罪嫌疑人绳之以法。”

曲玥跟警方交谈了一个多小时，结束后赶忙往急救室那边去。里面的病人已经推走了，曲玥一边往外找一边给卫驰打电话。

“年纪轻轻的……太可惜了……”

“身上刀伤太多，失血过量，没办法，我们尽力了……”

“通知这位楚先生的家属……”

曲玥脚步顿住，呆呆看着几名医护人员推着一张床出来。

床上的人盖着白布。

曲玥一个颤栗，快步冲上前，死死抓着床架，喉咙突然被堵住，发不出声音，只有眼泪疯狂往下落。

“你是家属吗？”医护人员问。

“送来的时候还好好的……还能说话……不是……你们肯定搞错了……”她语无伦次，浑身发抖，流着泪，嗓音沙哑干涩，“不可能……不可能……”

“请节哀。”

“再去抢救好不好？不能……他不能就这么没了……”像来冷静自持的曲玥，抓着医护人员恳求，失声痛哭，哭到几近崩溃，“不能就这么放弃……可以救的……不能……不能放弃……”

曲玥觉得这就像做梦，一切都不真实。

刀伤是假的，医院是假的，什么都是假的……那么厉害的褚灵均，那么强大的褚灵均，怎么可能就这么出事了……不可能，他不会就这么离开她……

医护人员动容得眼眶都湿了。

一个街头斗殴流浪汉，居然还有这么貌美痴情的爱人……

走廊一端，卫驰拿着接通的电话，那边却没人说话，然后他看到了失态的曲玥。

“……”被他推着坐在轮椅上的褚灵均也看到了。

他媳妇守着不知道是谁的遗体，哭崩了……

褚灵均眼看着曲玥伤心欲绝哭得语无伦次……

他的白月光一直是又美又仙，念书时安宁恬静，长大后优雅从容。他这是头一次，看到她这么失控……而这失控的原因，是他。

褚灵均情绪很复杂。

一方面自然是很感动，他的白月光那么在乎他，感动死了好吗！

一方面就是很自豪，类似于那种我女朋友这么美这么好还这么喜欢我，我简直得意死了！

还有一方面就是……有点慌。

不，是很慌。

他不想让她知道这破事，结果却以最糟糕的方式让她知道了。被她看到事故现场，还害得她伤心欲绝……她会不会想捶死他？

褚灵均心情太复杂了，就那么看着曲玥，且感动且得意且惶恐且害怕……

卫驰提醒他：“喂，你女人在那哭呢……好像是搞错人了。”

褚灵均横他一眼：“那你还看着？老子腿不能动你也瘫了吗？”

卫驰觉得自己莫名其妙被炮火轰炸。可是他能怎么办……跟一个伤患斗气不厚道啊。

医护人员扶住曲玥，劝她节哀。曲玥没法冷静，卫驰走上前，拍了拍她的肩膀。曲玥看到他，眼泪流得更急了，她发抖的手死死抓着床架子，不让医护人员推走：“你跟他们说……人还可以救……不能……不能这样……”

纵然卫驰对曲玥没有男女之情，可是此刻看到她梨花带雨悲痛欲绝的表情，心都揪起来了。长得美的人，连哭起来都更让人肝肠寸断。

“别哭别哭……”卫驰劝道，“你看那边，那货好好的在那呢。”

曲玥前面还激动得无法自持，当她顺着卫驰手指的方向看过去——

褚灵均在走廊那端，穿着宽松的病号服，坐在轮椅上，表情倍加无辜地看着她……

曲玥松开床架，愣愣地看着一旁的医护人员。

“呃……女士，您是这位楚华先生的亲属吗？”

曲玥看看床，再看看那边的褚灵均，这才明白自己是认错人了。

泪还挂在脸上，但她来不及擦，也来不及尴尬，一转身，朝褚灵均狂奔而去。长发飘扬，梨花带雨，一脸激切。

“慢点慢点……”褚灵均赶忙道，看到白月光这样子，他真的是心都要化了。

曲玥在褚灵均跟前站定，俯下身，仔细观察，开口的声音还带着轻颤：“没事吧……痛不痛……难不难受……”

“没事没事，你看我不还好好的吗。”褚灵均朝曲玥扯出一个大大的笑容。

曲玥盯着他看，眼睛一眨不眨地看他。

这一刻，她才觉得一切都是真实的，不再是那个荒谬的梦……

他还好好地在这里……他还能对她笑……

曲玥的眼泪忍不住又掉下来了。

褚灵均赶忙道："我没事呢，乖，别哭啊……"

她蹲下身，埋在他腿上，哽着喉咙抽噎。

褚灵均抬起手，轻轻抚摸她的头发。

看到自己心爱的姑娘这么哭，他真的恨死自己了。

病房里。

冷静下来的曲玥，别过脸去自己摆弄手机。褚灵均靠在病床上，体会着冷暴力的滋味。

前面医护人员在的时候，她还好好的，帮忙一起照顾他，认真听着接下来一段时间有什么注意事宜。等到人一走，病房里只剩下他们俩，她一扭头不理人了。

"宝宝呀……"

"宝宝哟……"

"我的宝宝……别不理我啊……"

他可怜兮兮地一声接一声地对着墙壁唱独角戏。

曲玥绷着脸，默不作声。

褚灵均好想哇的一声哭出来："宝宝，你不能这样……你在虐待病人啊……"

"我的身体已经受到摧残了，还要我的心灵遭受摧残吗……"

曲玥仍是充耳不闻。

"你再不理我，我……"褚灵均悲愤地捶床。

"你要怎样？"折腾出的动静终于让曲玥回头了。

"……我哭给你看！"

曲玥甩他一个那你可真能耐的眼神，背过身继续看手机。

褚灵均真的要哭了，他从没这么煎熬过。这世界上令褚霸王极度焦灼又无可奈何的事，怕也只有白月光生气了。

“宝宝，我要尿尿了……”

曲玥转过身，走到床边，正要掀开褚灵均的被子，他抓住她的手。曲玥想抽走，他更加用力抓住：“宝宝，你可别再使劲了，不然我腹部伤口要拉裂……”

曲玥顿时偃旗息鼓，任由他拽着自己的手。

褚灵均可怜巴巴地看着她：“宝宝，我知道错了，你别生气好不好？”

“你错哪儿了？”

“我不该让你担心受怕，不该害得你哭那么伤心……”这是他心里最难受最愧疚的地方。

“只有这样吗？”曲玥追问。

褚灵均一蒙：“还有，还有……”

还有哪儿？

褚灵均拼命想，没想出来，便道：“反正我就是错了，哪儿都错，错得离谱！”

嗯，诚恳认错总没问题。

“徐醒勒索你，为什么不告诉我？”曲玥问道。

褚灵均：“我不想你心烦……这种事我自己解决就好……”

“本来就跟我有关，事情因我而起，你还背着我去解决？”曲玥越说越气，“平常不是自诩聪明智商爆棚吗，怎么这一次蠢到被徐醒耍了？”

褚灵均也觉得有点没脸，讷讷道：“怕你知道了难受……我觉得自己能搞定，就一个人搞定，以免多一个人被恶心……”

他还怕她玻璃心，万一因为这个事儿，觉得愧对他，抬不起头，甚至因为给他惹麻烦而离开他……那更让他焦灼，内忧外患吃不消……

“你什么都不知道怎么搞定？你根本不了解徐醒！他是一个没有下限的人！为达目的不择手段！”曲玥激切道。

她也是在这么多年的相处和分手后发生的事才看清他的本质。

褚灵均看似蛮横霸道，实际上是一个善良温柔的人，他内心很丰盈很慷慨，能给予对方很多爱。而徐醒，看似温良谦恭，实际是披着羊皮的狼，骨子里充满对社会的仇视，浑身负能量，狭隘又偏激。他做出雇凶杀人这种事，她都不觉得奇怪。

“他以为能干掉我，我不也没事儿吗？宝宝，你放心，他逃不了多久，一定会被缉捕。”褚灵均信心十足道，“他现在就是个逃犯，日子好过不到哪去。”

“你不要再说大话了！”曲玥怒道，声音沙哑又哽咽，“万一呢？万一刀子捅中了要害？万一那些人带了枪？万一是很凶险的场面……你出了什么事，我……我……”话没说完，她已经哽咽得发不出声音。

“我错了……我错了……”褚灵均慌成一团乱麻，唯有不停地道歉。

曲玥不想压抑自己的情绪了，哭着道：“我都说了没有拍……你还去跟他交易……你就这么不相信我吗……你觉得我是那么蠢的人吗……问都问了，还不把话说清楚，让我难受半天，我以为你是介意这些……”

“褚灵均，你真的蠢死了……”

“以后不要再说自己聪明了，你蠢得要死！”

“我怎么有这么蠢的男朋友……”

“什么霸道总裁，就是一个蠢货……”

曲玥边哭边控诉。蠢货褚扛着责骂，一言不发，任由她发泄。

他其实想解释，并不是不相信她，而是这种事情太特殊了，很可能当事人都不知道。比如在洗手间装摄像头偷拍，或者在两人亲密时偷拍……他们俩曾经是恋人关系，以徐醒那么下作的手段，偷偷摸摸做这些不是不可能。

所以，即便她说了没有，他也不是很放心。他想以绝后患才去跟他交易。而且这样一来，徐醒犯罪证据确凿。他敲诈勒索的那些钱对他来说只是个小数目，但能让徐醒多判很多年。

他敢单枪匹马去也是基于对自己身手的自信，而且定位有，警队也随后。只是没想到，这笔钱是个幌子，徐醒没打算要，只打算要他的命。

“你说你是不是蠢……”

“是，是，我简直蠢到家了！”褚灵均顺着她的话。他不敢再为自己辩解，越说越错，而且害她担惊受怕已是事实。

曲玥发泄一通，面对认错态度良好的褚灵均，也没什么说的了。

她含着泪瞪眼，抿着唇，腮帮子鼓起来。

褚灵均咧嘴一笑：“哎呀宝宝你这样好可爱啊，简直返老还童，超级卡哇伊！”

“还贫嘴！”曲玥怼回去，脸上却有些绷不住了，隐隐有笑意，“返老还童……你的意思是我老了？”

“没有没有……绝对没有！我宝宝鲜嫩水灵含苞待放一枝花！”

“什么形容词，我一点都没有感觉到你在说好话。”她鄙视地看他一眼。

“我宝宝是天上地下绝无仅有美得让我神魂颠倒的小仙女！宝宝以前美，现在更美，将来还要美！永远都是我最喜欢的样子！”褚灵均星星眼看她。

曲玥扭过头，微微撇嘴，忍着笑。看着要笑不笑的，脸上表情已经柔和了很多。

褚灵均总算是松了一口气，笑道：“套路啊，想让我夸你直说嘛。哥这里还有好多存货。”

曲玥瞪他一眼。

褚灵均嬉皮笑脸：“别端着，我知道你心里美着呢，小仙女是不是在偷乐啊？”

“哎呀，这凶巴巴的表情，又在套路我了，还想要一波情话投喂是不是……你是我的心肝宝贝，你要什么我不能不给呀……”

“够了你！”曲玥实在忍不住打断他，绷着的脸也破功了，边笑边骂，“你唐僧啊，这么啰嗦……”

“我是多重人格，闲杂人等一句话都不想多说，面对我宝宝就有说不完的话，大事小事屁事什么都想说。”褚灵均拉住曲玥的手，笑道。

一个快要奔三的男人，笑的时候眼角都有细纹了，可那笑容傻乐傻乐的，跟个孩子一样，眼里满满都是爱和依赖。

“真是这样就好了。该说的话不说，不该说的话说个没完。”曲玥嫌弃道。

褚灵均垂下嘴角，一脸委屈。

曲玥：“你跟我保证，以后无论什么事，一定要告诉我！”

褚灵均认真脸：“包括我一天上几次厕所，打了几个喷嚏，抽了几根烟？”

曲玥咬牙：“……你这个杠精！”

“我发誓我没有抬杠，我就是想知道具体细分，怕以后又让宝宝难过。”褚灵均一本正经。

“跟我有关的事，跟我们俩有关的事，你一定要告诉我。你自己的事，你随意，想说我就听着，不想说我也不勉强。”

“哦……”

“哦什么，答应我！”

“哇，不要这么凶嘛……”褚灵均一副受惊的模样，“我还是伤患啊……”

曲玥觉得这就是一个欠收拾的杠精！

她沉下脸，正要转身，褚灵均眼疾手快拉住了她，一只手举在头顶：“我发誓，我保证！以后跟你有关的事，跟我们俩有关的事，一定都告诉你！”

“这还差不多。”曲玥满意地哼声。

“你那脸色一变，可吓死哥，就差给你跪下了……”褚灵均心有余悸道，“我凭实力做的霸道总裁，怎么就成妻管炎了……想不通……唔……”

曲玥堵住了褚灵均的嘴巴，后面的吐槽悉数吞回去。

她闭着眼，温柔地慢慢地缱绻嬉戏。

褚灵均大睁的眼，缓缓闭上，沉醉在那柔软甘甜中……

一吻落毕，曲玥低低喘着气，脸色潮红，看他："想得通吗？"

褚灵均点头，再次点头，用力点头。

多来几次，什么都能想通，真的！

曲玥轻笑，抱住褚灵均。她不轻不重地抱着他，能够完全拥住他又不会压到他的伤口。她轻轻抚摸着他的头发他的后背，在他身上缓缓游走，不断地触摸他，感受他。

她发现自己比想象中更爱他，比想象中更离不开他。由心灵到身体的归属感，她完完全全地属于他，完完全全地爱着他。

褚灵均倒在曲玥肩头，任由她爱抚，心里美滋滋呀美滋滋。

美了一会儿，他觉得有点不对劲。

"那个……我觉得这姿势不对，咱们换一下，重新抱过……"

曲玥微怔。

褚灵均由曲玥怀里抬起头，坐直，伸出双臂，将她抱入怀中。

这下，男人的气势都回来了。褚灵均摸着她的长发，感叹道："这才对嘛……哥哥我威武强壮，美人你小鸟依人。"

曲玥扑哧一笑。

褚灵均身上的刀伤虽然不致命，但也需要好生调养。医生让他住院，曲玥坚定不移地执行。为了让褚灵均乖乖待在医院养伤，曲玥除了必要的商务洽谈，其他工作都在病房进行。

她都陪他进几次医院了，想想就难受，上次摔断腿也是因为她……

曲玥对褚灵均愈发细心周到，向来工作至上的她，每天至少抽一半的时间陪他。

这次事情闹太大，褚灵均父母那边也知道了。

没几天，两人从国外赶回来，到医院来看儿子。

房门被护士推开时，曲玥正在给褚灵均喂水果。褚灵均像个智障，发出啊的声音，张嘴要吃。曲玥听到门边的声音，一回头，看到护士身后跟着一对中年夫妇。

褚灵均嘴巴闭上了，浮夸的表情也收敛了，叫道：“爸，妈。”

曲玥：“……”

这就见到他家长了？没有一点准备啊！

Chapter 7

如沐春风

是我不够帅还是我不够可爱，小姐姐才要一次次去相亲啊?

褚灵均的爷爷褚老，大半生金戈铁马，出生入死，战功赫赫。他父亲褚怀庆，年轻时听从父愿进入部队，在一次战伤后，转业经商。褚灵均出生后，向来严厉的老爷子对他百依百顺，把他宠得没边。后来，霸王说一不二的做派，嚣张跋扈的性格，就连褚怀庆这个亲爹都掰不回来。

褚怀庆跟褚灵均完全是不同的风格。

褚怀庆是温文尔雅的儒商，跟人谈生意让人如沐春风。而他儿子褚灵均，走哪儿都被以为是黑老大来搞事。

褚怀庆对儿子实行放养政策，只要不闹出事，随便你怎么折腾。

褚灵均在这自由的环境下并没有长歪，相反因为他天赋过人和后天努力，很有一番成就。于是，家人就更不管束他了。

唯有一件事总被褚老爷子挂在嘴边，逢年过节聚在一起就要说上几句。

“均均，交女朋友没有？”

“你可老大不小的了……这事儿该放心上了。”

“什么时候让咱们褚家添丁啊？”

褚灵均每年都说：“还早，还早……”

他妈周瑶倒是没有催，只有一番谆谆教诲：“结婚是大事，要慎重考虑，选了就是一辈子。倒是可以多跟女孩子交往，这样才知道自己最喜欢什么样的。”

褚灵均这次初恋，谈了几个月，还没有跟家里人说。他是打算等感情十分稳定的时候直接带回家，宣布这就是我要娶的女人。

不过他不说，不代表家人不知道，尤其是关心他生活的妈妈。周瑶通过他那些朋友，已经知道他身边有了个女孩。年轻人谈场恋爱不稀奇，他没主动说，他们也不过问。

这次听说儿子出事，两人心急火燎地赶过来，没想到还撞个正着。

不过……看到褚灵均张着嘴巴要喂食的模样，作为妈妈的周瑶有点难以接受。

褚灵均已经恢复正常，微微坐直，神情正经凛然，开口介绍道：“这是我女朋友，曲玥，本来打算过段时间带回去跟你们见面。呐，这是我爸妈。”

曲玥跟两位长辈视线对上，立马起身，颔首示意：“叔叔，阿姨。”

褚怀庆点点头，周瑶微笑道：“坐下，别跟我们客气。”

长辈站着，曲玥哪能坐下，她把凳子搬到周瑶身旁：“阿姨您坐。”

褚怀庆走到床边，对褚灵均说：“奔三的男人了，还这么不稳重，把自己折腾得躺医院里。”

“我没事，不用大惊小怪。”褚灵均淡道。

褚灵均不是妈宝也不是爸宝，还没成年的时候就很独立，遇到事情也不跟父母沟通，都是自己独断独行。他从小打打闹闹，受伤不少，屡教不改。这次如果不是惊动警方，他们还不知道。

两位家长看到他没什么大碍，没有缺胳膊少腿，心里安稳多了。

褚灵均说："玥儿，你陪我妈去外面坐坐，我跟我爸爸说点事。"

曲玥闻言，很配合地与周瑶一道去套房外面，给他带上门。

褚灵均不会就这么任由徐醒逍遥法外，必要时，动用一切在海外的关系力量，也要把他揪出来。褚怀庆虽说是个儒商，但对待敌人从不心慈手软，何况是伤害了自己儿子的人。

外面的休息室，周瑶主动跟曲玥聊起来。

周瑶："我们下飞机就赶过来，还没吃饭。等会儿有空陪我们一起吃顿饭吗？"

曲玥："……"

她有点蒙，但很快调整过来，微笑道："好啊。阿姨喜欢什么口味的？"

"清淡点的。"

"我知道一家杭帮菜，味道很不错，等会儿我带叔叔阿姨过去。"

"行。"周瑶笑着点头。

夫妻两人离去时，曲玥陪同身旁。

走到停车场，司机站在车外，为他们拉开车门。褚怀庆坐在前面，周瑶和曲玥坐在后面。

曲玥有种被逼上梁山的感觉。有没有她这么苦命的女朋友？毫无准备见了男朋友家长不说，还要独自招待他们，陪他们去吃饭，中间连个过渡桥梁都没有。

紧张的曲玥等到手机铃声响起，褚灵均打电话来才想起，她就这么走了，都忘了跟他说一声。

"宝宝，你是送人送失踪了吗？还是偷偷躲到哪里办公去了？"

"我跟叔叔阿姨在一起，陪他们去吃饭。"曲玥低声道。

"他们空手来不说，还把我媳妇给顺走？"

"……"

"你让我妈接电话！"

“嗯嗯，好的，回头见，你好好休息……”

“休息个屁啊！他们带你去吃饭，把老子一个人扔医院里吃糠咽菜，还有没有良心了？还能不能好好做人父母了？”

“……嗯，就这样。拜拜。”曲玥自顾自挂了电话。

这手机隔音效果不知道怎么样，褚灵均在那头嚷嚷着，她担心被他父母听到。她可是第一次见他爸妈，怎么着也得注意影响。

“是灵均吗，他说什么了？”周瑶问。

“他让我好好陪你们。”曲玥笑道。

周瑶笑而不语。儿子什么个性，她这当妈的还不知道？

为了防止褚灵均捣乱，曲玥给他发了条微信：“别闹啊，第一次见面，别坏我形象。”

正要再次打过去的褚灵均看到这条短信，估摸着这意思，笑了。

敢情他的白月光，这是有了准媳妇的觉悟了？

他笑眯眯输入：“人家丑媳妇见公婆才紧张，你美，不虚！”

曲玥嘴角勾了勾，没让自己笑出声。

“长辈看儿媳妇不是看美不美的，好吗？”

“那看什么？”

曲玥啪啪啪输入一堆字，还没发送出去，意识到不对，都是些道听途说的东西……又都删了，发送：“我怎么知道……”又补了一句，“又没当过人儿媳妇。”

“快了快了。”褚灵均看着手机直乐。

曲玥：“不跟你说了，我陪阿姨聊天。”长辈在身边，一直玩手机不好。

过来换药的护士看到对着手机傻乐的褚灵均，感觉这位大佬有种迷之气质，凶萌凶萌的……

是的，那张脸又帅又凶，表情萌萌哒，这样组合在一起，居然越看越可爱。

褚灵均从手机挪开目光，正跟护士目光对上。

有点尴尬……

他收敛神色，不再傻笑，恢复高冷状。

没一会儿，发现曲玥真的不跟他说话了，孤独寂寞冷涌上心头，褚灵均抓着手机啪啪啪输入：“宝宝，这个世界太可怕了！我被护士轻薄了！”

曲玥看到这条消息，心里一个咯噔。

正要回复，看到他又发来一条：“一直盯着我看！像是要扑上来强吻我！我好慌！”

曲玥：“……”

大哥，你真的不是在炫耀你很招女人吗？

“你吃完饭赶紧回来啊！不然我都不敢睡觉！万一有人趁我睡觉非礼我怎么办？毕竟你老公我这么帅，这么引人犯罪！”

曲玥忍俊不禁，发了两个鄙视的表情，收起手机。

这次不管他发什么，坚决不看了。

曲玥带褚灵均父母到一家环境优美的杭帮菜馆。

服务员递上菜单，她询问两位有没有什么忌口的，然后推荐了几道经典菜，得到他们肯定后，点了菜。末了，不忘对服务生说一句谢谢。

周瑶看她的眼神带着赞赏。美而不娇，知书达礼，细致体贴。第一印象，是个好姑娘。

服务员拿着菜单离去，周瑶微笑看曲玥：“你跟灵均是老同学？”

“嗯，我们高中同学，大学是校友。”曲玥主动给两位倒上茶水。

“谢谢。”周瑶端起茶水，喝了一口，笑道，“源远流长。”

“这次伤害灵均的人，是你前男友？”褚怀庆直接问道。

曲玥抿了抿唇，低下头，声音带着歉意：“是的，我很内疚，给他带来麻烦。”

“是你前男友，又不是你，跟你没有关系。”周瑶安抚道。

闻言，曲玥松了一口气。但她内心本就很自责，面对这么宽容的阿姨，更觉得内疚了。

周瑶又道：“灵均跟你这么多年同学，本可以近水楼台先得月，居然磨蹭到现在，还让你交了个前男友。要我说啊，他就是活该。”

曲玥：“……”

这……褚灵均是充话费送的吗？

“不管怎么说，我都给他带来麻烦了。”曲玥是打心底这么认为，“如果他的女朋友不是我，就不会面对这种危险。”

周瑶微笑：“可是换个女朋友，他能愿意吗？”

服务员端上精致的菜肴，周瑶微顿，等人走开，笑着继续道：“动物界为了争夺配偶都得决斗，他想得到貌美如花的女朋友，吃点苦头也是人之常情。”

曲玥哑口无言。

传说中的婆婆看未来儿媳妇怎么看怎么不顺眼……到她这里，好像画风不对啊。

“菜都上齐了，吃吧。”周瑶用公筷主动给曲玥夹了一颗糯米圆子。

“谢谢阿姨！”

席间两人不时地聊着天，周瑶问：“你爸爸妈妈退休了吗？”

“没有，我妈妈还在教书，是八中的英语老师。灵均复读那一年，还教过他。”

周瑶像是想起什么，面露讶异：“你妈妈是不是叫曲瑛？”

曲玥点头。

“原来你是他恩师的女儿啊。高考前我见过你妈，很好的老师，灵均在她手上成绩突飞猛进。”周瑶微笑看曲玥，“有其母必有其女，你跟你母亲一样，都有知性美。”

曲玥总被夸奖，都有点不好意思了。这哪像是见家长，简直像认识新朋友，一顿互吹互捧。

“我好像明白了，他那年为什么要坚持复读，明明可以直接出国。”周瑶一副豁然开朗的样子，“看来是那时候就看上你了，为了跟你读同一所大学才复读，顺便还能在未来丈母娘跟前刷好感。没想到啊，我们一直以为他不开窍，不知道谈恋爱，原来他是制订了长线作战计划，还有未雨绸缪的打算。”

曲玥惊呆了。这种发散思维，是不是太敢想了？

褚灵均为了她复读，还为了她去同一所大学？

这怎么可能……天方夜谭啊。

曲玥忙道："阿姨，这您可能真想错了，我们以前虽然是同学又是校友，但关系不好也不熟。我们是毕业多年后再次来往，然后在一起……"

"是啊，我也想不通这傻儿子怎么回事，怎么蹉跎了这么多年。"周瑶满脸不解。

想不通就对了，所以真的不是您想的这样啊！

"他可能随我。"默默做旁听者的褚怀庆突然开口说。

"随你什么？"周瑶扭头看他。

曲玥同样好奇，愿闻其详。

"闷骚。"褚怀庆道，表情一本正经。

"……"曲玥一口茶水差点喷出来了。

周瑶突然就笑了，乐不可支道："就他那小霸王性格，还闷骚？真看不出来……"

曲玥浑身充满无力感。这对父母太喜欢给孩子加戏了，压根就不听她的解释。

"做他女朋友，会不会受委屈？他脾气是真不好，有时候我这当妈的都懒得理他，不顺着他的心意就爆炸，打小横得不行，没人治得了他。"周瑶一脸嫌弃。

曲玥赶忙道："没有啊，我觉得挺好的，虽然有时候有点小暴躁，但瑕不掩瑜，他是一个好男人。"

周瑶笑："这样都能觉得他好，看来是真爱无疑了。"

曲玥被周瑶说得脸色微红，低头害羞地笑。

周瑶看着那一低头的风情，不由得暗叹，他儿子是真的很有眼光了，能在被网红脸淹没的时代里，挑出美得这么清新可人的女孩子。

聊到家庭问题，曲玥主动说起了她的家世："我妈妈在我八岁的时候跟我爸爸离婚了，后来独自抚养我长大。我上大学之后她再婚，成立新家庭，我有一位继父和一个弟弟。"有人比较介意单亲家庭或者关系复杂的重组家庭，这方面她觉得还是尽早说清楚。

“你妈妈很棒，年轻时为了女儿愿意独身那么多年，等女儿大了没有牢牢管控女儿当救命稻草，而是勇敢地去追求自己的幸福。”周瑶这么说着，眼里充满了赞赏和钦佩。

“谢谢阿姨！”曲玥感激道。对她妈妈的夸奖，比对她自己的夸奖更让她开心。

“高考后都没机会跟曲老师见面了。找个时间，大家出来一起吃个饭。”周瑶提议。

曲玥笑着应下。

这次跟褚灵均父母见面，完全是出人意料地顺利。

当她被他们送回医院，跟他们告别的时候，还有种强烈的不真实感。

褚灵均家不是很有钱吗？豪门不是要对媳妇挑挑拣拣吗？不是要讲究门当户对吗？他们这么平易近人，丝毫感觉不出门第差距。

曲玥犹记得，当初陪徐醒回他老家，见他父母时的情形。

明明两口子是在农村吃低保，话里话外透着一股强烈的优越感，觉得现在农村户口可值钱了，觉得自己儿子将来是要发大财的人，觉得她这种普通人家出身的能找到他们儿子是祖上烧高香了。

寒冬腊月里，她就着冷水，手洗两个人的衣服，他们还嫌她洗得不好，嫌她没有主动洗全家的。

不过那时候徐醒明面上是帮着她的，他们数落她，他都会帮她说话。她本来心中很委屈，但徐醒向着她，跟他父母拌嘴，她又觉得因为自己娇气搞得男朋友家里鸡飞狗跳很是不安。为了化解矛盾，她默默地多做了一些事。

因为以前不愉快的经历，曲玥对见男方家长是有心理阴影的。这一次出乎意料地顺利，对方父母明明身份煊赫，还那么和蔼可亲，让她如沐春风。

曲玥的感受可以用受宠若惊来形容了。

曲玥回到医院的时候，褚灵均百无聊赖地躺在床上休息，不能下床不能动弹，女朋友也不搭理他，只能玩玩游戏打发时间了。

当她回来后，他看似漫不经心地继续玩游戏，内心却是波澜起伏。

这次吃饭怎么样？他爸妈有没有为他刷好感度？不会坏事吧？

曲玥给褚灵均递上一杯水，又扶着他去上厕所，表情温柔宁静，没有主动聊关于他父母的话题。

褚灵均心里越来越纳闷，有点打鼓。难道是憋着委屈不吭声？

他看似轻松地说："我爸妈都跟你聊什么了？有没有说起我的丰功伟绩，当年多么厉害地帮他们赚钱？"

"没有。"

"那你们聊什么了？"

曲玥本想保有一丝良心，不把真相说出来，以免男朋友怀疑人生。

可是憋住分享欲已经很辛苦了，还被他一再追问……她破功了。

"他们说你傻，不早把我追到，还让我交了个前男友，活该摊上这些破事……"

褚灵均脸一垮，这是为人父母该说的话吗？

曲玥又道："他们还说你很皮，从小被爷爷惯坏了脾气，一不顺心就凶神恶煞的，让我别跟你一般见识……"

褚灵均："！！！"

报复，这是赤裸裸地报复！

一定是记恨他去年没有帮他们买下恒信！

曲玥看到褚灵均便秘般的脸色，越说越觉得有意思，笑着道："他们还说啊，你就是个闷骚，肯定是早就看上我了，还为了我复读，读我在的大学……"

褚灵均心里一个咯噔，表情有点僵了。

这……姜还是老的辣，他藏了这么多年，他们居然一点就透。

曲玥调侃道："你说说啊，你真喜欢我那么久吗？"

她自己自然是不信的，所以才这么说着逗他。

褚灵均干笑了两声，脑子飞速运转，事已至此，都被爸妈揭老底了，他该怎么不动声色放个大招表达自己的长情和深情……

曲玥的解读是，褚灵均呵呵的尬笑，作为回应她这不着调的话。

“你爸妈太能给你加戏了，真要这样你实在傻得不行脑子少根筋，哈哈哈……”

褚灵均看着笑个不停的曲玥，什么都不想说，心里已经在为自己点蜡了。

算了算了，为了自己英明神武的形象，往事随风散去，不提也罢。

褚灵均住院的事，被卫驰那个大嘴巴传出去，每天来看望他的人络绎不绝。他虽然闲得无聊，也不想作为动物园的猩猩被人观赏。应付了最初几拨人后，就谢绝待客了。当然，还有个原因是不想影响曲玥工作。女朋友愿意全天候陪护，边工作边照顾他，很让人感动，很值得鼓励好吗，他不能反倒让她不得安宁。

这天曲玥接到周筱悠妈妈电话，两人通话期间，正在玩游戏的褚灵均听出点门道来了。

等她放下手机，褚灵均问：“你在折腾什么？还找了周筱悠妈妈帮忙？”

到了这时候，曲玥自然是实话实说：“之前徐醒拿他在职期间公司假账威胁我，筱悠知道后，主动帮我联络她妈来帮忙。她妈好人做到底，还带着她的律师团，帮我起诉徐醒。现在准备得差不多了，已经在向司法机关递交证据。”

褚灵均越听眼睛睁得越大，到最后义愤填膺，一字一字道：“你，为，什，么，不，告，诉，我？”

“我不想给你添麻烦……”曲玥低声道。

“我是你男朋友，你不想麻烦我，去麻烦你朋友的妈妈？你这是什么逻辑！”褚灵均有种严重地被忽略被排挤被无视的愤怒感。

“因为跟徐醒有关，不想给你添堵。既然自己能找人解决，就自己处理掉。”

“我不听你这些理由！我很不爽！我在你心里，连个外人都不如！

你宁愿在外面欠人情找人帮忙，都不找我！你这是跟我划清界限还是觉得我无能？无论哪样我都很生气！”褚灵均振振有词地发火。

曲玥有点不知所措。

褚灵均哼了一声：“睡觉了，不想理你！”

“那你好好休息……”曲玥温声道。

褚灵均腹诽：休息个屁，老子在生气，要哄！

曲玥打开电脑开始工作。

褚灵均看着她专心致志的背影，觉得她是存心火上浇油……

他拉起被子，盖住脑袋，决定冷酷到底。

曲玥投入到工作中，生闷气的褚灵均快要把自己闷死。

还好，卫驰过来看望他了。实在睡不着的褚灵均，终于有机会换个状态。

他在躺下时发现，生闷气没用，她倒自得其乐，必须给她脸色看，让她意识到自己的错误。

褚灵均跟卫驰有一搭没一搭地聊天，曲玥过来给他们倒茶，褚灵均继续高冷，没有主动跟她说话。

没多久，周筱悠也来了。四个人一起打了几把游戏。

快天黑时，周筱悠说：“卫驰，你就在医院陪你好兄弟吃饭，我跟曲玥出去吃饭。”

卫驰爽快答应下来：“行吧，你们去吧。”

褚灵均怒视他，谁给你权力自作主张的？

曲玥见卫驰应下来了，周筱悠又兴致勃勃地拉她出去，总不能非要把人留下来在医院吃饭，便对褚灵均道：“那我们先走了。”

褚灵均没开腔，摆弄着他的手机。曲玥当他是默认，拿起包跟周筱悠一起离去。

待脚步声远去，褚灵均气得抄起枕头就朝卫驰砸：“谁要你陪我吃饭了！”

卫驰："我有正经事跟你商量。她们走了才好说话。"

褚灵均斜睨他。

卫驰很纠结地说："周筱悠约我小号见面，约了几次被我搪塞过去……现在越来越难搞了，再找借口可能会被当骗子拉黑……"

褚灵均用看智障的表情看着自己兄弟，那眼神仿佛在说你还是离我远点脑残也是病我怕被传染。

卫驰继续倾诉："她时不时就跟我要照片，我怕穿帮，不断跟公司那小鲜肉要照片……"

这么说着他的脸色就很不好了，每天把别的男人活色生香的照片往她跟前送，那滋味……一言难尽。

"现在这些女人真不像样，咱们年轻的时候吧喜欢大叔，咱们年纪上来了又喜欢小奶狗……我听到她提小奶狗三字就烦，那些小男人就知道搔首弄姿装乖装萌哄女人。"

褚灵均听着卫驰的吐槽，内心毫无波动，甚至想笑话他。

他把玩着手机，悠然笑道："我是有女朋友的人了，跟你单身狗不一样，体会不到你对小奶狗的痛恨。他们威胁不了我。"

卫驰怒道："老子正心烦，你还洗刷我！"

褚灵均呵呵两声："你自己用小号跟人聊骚，还发小奶狗的照片诱惑她，自作孽。"

"当时哪想到，事态不受控制！"

是的，起初只是想用小号窥屏……那一晚聊上后，也只想保持普通网友关系，毕竟他知道自己见不得光……可是，架不住周筱悠主动啊！

每次她主动发消息来，他就觉得，女孩子都主动找你聊了，你不积极回应，人家多没面子。聊着聊着，一想到对面是她，他就忍不住开撩，说一些暧昧的话。

尤其是在她相亲之后……

那天她在吐槽相亲对象愚蠢时，他鬼使神差地说："是我不够帅还是我不够可爱，小姐姐才要一次次去相亲啊？"

当时周筱悠被撩得满床打滚。

半晌回了句："帅不帅谁知道，这年头'照骗'太多了，得真人鉴定。"

为了降低她的相亲兴趣，他越来越主动地跟她聊，在她约会的时候不间断地聊。不出所望，她后来干脆不约了。而他似乎也习惯了或者说是依赖了这种模式，每天早上醒来第一件事是跟微信那端的她说早安。

吃早餐前给她拍照片，为了美好的观感和塑造他精致男孩的形象，他特别安排助理每天给他送丰盛的早餐并摆好盘。美食博主的早餐食谱被助理如法炮制。

上班路上要给她拍花花草草逗她开心。

在公司时，路过那个小鲜肉的部门，在他敲键盘的时候，选个好角度给他拍一张，然后发给周筱悠说："工作好累。"

一般带照片的周筱悠都会很快回应，先甩出一个表情包，然后说："心疼，小姐姐给捏捏肩。"

卫驰最喜欢在午休期间，待在办公室的休息间里，跟周筱悠语音聊天。

听她发嗲，听她甜软的情话那滋味……不摆了。

对比两人在现实中相处，她那男人婆的洒脱豪迈模样，卫驰仿佛进入新天地。有时候甚至想，如果她早展现这么女人味的一面，他早就把持不住了。

当然，卫驰跟她说话用了变声软件，对自己的声音做了一些处理，接近他的声线，但又不会让人觉得是同一个人。

为了营造居家好男人的形象，晚上会拍工作餐或者在家的清淡小菜。睡前两人会互道晚安。

以前是好朋友的时候，卫驰没有跟周筱悠这么亲密过。现在成了网友的关系，两个人好像都无所顾忌了，互黏互腻。

卫驰不得不承认，他有点享受这种日子，且煎熬且享受吧。

尤其是现实中她一看到他，就是一张高贵冷艳冰山脸……比小号的待遇差远了！

卫驰哀叹："我真不敢坦白，我觉得坦白就是死。她忍不了被我忽悠这么久……”

“那你想怎么搞？”

“就这样一直精神柏拉图吧。”卫驰脱口而出。

“异想天开。”褚灵均白他一眼。

“……”可是他能怎么样，既不能坦白，又舍不得割掉这联系。

痛哭流涕求原谅？周筱悠已经看他这么不顺眼，再知道他瞒她这么久，不得跟他拼命？

他很难啊！

“可能事情不像你想的那么悲观，回头我让曲玥探探她的口风。”

“好，靠你了。不，是靠你媳妇了！”

“老子媳妇是你靠的？滚！”

曲玥跟周筱悠去一家海鲜日料店用餐。一道道卖相精美的寿司刺身端上时，周筱悠第一件事就是拍照。

曲玥还记得当初她很鄙视那些上菜就拍照的人，说是活像八百年没吃过好东西。

曲玥不由得笑道：“你现在吃饭也开光了？”

她一刷手机，就看到周筱悠上传到朋友圈的图片，菜品拍得很美，自拍更美。不得不说，周筱悠的瓜子脸特别上镜。

周筱悠笑，笑容三分羞涩七分愉悦，神神秘秘道：“拍照是为了给某人看。”

“谁？”

“就上次跟你说的那个小奶狗。”

曲玥脑子有点宕机，哪个小奶狗？

周筱悠看她那样，索性把他照片点出来，递给她看：“就他，小也。”

这下曲玥想起来了：“你们还在聊？”

虽然这个人照片看起来是清秀帅气，但毕竟是不熟悉的网友，周筱悠身边也不缺长得帅的男人，她以为三分钟热度就过去了。

周筱悠笑。曲玥看她笑得那么荡漾，这是越聊越深入了？

“见面没有？”

“还没有。”说到这点，周筱悠一脸挫败，“我有种感觉，他抗拒跟我见面……就算是异地，现在交通发达，一天之内哪都能去。”

“不会是骗子吧？”作为好朋友，曲玥得尽量提醒她，使她保持清醒，“网络那边是人是鬼你都不清楚，现在不是有那种新闻吗，女人冒充男人骗富婆……”

“我每次说在外面玩，他直接给我发红包买单，一次几万，不带犹豫的，也不说我乱花钱。我说在公司加班，他给我点外卖。你见过这么贴心这么大方的骗子？这要是放长线钓大鱼，前期投入未免太大了。”

这一说，曲玥也觉得这要是骗子，大概脑子被驴踢了。

“还有，我们每天都聊天，互动很频繁，你觉得我能被一个骗子忽悠那么久？他真的很有料，什么都懂一些，说什么都不冷场，聊什么都能合拍，简直精神伴侣啊。我工作上遇到烦恼跟他倾诉，他都能指点一二，这种水平的人去做骗子不如去做CEO赚钱来得快。”

“那他为什么不跟你见面？”曲玥都好奇了。

“不知道……”周筱悠无奈耸肩，这是不解之谜。

两人边说边吃完饭，买单的时候周筱悠拿出手机页面在曲玥眼前晃悠了一下：“你瞧，他看到我在跟闺蜜吃日料，发红包来买单了，说请我们。”

曲玥拜服。这年头网恋都这么烧钱了？

两人吃完饭，在商场里逛了几家服装饰品店。

以前一起逛街是互相商量讨论，觉得好就买。现在，周筱悠还得先拍照片，给她的网恋对象看，听听对方的意见。

跟一个不间断抓着手机聊天的人一起逛街，有点心累。于是曲玥试穿后，也拍照发给褚灵均。嗯哼，我也是有男朋友的人！

医院内，原本一起打游戏的哥俩，由于卫驰总去看微信信息，严重影响战斗力，被褚灵均各种唾弃。一看他在用小号跟周筱悠聊天，更不齿了：“嘴上说着不要不要，身体可诚实！”

“你敢不敢不理她，专心来一把？”

“你再送人头，老子把你小号捅出去！”

“别……别冲动……有话好好说，我发个红包就收尾。我说去加班。”

褚灵均好不容易可以安心玩游戏了，自己这边又开始跳出微信信息。很想发火的褚霸王，一看来信息的是他家白月光……还能怎么办，赶紧看呗。

哦，在逛街，试衣服给他看……

啧啧，宝宝可真黏他，就连跟闺蜜逛街购物都要问问他的看法。

褚灵均很认真地看着衣服，很认真地给意见……

他显然已经忘了，在曲玥走的时候，他还在跟她怄气，而且咬牙切齿地想绝不轻易原谅。

被坑得嚎叫的卫驰：“你干什么去了，怎么掉线了……老子还等着你来救场，你竟然蹲草丛里被乱刀砍死……”

“淡定淡定，我正给我媳妇挑衣服，马上好。”

卫驰很不爽，一局结束后，不开了。于是，两个原本在玩游戏的男人，开始专心致志地各自陪女人聊天做服装咨询顾问。

这人呐，不怕差，就怕比。

周筱悠给卫驰发照片，无论什么衣服，他都先把她吹捧一顿然后点评衣服一些精致的细节夸她有品位，总结是美美美买买买，红包发发发。

曲玥给褚灵均发照片，他盯着衣服看，一本正经地点评：这个颜色不太适合你，太土了……这件露得太多了，不行不行……这个款式不好，显腿短……

曲玥看到他的回应，又看到那边周筱悠很荡漾的对话……不爽。

褚灵均又一次否定了她挑的衣服后，曲玥直接怼回去：“是不是我穿什么都不好啊？”

“是你挑的这些都不好看。”褚灵均还没嗅到危险的味道，很耿直地回复。

“不开心，不跟你说话了。一点都没有人家小奶狗招人喜欢。”

褚灵均：什么？他的白月光都喜欢小男人了？

“小奶狗”卫驰这边跟周筱悠聊地眉开眼笑，正入佳境。

回去的车上，周筱悠靠在曲玥肩头，长叹一声，说：“我好像真的陷进去了……喜欢他啊！很喜欢他啊！”

“他为什么不跟我见面？他是不是‘照骗’？本人是个超级丑男？是个大胖子？不敢见我？”

“不排除这种可能性。”曲玥点点头，又问，“如果真是这样，你怎么办？”

“不知道，所以我现在也好怕，怕自己越陷越深……到时候太痛苦了。伸头一刀缩头一刀，我就想赶紧见面，是死是活来个痛快！”

“那我们想个办法，让他露面。”曲玥道。

本以为就是网友聊骚，她都没当回事。现在发展到这一步，打得火热，她也怕周筱悠真心错付。当务之急，就是想办法逼他露面。

灯光下，章城打了个大哈欠。工作没结束，他泡了杯咖啡，继续加班。再次坐在电脑前，微信信息响起，又是老板卫驰。

“忙什么呢？”

“……加班。”

“这么晚了，该休息了。”

“谢谢老板关心。”

“洗澡的时候顺便拍个上身自拍照，发给我。”

章城捏着手机的手抖啊抖，抖啊抖……

他放下手机，调出文件夹里的辞呈，又噼里啪啦写了一段。

这段时间，他战战兢兢，如履薄冰，辞职报告写了一遍又一遍，藏在文档里。

白天里，老板时不时会经过他身边，然后就有人到他耳边来八卦。

“刚刚老板又偷拍你了……”

“好一阵子了……”

“我天，心碎了，老板怎么会是基佬啊！”

“老板以前交过几个女朋友，应该不可能吧……”

“老板有没有单独约过你啊？”

“老实说，你们发展到哪一步了？”

章城表示，除了工作上的事情，老板没有任何私下邀约。

是的，这也是他还在忍的原因。目前仅限于偷拍和跟他要各种照片。

忍，再忍忍……只要老板有任何不轨的行为，立马辞职！

眼下就因为这些照片，放弃年薪五十万的工作，豁不出去啊！

Chapter 8 作茧自缚

你男朋友我，牛哄哄金光闪闪出场自带BGM的霸道总裁，要钱有钱，要人有人，没有摆不平的事！就算你要天上的星星，我也能发个火箭给你打下来！

卫驰从章城那里拿到照片，左看右看都觉得不顺眼。但是周筱悠还在微信那端乖巧坐等……眼一闭，心一横，忍着强烈不适感发出去了。

很快得到周筱悠回复：“小姐姐看得脸都红了。（害羞）（害羞）”

红什么啊！毛都没长全的小男人，有什么可脸红的！

卫驰去浴室，脱下上衣，对着镜子看自己，边看边拿出章城的照片对比：“老子这才叫男人！看看我这胸肌，我这腹肌！这浓浓的男人味，那小奶狗能比得上吗？”

卫驰咔嚓给自己拍一张，在差点就要发给周筱悠时，理智回归，稳住了自己。

……好险，差点手滑。

那边周筱悠也发来一张照片，靠在躺椅上，手持高脚杯，眼前整面的落地镜映出她的模样，微卷的及肩发慵懒俏皮带着小性感，红色的裙子衬得肌肤雪白，纤细的脚踝悬在空中，妖媚又肆意……

他不由得就想到那天晚上……

在朋友跟前风风火火的女汉子，实际上是个性感诱人的小妖精。

卫驰觉得喉咙很干，浑身燥热，他走到外面去倒了一杯冰水，给自己降温消火。

再次拿起手机时，周筱悠发来信息："有酒有故事，要不要喝一杯？"

如果不是小号，卫驰恨不得立刻飞到周筱悠家里去。

现实的无奈就在于，他是个不能见光的小号！

卫驰心里这个恨，恨自己没事挖坑自己跳，恨自己越聊越上瘾，恨自己越玩越上火……

这丫头有毒！有妖气！

卫驰发了两个害羞的表情，心里有苦不能言。

"咱们玩个游戏，我说一件事，再问你一件事。"

"好呀。"只要她不提见面，他就如释重负。

"我叫周筱悠，你叫什么呀？"

是的，周筱悠还没问过他名字，因为他也没问过她的。之前周筱悠觉得，名字就是个代号，并不重要，重要的是聊天的感觉。每天给他取各种昵称，压根没想过问他名字。

卫驰一愣，反应过来后回复："章城。"

用了人家的照片，还是一以贯之比较好。

"我生日是91年8月9号，你生日是哪天？"

她这葫芦里卖的什么药，问了姓名又问出生日期……卫驰谨慎起见，立马发微信问章城："你生日是哪天？"

章城拿着咖啡杯的手一抖，咖啡都溅出来了。

工作完全顾不上了，脑子在飞速运转……

几个意思？这是几个意思？！想送他生日礼物吗？！

可是为什么要送他生日礼物？

难道潜伏这么久，想在他生日那天，跟他挑明？

万！万！不！可！以！

他还不想失去这份工作！

章城在急得脑门冒汗时，毅然决然地跳出微信，然后——关机。假装没看到，假装已经睡觉。消极抵抗，装死到底！

卫驰等了半天不见章城回复，那边周筱悠都在催了。

“？？？”

“小哥哥，你的生日难道还是秘密呀？怕我给你生日惊喜？”

卫驰估计章城是睡了，直接给公司人力资源部经理打电话，半夜调档案，查出章城的出生日期，回复周筱悠，又发送一句：“巴不得小姐姐给我生日惊喜。（呲牙）（呲牙）”

“刚刚去给自己泡了一杯咖啡，今晚任务艰巨，又要加班的节奏呀（困）”

周筱悠：“那你忙吧，我不打扰你啦，我先睡啦。”

“嗯嗯，晚安。”

“安。”

周筱悠转头给曲玥发微信：“我问到他的姓名和生日啦，明天发给警局那边的朋友，要不了多久就能查到他的身份证信息，是真还是假，马上就要现出原形了！你这个提议相当好，我之前怎么没想到？”

“因为你当局者迷，一心撩汉去了啊，（偷笑）”

“老天保佑，他的真面目千万不要是两百斤的大胖子啊！阿弥陀佛，我的少女心啊……求幸存！求恩典！”

“你不是说灵魂伴侣吗，怕什么大胖子？”

“这……这……”周筱悠丢了一个满头大汗的表情包。

“大不了天天督促他运动，带他减肥！到时候你就是赐予他新生的女神！”

“有道理！大胖子，不虚！但是……我还是希望人如照片，可以马上带劲滚来滚去的那种。（可怜）（可怜）”

“（鄙视）（鄙视）”

“（白眼）我记得褚霸霸之前还是个童子鸡，跟你开荤不得了吧？啧啧，你是饱汉不知饿汉饥……旱的旱死，涝的涝死。”

曲玥靠在床头，脸色微红，抿唇忍笑。这么大尺度的聊天，她快要跟不上了。

另一张床上，干躺着睡不着的褚灵均可煎熬。

曲玥跟周筱悠逛街回来，他才意识到，他本应该还在生气，不该那么快妥协！不然他以后就是一个没底线没原则的人了！于是，他捡起他高冷的态度，绝不主动说话，她说什么能不理就不理，能一个字回答绝不用三个字！

然而，效果并不好……

曲玥沉浸在周筱悠的故事进展中，加上之前逛街还跟他聊天点评衣服，所以她浑然不觉男朋友在跟她闹脾气。

她越安然淡定，他越郁闷生气。

这间VIP病房有两张床，另一张床就是为陪护的家属准备的。但现在，就连她睡在隔壁床都让他格外不爽。余光一瞄，发现她拿着手机，不知道在跟谁聊天，在那偷笑……

褚灵均唯一的发泄办法就是——

“喂，我尿急！”

曲玥闻言，放下手机，下床来到褚灵均这边，掀开被子，扶他起床。

褚灵均斜眼看她：“刚才跟谁聊天呢？不是哪认识的小男人吧？”

曲玥一脸发蒙看他。小奶狗什么鬼？

“边聊边笑，呵，跟我说话没见你这么开心。”他冷言冷语。情绪越来越不受控制，酸味快要溢满空气了。

曲玥忙道：“我在跟筱悠聊天呢，她最近有个发展火热的小男友，不过是网恋，我在跟她分析……”

哦，你朋友网恋了不起啊！褚灵均还是不爽。

这一刻他深刻诠释了什么叫见色忘义。卫驰拜托他打听消息的事情，被他忘到了九霄云外。醋劲大过天，被媳妇冷落，作天作地。

上厕所时，曲玥守在一边，褚灵均幽幽叹了一口气：“三番五次进医院，吃力不讨好，我真背时……”

曲玥愕然，这下意识到褚公主有心理问题了。她搀扶着褚灵均回到床边，待他坐下后，轻轻抱住他：“宝宝每次都因为我受伤，我可心疼了，只恨受伤的不是自己……”

褚灵均被这温柔一抱给熨帖了，脱口而出：“伤在你身上，还不是痛在我心上，不如自己吃点皮肉苦。”

不对……哪有这么快就服软的？

曲玥动容，柔声道：“但是我也不想你再受伤了，以后保护好自己，好吗？无论发生什么事，不要一个人扛。我要跟你同进退，不要做你的累赘。”

褚灵均反问：“那你呢？你有困难不找我，去找周筱悠妈妈算怎么回事？”

曲玥蹭在褚灵均怀里，软声道：“你那个是因我而起啊，我这个是自己的锅，所以就不想麻烦你嘛……我知道你很忙，不想给你增加负担，也不想你因为徐醒心烦……你能理解这种心情吗？”

被曲玥这么软声软语地哄着，褚灵均过了气头上的那阵子，再一想确实能理解她。毕竟，他也是因为不想她恶心，才没有说照片视频的事。

“那这次就算了，下次不能这样了。你男朋友我，牛哄哄金光闪闪出场自带BGM的霸道总裁，要钱有钱，要人有人，没有摆不平的事！就算你要天上的星星，我也能发个火箭给你打下来！”

曲玥差点笑喷。

男人表情浮夸，说话自恋自大，可是她觉得这样的他好帅好帅！帅到整个人都在发光！

褚灵均抬手，揉了揉曲玥的脑袋：“我为你做什么都是应该的，我也心甘情愿，你不找我，去别人那里欠人情，你说你傻不傻？”

曲玥乖乖点头：“嗯，有点傻……”

女孩一脸温柔，眼睛月牙儿般弯起，眼里落满星光，写满欢喜。

褚灵均看着自家这么美这么乖的姑娘，心里柔软得不像话。那些掏心窝子的话，忍不住往外倒：“你说我不为你做点什么，彰显自己的厉害，也很没有存在感的是不是？”

“功劳都被别人抢去了，还怎么在你心里站稳脚跟？”

“哪个男人，不想当自己女人的大英雄？”

“就算为你做再多事，流汗流血都无所谓。只要你一个崇拜的眼神，一个高兴的笑，我就觉得什么都值了。”

曲玥靠在褚灵均怀里，闭上眼，轻轻嗅着他的气息：“嗯，我知道了。”

她知道了，爱情不是努力不麻烦，而是互相依靠。

爱情不是害怕自己不够优秀，而是想要变得更好。

爱情不会计算得失，只有心甘情愿为对方付出。

一天后，周筱悠就给曲玥打电话了。

“哈哈哈哈，是真的！他没有骗我！真人！身份证证件照都帅呆了！如假包换小鲜肉！货真价实小奶狗！鲜嫩多汁童叟无欺！”

这兴奋劲，曲玥透过听筒都感受到了。

“我想我大概知道他为什么怕见面了……”

“为什么？”

“他的条件没有他说的那么好，你知道他在哪家公司吗？”不等曲玥追问，周筱悠踊跃爆料，“他在卫驰公司上班！技术部，IT民工！根据我对他们公司的了解，那个岗位年薪大概30万到60万吧。他那公司我知道，只有几个大股东，并没有员工持股。他也没有海外留学经历，清北毕业的，外省人，落户本地，名下还没有房产，有辆代步车。”

她嘿嘿笑着，继续说：“没有任何违法违规记录，本地也没有开房经历，是个好孩子哦。”

曲玥完全惊呆了。

这效率，这速度，这详细……

“你快抽个时间，陪我去见他。”周筱悠简直等不及了，“今天来不及的话，就明天，最迟后天。”

“你打算去他公司见他？”

周筱悠笑眯眯：“对呀。他不过来我过去。制造意外偶遇。”

好姐妹打得火热的网恋，眼看就要奔现了，被力邀撑场子，曲玥自然是要支持的。第二天把工作事项安排好，第三天就空出时间陪周筱悠。

两人在卫驰公司附近的商圈见面，周筱悠在曲玥跟前转了个圈："我这身怎么样？够不够惊艳？"周筱悠一袭低胸真丝长裙搭配修身小外套，衬得身材修长婀娜，既有淑女范儿，又不失性感。

曲玥点点头："很美。"随即她促狭地笑说："跟你往常风格不一样哦。"

周筱悠弯起唇角："小奶狗都喜欢温柔甜美的小姐姐嘛。"

曲玥今天的打扮倒是很休闲，简单的灰色直筒裤和白衬衣，米色中跟鞋，长发拢至肩膀一侧。今天她是配角，陪姐妹看男友自然是怎么简单随意怎么来。

不过两人走在一起，一点都不违和，不同风格，不同的美感。一个像蝴蝶展翅，一个像微风徐来。两人并肩走在街上，来往的人频频回首欣赏。

"咱们先吃点东西，晚点过去。"周筱悠打算在他下午上班的时候突袭。

两人去了周筱悠非常喜欢的那家牛肉面街边小店，门口招牌都坏了一半，但是几十年的小店，味道堪称一绝。周筱悠一吃上喜欢的东西就有点忘形了，吸着面条咬着又香又糯的耙牛肉赞不绝口。

张宁和同事恰好路过，目光无意间扫过她，停住脚步，又一次定定看过去。

"你朋友啊？两个大美女哟！"同事惊叹道。

张宁点头，目光持久停留在周筱悠身上。这是他很喜欢过的一个女孩，或者说，至今还没有完全从心上移开。

"那咱们去打个招呼？"

"走吧，不熟。"张宁收回目光，大步前行。

同事在身后追赶他的步伐，没看到他眼底的后悔与落寞。

如果当时更有勇气一点，结果会不会不一样？她其实也跟普通女孩一样，会坐在街边面店里开开心心地吃东西……就像那时候，她收到他精心制作的手工礼物会很开心，并没有不屑一顾。

现在他身边的确有一个门当户对的女孩子在接触，明明是朝着婚恋方向发展，却没有了怦然心动的感觉，没有了浑身好像用不完的劲儿，也没有了一门心思想要对她好。

今天再次看到这个女孩，久违的情感洪流突然涌动。

可是，他知道，没用了。既然当初退了那一步，就再也追不上了。

“哎呀！”周筱悠一声低呼。

“怎么了？”

周筱悠苦着一张脸：“刚才好像看到熟人，结果人没看到，汤汁不小心溅在身上了……”

“没事儿，时间还早，等会儿可以去商场再买身衣服，这套送去干洗吧。”

“只能这样了。”

曲玥陪周筱悠来到自己经常光顾的几家品牌店。以前她是尽职尽责的陪客，现在不一样，看到喜欢的她也买得起。那些吊牌上的数字不再昂贵到可怕，她也不需要计算着生活费和公司负债。这种浑身轻松又有能力消费的感觉，让曲玥心情很好。

周筱悠试衣服的时候，她也选了几件试穿。

店面橱窗外，陆泽言陪在母亲身边，手里拎着母亲购买的衣服。

“这个姑娘可真漂亮。”陆母顿住脚步，看向玻璃橱窗里。

陆泽言随之看去，熟悉的身影……是曲玥。

“你找的那些女朋友，没一个这么漂亮有气质还让人感觉很舒服的……”陆母不由得数落自己儿子，“你瞧这姑娘，出落得楚楚动人，以后生出来的孩子一定也好看。”

“各有风情，她更契合您的审美。当然，她的确很美。”陆泽言道。

“我去问问她有没有结婚。这种万里挑一的好媳妇，不能错过。”

“妈，您干什么呢！”陆母正要迈出的脚步，被陆泽言拦住了。他哭笑不得道："这女孩我认识，是一个合作商，人家有老公了。"

"叫你一天天瞎混，好姑娘都被人追走了！"陆母一脸不高兴地数落。

老人家唯一的牵绊就是这儿子的婚姻大事，三十好几的人，没有一个长期交往的女朋友，也没有稳定下来的意思，儿子不急急死妈。即便家财万贯没有子孙后代也很难让人高兴起来。

陆泽言无可奈何地笑，目光再次流转到曲玥身上。一件红色修身礼服裙，把她的美彰显得淋漓尽致。又像他妈说的，让人感觉很舒服，没有丝毫攻击性。

"妈，您等我一下。"陆泽言进店，曲玥正好进了更衣间换衣服。周筱悠在另一边的更衣间。陆泽言将她们俩试穿的衣服付款后离去。

曲玥跟周筱悠出来，准备付款，店员告知已经有人买单了。

周筱悠一脸发蒙，谁啊？

店员把签字的凭据给她们看："是这位先生。"

"陆什么？"周筱悠努力辨认，但这个签字体，后面两个字完全一笔带过还真不好认。

曲玥因为跟陆泽言公司合作过，认得他的签名："好像是我一个朋友。"

"嗯？你哪个朋友？还是一位先生哦！还挺大方哦！"周筱悠笑着看她。

她们俩选的衣服和配饰，合计快要十万了，一般人还真买不起这个单。

"应该是那位合作商，等我确认之后，想办法给人家还礼。"

"哦，你的甲方啊。"周筱悠看曲玥神色平静得几近淡漠，也提不起调侃的兴趣了。

两人离开商场，直奔卫驰公司。

CBD中心，卫驰租了瑞安大厦的三层楼作为公司的办公用地。与对面褚灵均所在的金融大厦遥遥相望。当初褚灵均直接拍下一块地，交给国际一流建筑公司打造出他理想的商业大厦，如两把出鞘的利剑直冲云天。在地价翻了数倍房价直线上涨银根紧缩之后，卫驰看着褚灵均那被当成城市地标的宏伟建筑，羡慕得直流口水。

公司闲杂人等不得入内，周筱悠和曲玥被前台盘问。周筱悠说："我认识你们卫总，你就跟他报我们名字。"

此时卫驰正在会议室里开会，休息间隙得到消息，愣了一下。周筱悠为什么到他公司来?

当然，不管为什么，他延长休息时间，离开会议室，大步往前台去。路过走廊的落地镜时，站定，整了整衣冠。其实不用打理，他也是风度翩翩气质卓然的总裁范儿。尤其在亲和力上，他比基友褚灵均强很多。

"小悠，曲玥，你们怎么过来了？"他笑意盈然，亲自来前台接人。

周筱悠过来找他，他真挺高兴的。

周筱悠久违地扬起笑脸。卫驰现在的身份是她家小奶狗的饭碗，再怎么样，不看僧面看佛面，也不能甩脸子不是。

卫驰内心一阵说不出的激动。以前周筱悠天天在他身边嬉皮笑脸他没当回事，当被她彻彻底底地冷落和无视后，饱受内心煎熬，现在就连她给个笑脸，他都觉得是大恩大德了。这人呐，不得不承认，有点贱性。

"我跟曲玥过来看望朋友，你忙你的去，不用管我们。"周筱悠笑眯眯道。

"哪个朋友？"卫驰疑惑地问。

她什么时候在他公司交朋友了……

"好啦，你忙你的去，不用管我们。我还不想让他知道我跟他大老板是朋友，不然怕他以后不自在。"周筱悠道。笑靥如花的模样，看得出来心情很好。

卫驰愈发莫名了。打扮得跟花蝴蝶一样过来，找谁呢?

周筱悠拉着曲玥的手入内。问了人，确定技术部的位置，欢快地上楼。

卫驰心里好奇，没由来地尾随。

当她们走入技术部，卫驰脸色一变。

她要是看到了章城怎么办，我岂不是要穿帮？

卫驰快步上前，目光跟随周筱悠，发现她直直往章程那边走去。

卫驰腿一软，这是要完！

“嗨！”周筱悠靠在桌沿边，冲章城眨眼笑。

一股淡淡清香靠近时，章城还没有觉得异样，以为是路过的女同事。当银铃般悦耳的声音在身旁响起，抬头，对上一张明媚动人的笑颜……

章城有点头晕目眩。作为一个技术宅男，每天接触的异性少得可怜，更别说这么漂亮的。

周筱悠见章城呆愣的样子，以为他是太惊讶了，便解释：“我陪朋友过来办事，看到背影觉得有点像你，没想到真是你呀，太巧了。”

章城一脸发蒙：“美女，你……”

“你什么你！”卫驰打断了章城就要问出口的你哪位，一脸盛气凌人的老板模样，“交给你的任务完成了吗？时间紧任务重难度大！还有空在这跟美女聊天？”

章城想要解释：“卫总，我……”

“你那么凶干吗！”周筱悠很不爽。

卫驰换上和蔼可亲的姨父笑。“小悠，现在是工作时间，不适合私人闲聊。”说着他目光环视四周，“还有这么多人在工作，影响到别人也不好。”

周筱悠被噎住，明明觉得卫驰这样很过分，可是又没办法反驳。

“这样吧，你先去我办公室坐坐，等下班了你们再约。”卫驰提议。

“也行。”周筱悠不想给小奶狗留下无理取闹的印象。她转头看向章城，再次恢复笑靥如花，冲他挥手：“那你先忙，咱们等会儿见。”

章城目送那几人离去，一脸迷茫。

谁能告诉他，到底发生了什么？

“嘿，章城，你女朋友啊？”

“哇塞，很漂亮啊！”

“伪单身，混入我们单身狗队伍，可耻！”

“她身边那个美女好美，我更喜欢那款，章城你帮我问问那美女的联系方式呗。”

“这个可以有，肥水不流外人田！”

同事你一嘴我一舌地打趣，唯独章城，云里雾里。

无论他如何运转机智的大脑，都想不出什么时候见过周筱悠。

如果这是在大街上或者在消费娱乐场所，他第一反应是遇到酒托饭托了！

可现在是在公司，对方好像还认识卫总……好吧，那女孩确实好漂亮，就算真是个托儿他也认了！心甘情愿被宰！

卫驰把周筱悠和曲玥带去办公室。

没有其他人时，周筱悠开启冷嘲热讽模式：“卫总，你这官威可真大。上班时间说句话都怼人。你干脆用机器人来工作好了，那样一准满足你不眠不休不吃不喝拼命干的吸血鬼精神。”

卫驰：“……”

他摸了摸鼻子，讪讪笑道：“是这样的，最近公司接了个大项目，他们正在加班加点地忙碌。”还以为小妞是过来找他的，居然是来找那小奶狗！

不对，她是怎么知道的，目标相当清晰？

卫驰细细一回味，想起了那晚周筱悠问他姓名和出生日期。这就很明了了，只要有关系，很快就能查出匹配的身份信息。

卫驰这一捋，发现是自己挖个坑把自己给埋了。悔不当初啊悔不当初……可是有什么办法，事已至此，自己挖的坑，跪着也要填平。

卫驰怕周筱悠又闹出什么幺蛾子，特地把办公电脑打开，把自己的位子让给她坐，说：“公司正在制作最新一期的宣传图片和视频，你帮忙看看，给点意见。”

见曲玥站在模型架前浏览，他走到她身边道：“觉得哪个有意思，随便拿出来玩。”

这上面摆放的是各种各样的机器人，有金属朋克风，有粉红少女风，还有耳熟能详的动漫人物，外形不同，功能也各不相同。曲玥这看看那看看，充满了新奇感。

“还有两个小时就下班了，你们随便消遣，我有场会议，先过去了。”卫驰跟她们打过招呼后离去。

离开办公室后吩咐助理送咖啡和甜品到办公室，自己去了另一间办公室。

卫驰一屁股坐在大班椅上，摸着胸口，后怕地缓缓神。差一点，差一点就在大庭广众之下揭穿了……太可怕了！这种惊险和尴尬，长这么大还是第一次体验！

现在情况暂时安全，卫驰舒缓快要窒息的小心脏，立马着手下一步了。首先是安排章城的部门经理带着章城一起去某国谈项目。

经理接到这个任务一头雾水：“卫总，之前不是都谈妥了？”

“我思考了一下，利润太薄，你想个办法，比如用更尖端的技术更昂贵的材料，表示要提价。”

出尔反尔很不君子啊，老板！

“不提个百分之五十，你们就在那儿磨。公司马上给你们订票，立马收拾东西出发。”

百分之五十？老板你在做梦吗？

不管怎样，卫驰连哄带踹，把经理和两个技术骨干一起赶出了公司。由于时间匆忙来不及收拾东西，卫驰很大方地表示，一切生活用品就地购买公司报销。

“人家是说走就走的旅行，咱们这是说走就走的出差。”去往机场的路上，其中一人打趣道。

章城抿唇，嘴角下垂，不开心。

那位不知名的小姐姐还在等着他……不管是认错人还是什么乌龙，他很期待再次见面。作为一个技术宅，认识美女的机会多难得啊！

经理则是忧心忡忡地想，出尔反尔狮子大开口，公司缺钱了？

要不是知道老板有家底，他真怕前途未卜。

章城离开公司，卫驰整个人松了一口气。把定时炸弹打包送去国外，安全级别直线上升。他给周筱悠发微信："小姐姐怎么会突然出现在我眼前？没有一丝丝防备！"

很快，周筱悠回复："陪朋友来办事的，我也没想到这么巧。（害羞）（害羞）"

切，当他傻啊？

"你都不提前说，早知道我就提前跟公司请假了。"

"没关系呀，我可以等你，正好朋友要办事，下班了一起去吃饭呀？"

隔着屏幕卫驰都能感觉到周筱悠那股荡漾的情意，而这荡漾还是因为那一面之缘的小男人……卫驰越想越心塞。

"我今天要出差，公司之前就安排的项目，现在已经在去机场的路上了……（流泪）（流泪）早知道会遇到小姐姐，我就请假了！"

这下周筱悠好半天没回复。

卫驰忐忑地发了一句："小姐姐，你生气了吗？"

还没收到回复，电话铃声响起，是周筱悠打来的……卫驰深呼吸，接起来。

"卫驰，你太过分了吧？让我在办公室等着，把人撵去出差！"周筱悠气呼呼道。

卫驰："啊？怎么回事？你说谁出差了？"

"章城！"

"我不具体经办这些事，我不知道，你等等，我跟下面的人问问。"卫驰淡定又平静，听语气是相当诚恳了。

还想见那小男人，呵呵呵……没门。

如果说之前周筱悠对章城的照片有兴趣，卫驰虽然有点嫉妒，但相信维持两人热火朝天网恋的主要和绝对因素，是他的内涵！是他能撩！

所以就算有点嫉妒和不爽，周筱悠要照片时，为了不破坏良好的互撩氛围，他就给了。

但现在，事态完全不一样了！她在现实中见到章城了，还一副很感兴趣的样子！天大的危机感，降落卫驰头顶！

片刻后，卫驰给周筱悠打电话："我刚刚问了一下，这是副总前几天给他们部门安排的任务，现在出发去机场了，我也没办法啊。"

"你是老板嘛，能不能帮个忙把他叫回来，这次出差就不带上他了？"周筱悠语气讨好地说。

卫驰心里一阵翻江倒海，嘴上却是笑嘻嘻，柔声道："小悠啊，这不是我一个人的公司，我下这种命令很荒唐啊。他出差也就几天，你们几天后再见也是一样啊。再说了，这次出差是对他的培养和拓展，你把人叫回来，不是耽误人家工作吗？他们这些年轻人，事业心强，工作起来是很拼的……"

周筱悠沉默。之前每次结束聊天时，他都是说要加班要忙了，有时候后半夜还说得再忙一会儿。再一联想他的情况，独自在城市打拼，还没买房，肯定压力很大，很上进。

她一言不发，把电话挂了。

卫驰察觉到她的低落后，就听到嘟嘟嘟的忙音。他仰靠在椅背上，揉了揉眉心。

心好累……现在该怎么办啊？

对了，褚霸王说给他探口风，卫驰精神一振，立马给褚灵均打电话。

响了半天，那头的男人才慢吞吞接起来，伴着噼里啪啦的键盘声道："忙，有屁快放。"

现在是自个儿麻烦人家，只能忍着了，卫驰给自己做思想工作，开口道："你不是说让曲玥帮我打探口风吗，怎么样啊？"

敲击声一顿，接着是褚霸霸有点干的笑声："最近有点忙，给忘了……”

“你一天天躺病床上有多忙！”卫驰再也忍不住，爆发了，“兄弟我在这边水深火热，你见死不救，还把我的话当耳旁风！老子算是看清你了，是时候友尽了！”

“啧……多大点事儿啊，至于吗，你都忽悠人家这么久了，也不缺这一时半会儿。”褚灵均云淡风轻地说。

身体受伤行动不便，心灵更需要安慰，褚霸霸每天晚上都忙着撒娇腻歪，哪有空去想兄弟那档子破事……

感知到那端又要有一波狂风暴雨袭来，他很自觉地补了一句：“这样吧，我现在帮你问问。”

“不用，谢谢您了，我自己问！”卫驰怒气冲冲地挂了电话。

不靠谱的兄弟。不，不是兄弟，就是坑货！

Chapter 9 始料未及

好看的皮囊千千万万，共鸣的灵魂独一无二。

办公室里，周筱悠情绪低落，靠在沙发上兴致怏怏地打游戏。要不是因为被她带来的曲玥，正在兴致勃勃地操控着机器人，她真想拔腿就走。

那句小姐姐生气了吗，她一直没回复。实在是心情不好，不想说话了。

卫驰进办公室，看到曲玥正在开心地摆弄机器人，又看到周筱悠脸上阴云密布地打游戏。

“等会儿下班了，我带你们去吃饭。”卫驰笑道。

曲玥看向周筱悠，她主要是陪她过来，具体怎么安排，看她。

“随便随便。”周筱悠心烦地应声，拿着手机离开，“去趟洗手间。”

办公室里只剩下曲玥和卫驰两人，卫驰抓紧机会，赶忙道：“嫂子，帮个忙……”

曲玥对上卫驰无助恳求的眼神，惊了一下，尤其那声恭恭敬敬的嫂子，她还是第一次听他叫。

“你知道筱悠跟一个叫小也哥的网友网恋吗？”

曲玥愕然：“你也知道？”

“我知道……而且，我……”卫驰顿了顿，努力用忧郁的表情来掩饰尴尬。

曲玥从没见过风度翩翩的卫驰出现这种一言难尽的表情，她静静等待下文。

卫驰坐到大班椅上，手掌撑着额头，拼着尴尬如实道：“我就是那个小也哥……”

“？”曲玥消化了好一会儿，努力没让自己失态。

半晌，她发出疑问：“那章城的照片和信息……”

“我为了掩饰，借用他的。”

“所以，章城压根什么都不知道？”曲玥回忆之前章城看到周筱悠的表情。

周筱悠以为他是被猝不及防的见面惊呆了，曲玥现在细想发现那是不明所以的迷茫。

“嗯。”卫驰艰难地点下头。

“……”曲玥万万想不到，剧情还有这样的神转折。

周筱悠打得火热的网恋对象，竟然是现实中的老朋友！

这就很尴尬了。

卫驰：“我没想到筱悠这么当真，还查出章城的私人信息，特地跑来见人……”

这话曲玥不爱听了：“那你是逗着筱悠玩？你在跟她开玩笑？”

一想到筱悠那兴奋又期待的劲儿，提起她的小也哥时荡漾的表情和她陷入热恋的心……曲玥愈发不快：“戏弄朋友，有这么好玩吗？”

“没有没有……你误会了，我不是这个意思，没有耍她的意思……”卫驰一个头两个大，被曲玥这么谴责，他一个大男人真的快要无地自容了。

“那你是什么意思？”

“这阵子筱悠不搭理我，还把我拉黑，我换个小号关注她，没想到就聊上了……这事儿怪我，是我自己没掌握好度，可是我……”卫驰艰难地表达，还在酝酿什么词汇才能剖析他的心境。

曲玥单刀直入地问：“你喜欢筱悠？”

卫驰脸皮子一僵。

“是不是？”曲玥追问。

他欲言又止。

曲玥语气透着淡淡的鄙视：“只敢喜欢不敢承认吗？”

“是！”卫驰被这句话刺激了，坚定地肯定地大声地说，“我喜欢她！”

突然说出来，心胸都舒坦开阔了。那些一直被压制被隐藏的情绪都毫无保留的崩裂出来：“我喜欢她。这段时间以来，满脑子都是她，没法安心做别的事。”

卫驰之前交的女朋友都是合则来不合则散，在一起时不腻歪，转身后毫无留恋。这种时刻牵挂着某个人的感觉是第一次。这种会因为想跟对方说话，每天守着手机过日子，跟手机谈恋爱的情形，他连荷尔蒙最躁动的青春期都没有过。

卫驰苦笑了一下：“看她出去约会相亲，她跑到公司来跟小奶狗见面，我真的很不爽。”

办公室门外，正要推门而入的周筱悠，呆呆站着。

她听到了曲玥的追问，听到了卫驰的告白……

她仰起脸，用力吸气，抑制着突然汹涌的情绪。

她喜欢卫驰多久了？

不知道，原本就是打打闹闹跟哥们一样，不知道从哪一天，她变得格外关注他。看到他身边新出现的女人，嘴上打趣，心里泛酸水。

那时候她半真半假地试探性跟他表白过，可他哈哈大笑各种挤对调侃她，她只能当作一个玩笑揭过。她在自己有意识地控制和转移下，努力淡化这感情。

偏偏那一晚他们又睡在一起。

她期待有什么不一样的改变，可他仍旧跟没事人一样，依然跟她称兄道弟。她做不出因为睡了一觉就缠着他的那种事。于是，她选择彻底割断联系，彻底将他驱逐出她的心。

后来的相亲约会，她每一次都认真对待，但发展不如人意。直到遇到网上的章城，她是真有了爱情的感觉……

她想跟章城在一起，不管年龄差和经济差，她想跟他在一起，想要那么一个懂她爱她的人陪在身边。这时候，却听到卫驰的这番话……

她可以选择拒绝吗？

周筱悠不动声色地后退几步，再次回到洗手间，洗脸洗手，调整情绪，直到看不到丝毫异样。

与此同时，卫驰还在办公室里跟曲玥谈心。

“我没想到事情会到这一步，自己给自己挖了个大坑。”

的确，巨大无比的坑，曲玥简直同情卫驰，又很无语他的脑回路。幸好，霸霸追她的时候没用这么尬的方法。

“你打算怎么办？”曲玥问，“坦白吗？”

“不不不，万万不能坦白！坦白从宽牢底坐穿，我不能给自己判死刑。咱们先想办法探探筱悠的口风，再对症下药。嫂子，帮帮忙，千万别揭穿我……”卫驰双手合十不断恳求。他对褚霸王还没这么恳切过，更没叫过他一声大哥。这真是为了找盟友，豁出去了。

曲玥有点为难，帮助卫驰，就是跟他一起瞒着筱悠。欺骗闺蜜，很艰难啊！

周筱悠调整好状态，从洗手间回到办公室。为免在不该出现的时候出现，特地弄出很大的动静。卫驰及时打住他跟曲玥的交流。

周筱悠进办公室，卫驰便提议去吃饭。周筱悠爽快地同意了。

曲玥今天陪周筱悠过来就预计晚上会一起吃饭，已经提前跟褚灵均打了招呼。就是这局面有点意想不到……吃饭的人不是章城，是卫驰，却也是她的小也哥。

可以说是很戏剧了。

餐厅里，周筱悠故意拿着手机，翻出章城的照片，在卫驰眼前晃："帅不帅？帅不帅？"

卫驰不紧不慢道："这不是章城吗，他一直异性缘挺好的，嘴很甜，在公司里有一群小姐姐。大家都很喜欢他。"

嘴很甜……一群……小姐姐……

周筱悠表情震荡性下沉。

小奶狗的可爱仅限于单向撒娇卖萌，大面积发散卖萌，要么是明星，要么是贱人……

不，她家小奶狗不是这样的人。周筱悠给自己打气，不动声色地回应："这说明他是个懂礼貌，有风度，尊重女性的男人。值得肯定。"

"你们怎么认识的？以前不知道你跟他是朋友啊。"卫驰故意问道。

"有次出去玩，通过朋友介绍认识的。"周筱悠脑子一转，眨了眨眼，暧昧地笑道，"我们现在不只是朋友哦，就等戳破那层窗户纸，就正式在一起了。"所以，你死了这条心，我现在对你不感兴趣，我心有所属了！

卫驰呵呵笑着，笑而不语，看了看曲玥。

曲玥收到他求助的信号，开口道："筱悠，你喜欢他什么？"

"长得帅，身材好，温柔体贴，聊得到一块去，我说的话他都能接，他说的笑话我都能笑，交流很开心……"周筱悠一口气说了一堆优点。睨了一眼卫驰，她又补充道："还有啊，感情简单纯粹，不花不浪，专一又努力，宠妻狂魔人设。"

明白了吧？姐好的是这一口，纯情专一小可爱！不是你这种浪子！

"你最喜欢他什么？外在还是性格？"曲玥继续问道。

"都喜欢呀！方方面面都喜欢！我觉得他就是为我量身定做的！"周筱悠抓住机会就秀感情，力争把卫驰对她的那点心思彻底扼杀干净。

"如果他的样子变了，但还是每天跟你聊天的那个人……或者，他的样子是你看到的那样，但是已经不是跟你聊天的那个人……你宁愿是哪种？他的身份和他的内涵，你最在意什么？"

周筱悠微怔，随即道：“当然是内涵咯。好看的皮囊千千万万，共鸣的灵魂独一无二。如果只在乎脸和身材，模特圈里那么多小鲜肉，随便挑一个就是咯。”

卫驰埋下头喝汤，藏住扬起的嘴角。

说来说去，喜欢的就是我嘛。甚感欣慰，甚感欣慰，不枉我日日夜夜为你做网瘾中年。

曲玥听周筱悠这么一说，也得出结论，筱悠喜欢的是那个跟她网聊互动的人。

长相身材什么的，锦上添花，何况卫驰本人一点都不比章城差。没有章城的青涩，更多几分俊朗优雅，彰显着男人魅力。这么看来，他们俩青梅竹马门当户对，还郎有情妾有意，在一起是美事一桩。

卫驰一反之前的低迷低落，兴致上来，点了酒。

曲玥说：“我不喝，我回去得照顾病号。”

卫驰羡慕道：“有媳妇就是好，生病了天天有人床头陪着哄着，再多的钱再好的陪护，都没有心疼自己的媳妇好啊。”

曲玥不好意思地笑了笑：“这种事情是相互的嘛，换做是他也会这么照顾我。”

周筱悠啧啧道：“玥儿啊，你知道吗，每次说起你家褚霸王的时候哦，你眼睛都在发光。”

曲玥被说的更不好意思了，但也不想反驳，就笑了笑。

周筱悠：“不过我也快脱单了，不怕再被你塞狗粮。到时候我也天天发狗粮。”

“行，等你的狗粮。”卫驰给周筱悠倒上一杯酒。

周筱悠以为他这是想开了，端起酒杯相碰，诚心祝福道：“我也祝福你，早日找到真爱。老大不小的人，别总是浪，看看人家霸霸和玥儿，感情安定下来多幸福。”

“谁不想！”卫驰笑。

只要你点头，咱俩马上就能安定下来，卫驰心道。

他跟周筱悠都喜欢喝酒，你一杯我一杯，你来我往有滋有味。

周筱悠边喝边说她的小奶狗有多好，多贴心，多可爱，多招人喜欢。卫驰笑眯眯地听着，没有比这滋味更好的下酒菜了。

曲玥心情有点复杂。如果周筱悠知道卫驰就是小也哥本人……是惊喜还是惊吓？

饭局接近尾声，那两个人都喝高兴了。曲玥起身离席去洗手间。这是一家不直接对外开放的会员制中餐厅，古色古香，庭院式结构，亭台楼阁间是一大片荷塘，月色下，微风阵阵，水声潺潺。

曲玥经过这片荷塘。一个熟悉的身影出现在眼前。走近一看，还真是他——陆泽言。

他坐在一块石板凳上，看着眼前被微风吹皱的池水。

“陆总。”曲玥上前打招呼，同时闻到一股浓郁的酒味在空气中飘散。

陆泽言一转头，看到曲玥，有瞬间怔忡。

“你在这儿吃饭？”

“嗯。”陆泽言点头。

“很巧，我也是。”曲玥笑道。

原本很心烦的陆泽言，不知道为什么，看到这个笑容，情绪舒展开来。

“今天下午你是不是给我们买衣服结账了？”

“正好路过，进去打招呼时你进了更衣室，我就顺便付了。”陆泽言笑。

“谢谢陆总。”曲玥已经打算下一次还回去，便坦然道谢。

“陆总不进去吗？”

“不了，我在这里透口气。”陆泽言无奈地低笑道，“快到年关了，事情多。连家人都来凑热闹。”

曲玥微笑，正要说那你随意我去洗手间，陆泽言率先开口：“你说我老吗？”

“额……陆总，怎么会问这个问题？”曲玥有些惊愕地看他，差点失笑，“你最多也就三十吧？这样算老吗？”

曲玥不知道陆泽言具体多大，不过金湖地产已经叱咤风云十几年，想来应该是三十多吧。

“我35岁了。”不只是女人，男人被认年轻也会有点小开心，比如此时的陆泽言。

“哦，那也还好啊。”

“我勉强算相貌端正衣食无忧吧？”

“陆总你这种说法就太谦虚了，你是年轻有为仪表堂堂的顶级富豪。”

“我家里一大家子都在催我结婚，甚至怕我娶不到老婆……”陆泽言说着，自己都快被气笑了，“你说我会缺女人吗？我想来想去就觉得，是不是在他们眼里，我已经上了年纪？”

曲玥笑道：“他们怕你娶不到老婆，不是怕你缺女人，而是……”

“嗯？”他探究地看着她。

“怕你找不到爱情的归宿。”曲玥笑道，“怕你娶不到那个与你相爱，相濡以沫一生的女人。”

陆泽言转过头，不再与她对视。那双眼睛太漂亮，太引人遐想……

而她说的话，令他心上最柔软的地方被击中。一直没想过结婚，是不是因为，没有遇到那个让他想要相濡以沫过一生的人？

“陆总，那我先过去了……”

陆泽言回过神，点头：“嗯，慢走。”

目送曲玥背影离去时，脑子里冒出一个念头。

如果没有褚灵均，他们之间，有没有可能……

周筱悠和卫驰越喝越来劲，曲玥从洗手间回来，他们还在喝。

手机铃声响起，曲玥一看是褚灵均打来的。

“喂？”

“你快回来，我一个人承受不来……你快回来，生命因你而精彩……”

熟悉的旋律和高亢的歌声传入耳中，曲玥听了好几句，才意识到这是褚灵均特地放给她听的，差点笑出来，忙道：“乖啊，马上回去。”

卫驰酒量比周筱悠好很多，这时候还倍儿精神，一看情况就知道：“是不是霸王查岗催人了？”

“嗯。不过我得先送筱悠回家。”曲玥一瞧那边喝嗨的周筱悠，一个头两个大。

“是我要送你们两位女士回家。”卫驰笑。

卫驰叫了司机，三人一道上车。

由于医院与这里最近最顺路，率先往医院的方向开去。

车子停在医院大门外，卫驰道：“赶紧去吧，我保证把筱悠安全送到家。”

面对曲玥迟疑的目光，卫驰笑道：“我都不知道多少次送她这个醉鬼回家，你还担心什么。”

周筱悠跟曲玥拜拜，笑得一脸傻甜。”走吧走吧，快去陪你的霸王。”

褚灵均的来电又响了……

曲玥低头看一眼，跟他们告别，便往住院大楼去。

一觉醒来，周筱悠觉得脑子炸开般疼，下意识地动了动，身体像是被推土机碾过。翻个身，抱到一个健硕的躯体……一睁开眼，卫驰英俊的脸庞映入眼帘。

周筱悠倒吸一口凉气，迷糊的睡意瞬间消失。

男人的胳膊还搭在她身上，腿压在她腿上，两人的姿势可以说是很亲密了。这么近的距离，她不止看到他白皙干净的皮肤，连他眼睫毛的颤动都能看得清清楚楚。

周筱悠很慌，小心肝颤巍巍的，努力回忆昨晚的事情……

饭桌上喝酒，然后回来，还记得先把曲玥送去医院，然后回到她的公寓……然后……想破头皮也想不出然后了。

难道是他趁着她喝醉，把她推倒？

一定是这样没错，不然怎么解释眼前的画面！

周筱悠心中怒火熊熊燃烧，但她克制着自己，小心翼翼挪开，打算先穿好衣服再算账。

哪知道她一动，卫驰也跟着动，手臂再次完整地圈住她，另一只手还抬起她脑袋绕过她颈下，将她往怀里抱。周筱悠整张脸贴在男人胸膛上，心脏扑通扑通跳着，脸红得发烧……

这不是第一次亲密接触了……可也只是第二次啊！

男人浓厚的气息将她完全裹住，想要偷偷溜下床已经是不可能了，周筱悠改变策略。

大不了就撕破脸！他既然做出这种无耻的事情，也是不打算再做朋友了！

周筱悠深吸一口气，猛地用力推开卫驰，大声斥道："你干了什么？！"

卫驰睁开眼，周筱悠已经往一侧避开，拉起被子挡住自己，怒视他。卫驰打了个哈欠，不慌不忙坐起身，被子滑落时露出平滑的腹肌。

这身材……周筱悠深吸一口气，不让自己的情绪被转移，冷声道："卫驰，你有没有下限？还是你觉得我很好欺负？"

卫驰看着她，从床边的柜子上捞起他的烟盒和打火机，抽出一根烟，正要点燃，被周筱悠扑过来夺走，扔到地板上，怒视他。

卫驰与她对视，掀起唇角，无奈地笑："我抽根烟冷静一下，你也不让？"

"有脸做没脸面对？"

卫驰叹一口气，说："面对这种事，我还真是有点心理障碍。不过，既然你都这么说了……"他在枕头底下摸啊摸，摸出了手机，滑开，点出视频，递给周筱悠，说："一起面对吧。"

周筱悠狐疑地接过来，不知道他在搞什么鬼，点开播放。

"你拿着手机干什么啊……"女人对着镜头迷离地说。

镜头调转，她一步步走上前，坐在男人身上，抓起他的手……

卫驰深呼吸，表情很纠结："小悠，你喝多了……"

这节奏，跟那晚一样一样的……这丫头喝醉了太疯了。

"不不……我还是先走一步……"卫驰见机将她甩开，拔腿就走。这要是把持不住，明天很难交代。还没走到门边，女人跟八爪鱼一样黏上来。

"小悠啊……放纵一时爽，事后修罗场……"

女人极其固执，极其缠人，或者说已经完全没有理智了。直到她把他推倒，他还坚持拿着手机拍摄，记录发生的一切，可以说是危机意识很强了。

她边嗨边唱，抓着外套在手里甩啊甩："上衣脱掉，脱掉，上衣脱掉。面具脱掉，脱掉，通通脱掉，脱掉，脱!脱!脱!脱!Hey Yeah！"

"驾——驾——驾——上高速咯——"

卫驰被周筱悠当马骑，手机被拍掉，滚落在地……后面的画面都是天花板，持续不断的声音传出来。

周筱悠看视频的时候，卫驰靠在床头，点了一支烟抽。

后面的声音实在不堪入耳，周筱悠眼角抽搐着关掉视频，像甩掉烫手山芋一般丢开手机。再次转头看卫驰，她表情很复杂。

"所以……上一次，也是这样？"周筱悠很艰难地咽了咽口水。

卫驰脸色凝重严肃，点下头。

"……"知道真相的她，后悔的泪直往心里流。

之前那么嚣张，那么张牙舞爪地兴师问罪，当角色对调，该怎么收场？

卫驰很主动地打破沉默："上一次吃亏，我想着咱们关系那么好，说出来都尴尬，就算了。但这一次……我要给自己一个交代了。"

周筱悠面露不安："你……你想怎么交代？"

"这事儿，只要你做我女朋友，不然我……"

"你想得美！"周筱悠急忙截断他的话，反驳道，"其他跟你睡过的女人，你怎么不让她们负责！"

"是，你不是唯一跟我睡过的女人，但是，"卫驰顿了顿，语气变缓，悲伤又沉痛，“你是唯一一个强迫我的女人。”

“……”周筱悠动了动唇，一个字吐不出来。

“你这是在逼什么为什么……事到如今，只有当你男朋友，我才能想开。”他看着周筱悠，眼神很坚决，“为了女朋友高兴，怎样都行。但没有这层关系，性质就不一样了。”

周筱悠被这眼神看的，后背薄汗涔涔。她努力扯出一抹笑，笑容很干涩很心虚，连说话声音都低了几分。“我现在脑子有点乱，你给我点时间，我好好想想……”

卫驰拧灭烟头，说：“一时消化不了可以理解，不过你得尽快调整好自己接受现实。”

接受现实……

现实……

实……

这样的现实，真的令她想一头撞死！

“你可以转个身吗？我先穿衣服。”

“咱们是准恋人关系，需要那么见外吗？”卫驰似笑非笑，看着她，“再说了，你还有哪儿我没看过？”

周筱悠瞬间脸红了。

被这个曾经暗恋过现在非礼了的男人这么调戏，真的是……

即便她是风风火火的女汉子，也很难不足挂齿地豪爽一笑。以前越是称兄道弟，这一刻越是窘迫至极。

卫驰并不打算放过她，仍是那么微笑着看她。

周筱悠心一横眼一闭，背过身下床，快速去浴室。

周筱悠在浴室里手忙脚乱地洗漱，脑子里不断回放视频里的画面……

天哪！她羞得捂住脸。难道是以前喜欢他太久，内心养了一只想要吃了他的野兽……

周筱悠将自己整理完毕，拿起包和手机，眼睛都不敢往卫驰那看，快速道：“公司有点急事，我先走了。你自便，出门把门关上就行。”

说完，落荒而逃。

卫驰懒洋洋靠在床头，回味着她的表情，没忍住，笑了起来，笑容越来越开怀。

他就是太老实，早该用这一招了。这个女人心太乱，不逼一逼不行。

“疯了……我都做了什么……我这样是不是背叛了我的章城……”周筱悠躲在办公室里，不断地拷问自己，唾弃自己。

“不，我跟章城还没有确定关系……我这不算出轨……”

“稳住，不算出轨……可是做了这种事，哪还有脸面对他……”

“换位思考，如果他这段时间在外出差，跟女人滚床单，我是不是很生气？”

“气啊！要气死了！”

周筱悠这个纠结这个烦恼这个心塞，她拿起手机，决定跟小奶狗聊点什么。

“在忙？”

对方秒回：“嗯。”

周筱悠：“我有件事想跟你说。”

小也：“我也有件事想跟你说。”

周筱悠心里隐隐浮上不安，故作轻快地回：“好啊，那你先说。”

“我骗了你。”

“？？？”

“其实我有一个异地的女朋友。”

“因为异地，我很寂寞，在网上认识你之后，我把你当成精神寄托。”

“但我从没想过背叛女朋友，所以，我不想跟你走向现实。这也是我一直不提见面的原因。我希望我们俩就这样在网络中互相陪伴，互相关爱。”

“你突然来我公司，把我吓了一跳。幸好有这次出差，不然我真不知道该怎么面对你。”

“昨晚翻来覆去睡不着，想了一晚上，决定对你坦白。”

周筱悠看着聊天界面上不断弹出的话，表情僵掉了。

今天是什么日子？一件接一件毁三观的事情袭来……

周筱悠怕自己理解错，仔细看着屏幕上的话，每一个字排列组合出来的意思是那么清晰明了，很难有歧义。

心里有种说不出的闷痛，像是做了很久的美梦，突然就被戳破了。

“对不起，我只是太寂寞了，原谅我好吗？”

“如果你愿意，以后还能做朋友。”

“就普通朋友，没别的意思……”

周筱悠扯唇，发送：“你骗了我，所以我不会原谅你。”

“但这并不重要。重要的是你女朋友怎么想，如果你还爱她，就用心对待，别做这种让对方伤心的事。就算没有实质行为，网上聊骚也叫精神出轨。”

“好自为之。”

对方正在输入，输入了很久，又停下来……

周筱悠给他转账三十万。

“看在你坦白的分上，还你发过的红包。”

“一个小白领别为了泡妹装大款，攒钱买房结婚才是正经事。”

卫驰看着页面上出现一排转账提示，手指顿在半空。不知道为什么，这一刻他尤其羞愧。

周筱悠是个单纯善良热情的姑娘，相比之下，他觉得自己很小人……他这么折腾一番，不知道会给她造成什么样的心理阴影。

“收钱。”周筱悠言简意赅。

卫驰如她所愿，点了收款。

“对不起……”卫驰诚心实意地说这三个字，可他把这句话发出去，被拒收。

两人已经不是微信好友，她把他拉黑了……

真是干脆利落，一点都不拖泥带水。

卫驰不知道是该高兴周筱悠这么洒脱，还是该难过聊了这么久说删就删。

不过他很确定一件事，他越来越喜欢这个姑娘了。

周筱悠把小也哥删掉后，订了一趟半个月的出国游。正好春节快到了，出去玩一趟散心。当然，也是躲一躲卫驰。她现在脑子一团乱，压根不知道该怎么面对他。

Chapter 10

嫁给我吧

特别喜欢一个人是什么感觉？
千里迢迢，不远万里，只为看一眼她的笑，即使说不上话，也甘之如饴。

随着春节临近，曲玥工作量大幅增加，无法再经常待在褚灵均身边陪伴他。不过褚灵均的身体也在一天天好转，从起初不能下床，到现在能四处活动散步。

身体好了些，褚灵均就不想再待在医院养伤了，跟医生沟通后回家调养。主要是他不想让健康的曲玥总来医院，这里病患多病菌多，每天来来回回不是什么好事。

这期间褚灵均父母来看望他，问他要不要出国过春节。如果他愿意的话，可以准备一个医疗团队，为他保驾护航，保证身体不出问题。褚灵均之前跟曲玥提过，今年受伤了就不出国了，除夕夜去她家里过。曲玥也跟家里人打过招呼了。于是褚灵均很酷地拒绝了他爸妈："不了，伤员懒得动弹，你们自己玩好。"

夫妻俩想着有曲玥在这边陪他，便没有勉强他。

放假前两天，曲玥公司组织年会，今年公司效益好，曲玥把年会地点定在五星级酒店，准备了丰厚的奖品。与此同时，她在年会上宣布了第一批有资格购买公司股份的员工。这是对于优秀员工的嘉奖，也是对其他员工的鼓励。众人欢欣雀跃，除了拿工资拿提成，更看到了享受公司发展红利的机会。

陆泽言来这家酒店应酬，得知星月暖通包下一个宴会厅开年会，鬼使神差地走过去看。

他走到大厅一侧，看着前方讲台上的曲玥。线条利落的职业套装，精致的妆容，将她的温柔淡去些许，多了几分强势感。她面含微笑，不怒自威，跟员工们分享年度总结报告。

陆泽言发现她几乎是全程脱稿演讲，但流畅程度不亚于照着稿子念，且情绪感染力极强。演讲的内容也有看头，没有浮夸的套路，没有局限于暖通行业，而是放眼整个社会和当下产业升级变革，提出多个值得思考的问题。

陆泽言一直知道曲玥是个有能力的人，曾经还有将她收入麾下的打算。此刻看着台上的她，他觉得她的能量或许比他想象的还要大。

陆泽言一直站在会场旁听，直到曲玥的演讲结束，方才离去。

晚宴时间，曲玥每个桌子去敬酒。她答应褚灵均不喝多，努力控制着量。这些玩嗨的员工，一个接一个车轮战来找她喝。大过年的，气氛高兴，曲玥难免多喝了几杯。

战况正酣时，陆泽言带着几个人过来了。

曲玥立马迎上："陆总。"

陆泽言笑："听说你们公司在开年会，作为合作商，得过来喝一杯。"

曲玥赶忙吩咐身边的人，给来者分别递上一杯酒。

陆泽言为她介绍那些人，有政府官员，有银行高管，都是生意人想巴结的人物。介绍曲玥时，陆泽言很郑重地说："这是我们公司的合作商，曲玥。曲总年轻有为，心怀远大，未来前景不可估量。"

曲玥逐一跟他们敬酒。

陆泽言道："不要被美貌蒙蔽，我这曲小妹很能干，巾帼不让须眉。"这话无形间拉近了他和曲玥的关系，使得那些人对她又高看了几分。

陆泽言过来这一趟，全公司员工和邀请来参加年会的客户们都看在眼里。大家对星月暖通的未来更加笃定了。

等到年会结束时，曲玥喝了不少酒，两边脸颊红彤彤的，走路像踩在棉花上。出酒店时，接到褚灵均的电话。他的车子就在酒店外等着。

曲玥跟本打算送她回家的助理告别，上了褚灵均的车。

褚灵均一瞧她脸上红霞飞舞的模样，知道这是喝了不少。

“你怎么过来啦？你能出来吗？你身体还没有好呢，这么冷的天，会不会引发风寒感冒？”曲玥一连串的问题甩过来。

褚灵均倾过身，给她系上安全带，抬头时瞪她一眼：“叫你别多喝还多喝，不听……”

说到一半的话顿住，她的唇贴上他的唇。舌尖轻轻勾勒他的唇形，像猫咪般轻轻舔舐一圈，褚灵均浑身直哆嗦。

养病这段时间一直吃素，她怕引火也很刻意地保持距离，没什么亲密行为，就连晚上睡觉都是一人一张床。突然间被这么撩一下，褚灵均整个人都沸腾了。

他正要反攻占据主动权，曲玥突然退开，靠在椅背上笑盈盈地看他。因为喝了酒，眼神不够清醒，笑容看起来多了几分娇憨。

褚灵均深呼吸，窗外吹进来的冷空气让他冷静了几分。这时候不能搞事儿，因为喘息太急太激动，他的胸腹已经隐隐作痛了。

他屈起手指敲了一下曲玥，咬牙道：“喝多了还跟我装傻充愣，回去再收拾你。”

褚灵均正襟危坐，发动车子，绝尘而去。

曲玥靠在副驾上，别过脑袋，看着褚灵均的侧脸。

前两天徐醒的案子开庭审理，虽然徐醒没有出席，但他的罪名已经定下来了。以后这个人不会再给她的生活带来任何打扰。

今年是她人生发生巨大变化的一年，也是她收获最多，迄今感觉最幸福的一年。

等待红绿灯的空当，曲玥伸出手，覆在褚灵均手上。

褚灵均回头睨她一眼，曲玥漾着水的目光含情脉脉看他，软声道：“谢谢你陪在我身边，我觉得好幸福……”

褚灵均哼了声：“你以为这样我就不怼你了吗？”

“是的，你真是个小机灵鬼，犯错了就知道给我喂糖吃。”褚灵均说着，弯起嘴角，笑了。

曲玥跟着笑，笑得又美又甜。

每逢春节，走亲访友是必不可少的活动，亲友聚会多得避也避不开。曲玥跟徐醒在一起的时候，一到过年就面临亲戚们的关切逼婚。

“你们谈了几年，该结婚了，再不结婚吃亏的是女孩子……”

“都住在一起了就赶紧领证，总拖着不是个事儿啊……”

“早结婚早生孩子，产后恢复更好……”

当曲玥说暂时经济困难，还不考虑结婚时，又有新一波说辞。

“认准了就嫁，等经济条件好了，人家娶的就不一定是你了，在一起几年感情都平淡了，没结婚的说分就分了……”

“房子车子结婚后一起打拼，你们年纪都不小了，可以先成家后立业嘛。”

“女孩子青春就那么几年，拖不起……”

曲玥因为这些亲友们的关心，一到过年就头疼。

幸好她亲妈曲瑛态度一直开明，还会为她说话：“我都不急你们急什么，等她想嫁人的时候再说，不想嫁我正好可以在身边多留几年。”

今年她跟家人一起参加聚会，大家又在关心她的婚事，曲玥平淡地说：“我跟徐醒分手了。”

众人在惊愕过后，一脸早就料到的表情。

“我就说吧，谈了几年还不结婚，再拖就结不了了。”

“现在年纪大了，没有以前好找了……”

“女人都是走下坡路的……”

大家纷纷感慨时，曲玥的弟弟周忱冷不丁来一句：“你们就少操点闲心，我姐有对象了。”

众人一愣，又纷纷好奇她的男朋友。曲玥表妹曲思思道：“怎么不把男朋友带来给我们认识认识呀？”

“这一回可得看准了，别又浪费时间浪费青春。”

“又没浪费你的青春，你慌个毛线。”周忱怼了一句过去。

“……”几个姑姑小姨用一言难尽的眼神看周忱，嫌弃之情溢于言表。

周国伟在另一边陪着曲瑛，没听到这边人的闲聊，不然又要教训周忱了。不过因为周忱这不爽就怼的性格，曲玥倒是意外轻松，比前几年不快只能憋在心里还得保持微笑舒服多了。

曲瑛对曲玥管得严，面对亲戚尤其是长辈，必须尊敬懂礼貌，就算说错了也别顶嘴。周忱就不一样，从小被放养，无所顾忌，曲瑛作为后妈为了关系融洽不怎么管他。至于周国伟对他的训斥，他早就免疫了。事实证明，锋芒毕露也有好处，有周忱在一边，旁人不想再碰钉子，不再议论曲玥的私生活问题。

饭局中途，曲玥去洗手间，巧遇小舅妈，两人一道站在洗手台前，舅妈说：“你那个没有血缘关系的弟弟，你可多留个心眼，他没有学历没有正经工作，就靠你妈养着……”

“你妈的钱本来应该是你的，花在他身上就没你的份儿了。别让你妈被那父子俩给骗钱了……”

曲玥淡淡道：“都是一家人了，不存在骗不骗的。没有血缘关系，我也把他当亲弟弟，这些年多亏了他们陪着我妈，该花钱的地方帮着点是应该的。”

“你别不当回事，以后他结婚买房才是大头，会把你们家底掏空。”

曲玥微笑：“这个不用担心，我有钱，给弟弟买套婚房是小事。”

舅妈的脸色变了又变，直到两人一道走出洗手间，她才憋出一句：

“你不是不知道现在的房价吧？一套小两室就得几百万。”

“小两室不够一家人生活，我尽量给他买个三室。”

舅妈瞪大眼，就像看外星人一样看着曲玥：“你哪来那么多钱？”

“赚呗。”

“……”舅妈摇了摇头，没说什么。

现在的年轻人，心比天高，就会夸夸其谈。

曲玥有了新男友这事儿，曲思思很好奇。两人相差一岁，一直是大人们比较的对象。曲玥长相漂亮成绩拔尖，是她生命中的别人家孩子。直到大学毕业后，她找了个富二代男朋友，她找了个凤凰男，她在家族里的地位才算是扳回一城。如今她把自己捯饬得的越来越好看，成为网红模特，收入与日俱增，更有逆袭的爽感。现在曲玥有了新男朋友，她很想知道，是个什么条件的。

第二天，她就给曲玥打电话，说是表兄妹们聚会，约她和男朋友一起出来玩。

“我们都带了对象，你也带上男朋友呗。”

“他身体不舒服，最近在养病，不太方便。”曲玥如实道。

“什么病啊？”曲思思惊愕，“连门都不能出？”

“对身体有影响。趁着过年好好休养，年后还得工作，耽误正事就不好。”

曲玥很坚定地拒绝了，曲思思只能作罢。

她在一个小群里说：“玥姐怎么不肯把男朋友带出来啊？”

“是不是徐醒的事儿让她有了阴影？”

“也可能是男朋友条件不好，毕竟她那么漂亮，找个不咋地的挺没面子的。”

“初恋就是徐醒那种农村凤凰男，还处了几年，这次估计好不到哪去……”

“红颜薄命，古人诚不我欺。”

“这次玥玥男朋友不行的话，我给她介绍个拆二代。”

群里人讨论得火热，当事人褚灵均就坐在曲玥身边，听到了她的通话。

“这是谁？”

“我表妹，曲思思，你认识的吧？”曲玥还记得那时候曲思思经常到他们班来玩。

褚灵均略作思索，点一下头。

“他们太八卦了，不过过年聚在一起也没什么聊的，工作领域不同也就聊聊感情生活……”

“如果他们想见我，我可以抱病参与。”

“不用了。”她一想到褚灵均去那种大家庭聚会，面对各种盘问和轮番灌酒，就觉得太难为他了。

“我一个人待在家里养病也挺无聊，你应该适当带我出去透透气。”褚灵均搂住曲玥，靠在她肩膀上，叹气，“你在外面热热闹闹，我在家里冷冷清清。”

“你想出去透气，咱们自己去，聚会就算了，还得给你灌酒，你现在的身体应付不来。”

可他就是想见她那些家属们啊。公开明确身份，不然有的人不长眼睛给她介绍对象怎么办？据说春节期间是相亲热门时段，他得把媳妇看紧点。

转眼就到了除夕，养伤期睡懒觉的褚灵均，一反常态早早起床，沐浴更衣。头发抹上定型水，胡子刮得干干净净，身穿高定西装，领带打得一丝不苟，喷点男士香水。

当他这身可以出去做路演的正装打扮出现在曲玥眼前时，曲玥愣了愣。

“你……有什么突然安排吗？商务会晤？”

“你赶紧的，换衣服就出发，别让叔叔阿姨久等，咱们过去早点还能帮着一起弄年夜饭。”

居然是为了吃年夜饭打扮。

“自家人一起吃饭，不用这么拘谨。”曲玥好笑地提醒。

“拘谨！？这是正式，尊重！帅气外露！”褚灵均力求每一次见面都让未来丈母娘觉得他很精英很靠谱，更别说一起吃年夜饭这种大事。不好好捯饬一下，他都过不了自己这关。

“好的，好的……”曲玥微笑应声，内心有些小感动。

曲玥跟褚灵均在回家路上，曲瑛和周国伟已经在厨房里忙碌，就连一向懒散的周忱也被指挥着干这干那。

“把自己房间收拾干净，别那么多乱七八糟的东西，你姐马上就要带姐夫回来了，乱糟糟的像什么样子。”

“拜托，已经很整洁了好吧？”周忱无语道。为了应对姐姐来他房间小坐，他已经把该收拾的都收拾了，平常到处乱飞的内裤都不见了。至于那些乱七八糟的东西多是一些周国伟看不懂的手办和智能用品。

褚灵均这次过来跟上次一样，壕性不改，带了一车尾厢的东西。他身体还没康复，曲玥不让他跑上跑下拿东西，进门就把周忱叫上，姐弟俩一起去拿东西。褚灵均要去，被一家人齐心协力拦住了。

夫妻俩知道褚灵均前阵子受伤了，还去医院看望过他，这次年夜饭准备的都是滋补又清淡的菜肴，没有重口味。饭菜上桌，褚灵均一看，再跟上次的风格比较，就知道他们特别用心。

席间其乐融融，大家闲话家常时，褚灵均突然来一句：“阿姨，您老家那边结婚有什么风俗？”

曲家几个人都怔了怔。以前徐醒跟曲玥谈那么久，还拿了曲家的钱，都没有结婚的表示，这位富二代才谈几个月，突然就提到结婚了。

褚灵均笑眯眯道：“我得了解清楚才好上门提亲呀。”

曲瑛缓过神，笑着说：“其实也没什么特别的风俗……”然后她眉开眼笑地把老家那些流程和规矩都说了一下。

两人交谈期间，曲玥埋着脑袋扒饭，闷不吭声，脸上红霞晕染。

这二货，真想知道私下问她妈啊！她就坐在这儿，表情该怎么摆？

曲瑛心里是真高兴，嘴上说着怕门不当户不对不合适，但女儿也不小了，之前还有一段伤筋动骨的感情经历，她比谁都期盼女儿早日找到相爱的人安定下来。

这个准女婿除了太有钱，她挑不出其他毛病，一表人才，谦逊懂礼，豪爽大方，对女儿温柔体贴。

嗯……曲妈妈是没有看到褚霸霸强势暴躁的一面，霸霸每次来准丈母娘家都是翩翩君子，绅士得不要不要的，连说话都不会大声，说什么都带着笑脸。相比他真实的性格，这可以说是殿堂级表演了。曲瑛夸褚灵均脾气好会疼人的时候，曲玥也不拆穿，跟着附和。该配合他表演的，她很到位。

饭后，褚灵均要帮忙收拾碗筷，被曲瑛轰走，让他们年轻人自己玩。

于是，褚灵均、曲玥、周忱，三排打游戏。选英雄时，周忱冷不丁说："你想娶我姐，光是我妈说的那些还不够。"

"嗯？"褚灵均看向他，等待下文。

曲玥："……"

这些直男，还能不能顾忌一下女孩子娇羞的心情了，一个两个都当她面说这些。

周忱说："开个新号，直播单排连胜100场。"

曲玥手一抖，手机差点摔了。单排连胜100场？这难度太大了！遇到坑队友，分分钟坑死你没商量啊。

曲玥觉得他这个要求过了，会让褚灵均骑虎难下。她正要说什么，周忱目光扫来，看透了她的心思："你别对自己男人没信心。"

褚灵均笑："如果你是让房产证写名字就好了，这比单排连赢100场更轻松。"

据说谈婚论嫁的重点就是房产证写名字，刚才饭桌上曲瑛没提到，他以为小舅子要补上……没想到竟然是这么清新脱俗不按常理出牌的要求？

周忱淡淡道："房子我们家自己有，不需要你的。"他要打游戏，看人品！

周忱那桀骜不驯的外形，配合他神情和语气，颇有几分清高范儿。

曲玥倒是有点蒙。家里除了现在住的这个，哪还有房子？

她不知道周忱这么说，是打算好了在曲玥结婚前送一套房子给她。没想到男方这么快就要提亲……周忱觉得他最近就得出去看看房子了。

"单排连赢100场，能吗？"

"小意思。"褚灵均笑。

怎么着也不能在小舅子跟前丢脸，不要怂，就是干！

"正好春节假期没事儿，又得养伤，明天就开新号单排。"

"到时候把房间号告诉我。"

"行。"

这两人愉快地达成约定，曲玥也没什么话说了。一个网瘾中年搭上一个网瘾少年，大概就是这样……游戏论道。

三人玩的这一局，曲玥有两个大神带，即使她是技术渣，被带飞也很爽。她选的法师技能放完被战士追着砍的时候，连连惊叫："小白小白，快来救我呀！"

褚灵均玩的李白，飞速赶过去。

周忱："……"

我离你更近，都不叫我救……

单身狗跟这对情侣玩有点心塞，时刻被秀一脸。

玩了两局，曲瑛和周国伟把厨房收拾好，将备好的年货拿出来吃。这三人停了游戏，陪伴长辈。褚灵均拿出准备好的红包，分别发给曲玥爸妈和弟弟。周忱打开红包一看，里面是一张卡。

褚灵均笑："叔叔和阿姨分别是66万红包，祝两位万事顺心福泰安康。弟弟是88万红包，新的一年财源广进发发发。密码都是123456。"

曲瑛和周国伟赶忙把红包往褚灵均这里塞："这也太多了……你别

这么讲究，随便点就好。”

曲玥也愣了一下，她还不知道他给她家人准备了红包。

褚灵均把红包放在茶几上，笑：“第一次跟叔叔阿姨过年，只是我一点心意，这红包真不多。”合计也就两百来万，对一年收入几个亿的褚灵均来说真心不多，只是聊表心意，图个过年气氛，这就跟普通人过年发几百块钱的红包一样。

曲玥现在收入高了，底气也足了。加之跟褚灵均的感情足够好，奔着一辈子去，在金钱方面没有过去那么敏感，心情从容。她没有让褚灵均收回去，而是对曲瑛说：“妈，你就收着吧，这是他的心意。”

女儿都这么说了，二老就收下了。

周忱看着卡心想，虽然这位准姐夫很有钱，但他能有所表示也是一种态度，把他们家当一回事。

不过经历了之前徐醒的坎坷，周忱没那么容易被收买，还得继续考察。这次如果发现是不靠谱的人，坚决拆散，绝不再像徐醒那样任由糊涂姐姐一错再错。

接近午夜时，外面的天幕燃起烟花。曲玥去阳台上看，褚灵均跟到她身边。

曲玥仰着脸看天，笑盈盈道：“很漂亮吧？”

五彩光线落在她脸上，他看着她，微笑应声：“很漂亮。”

脑海中不经意浮现出多年前的那个春节……

那一年春节曲玥跟妈妈去乡下老家过年，同学们在群里组织活动，她很遗憾地表示在乡下，参加不了。原本打算趁着同学活动见见心上人的褚灵均傻眼了。

山不过来，我过去！他拐弯抹角地打听到曲玥的老家地址。

除夕那天，他年夜饭都不吃，揣着叔叔伯伯给的丰厚压岁钱，一分钱都没有充公，几十万全拿去买烟花。他带上一个朋友，开了五个小时车，来到曲玥老家。天色已晚，他们在车上吃着带来的面包和饮料裹腹。

等时间差不多，约摸着家家户户团年饭都吃完了，他们在距离她家不远的乡道上点燃烟花。不多时便吸引了村民围观，村里孩子都是放爆竹，像这种壮观绚丽的烟花很少见。就连在家的曲玥，都被两个小表弟兴奋地拉拽出去看烟花。

她过来的时候，褚灵均一眼就看到了。

女孩穿着花棉袄，长发绑成麻花辫，脖子上一层层缠绕着围巾。

褚灵均瞪眼看了好一会儿。天哪，他的小仙女小玥儿，过年下乡就成了村里小芳了？

褚灵均越看越忍不住笑，越看越移不开目光。五小时路途的颠簸疲惫和两小时等待的无聊乏味，全都一扫而空。为了不被曲玥看到，她来之后他就坐在了车里，开着车窗，在不远处看她。

他带来的人兢兢业业地放烟花，天幕上的烟花舞持续了一个小时。

围观的人越来越多，村民们欢呼雀跃。他们中很多人一辈子都没有亲眼看到过这么盛大绚烂的烟花。曲玥站在人群中，仰着脸看烟花，双眼被花火映得闪亮动人。

褚灵均看着她的笑，心满意足，什么都值了。

零点，新年来临。

她的QQ上接到褚灵均的祝福：“新年快乐！”

陆陆续续有很多同学都发来祝福，当她看到的时候，已经有很多留言了。

她一一回复，就连一向不融洽的褚灵均，在这个喜庆的日子里，也回了一句：“新年快乐！”

很快，再次收到褚灵均发来的消息：“以后每一年都会跟你说，新年快乐。”

年复一年，天长地久，这是他隐藏的心里话。

曲玥回复：“谢谢。”

他捏着手机，看着女孩牵起表弟往回走，男孩脸上有笑，眼底有光。

后来有人在知乎上提问：特别喜欢一个人是什么感觉？他回答：千里迢迢不远万里，只为看一眼她的笑，即使说不上话，也甘之如饴。

褚灵均由回忆里的画面抽出，再细细看眼前的姑娘，眉眼长开了，更美更媚了。那时候只能在一边悄悄看的人，现在可以搂在怀里叫媳妇了。

曲玥正在欣赏烟花，突然被褚灵均一把抱住，猝不及防跌进他怀里："干吗！"

褚灵均环着她的腰，一只手在那腰线的弧度上摩挲，一只手揉着她细软顺滑的长发，笑着道："老婆……"

曲玥突然就很害羞了，娇嗔："还不是你老婆呢……"

"那你嫁给我当老婆好不好？"

"……"曲玥蒙了一下，随即道，"你这是求婚吗？"

"是呀。"褚灵均笑，用那嬉皮笑脸掩饰内心的紧张。

"不要！"曲玥轻哼，推开他，"这么随随便便地求婚，不答应。"

褚灵均情意绵绵地笑，马上变成哈哈哈尬笑，边笑边说："我就是排练排练，怕真到求婚的时候不熟悉，哈哈……现在出糗比真正求婚的时候出糗好啊，哈哈……"

就知道不该这么随便！其实他也没想这么没准备地求婚，真是话说到这儿了，情之所至。

一瞬间的冲动吧……回忆到从前喜欢的那些年，突然特别想有一个合法身份，把她的一辈子好好守住。

曲玥看着哈哈大笑的褚灵均，眼神宛如看一个智障。

求婚还找当事人先排练一遍……这怕是年夜饭上猪肘子吃多了，吃傻了。

褚灵均在曲玥那关爱智障的眼神下，实在是尬笑不下去了……

他一不做二不休，抬起她的下巴，低头吻下去，另一只手顺势盖上她的眼。

看什么看，专心接吻，哼！

曲玥毫无心理准备，柔软相濡的瞬间，心脏怦怦怦剧烈跳动。

没有力气抗拒，也不想抗拒，她享受着突如其来的心跳。

她闭着眼，一片黑暗的世界里，大片大片缤纷的烟花满脑子炸开，五光十色，还带着甜。

Chapter 11

土豪男友

那是青春，也是喜欢。
喜欢播种后，不断生根发芽，在岁月里茁壮成长。
直到成为无法撼动的深情，成为死心塌地的爱。

午夜时，曲瑛端出煮好的饺子，让周忱去阳台叫人。

周忱脚才迈出来，目光一扫，看到在阳台一角接吻的两人……如火如荼，没有丝毫分开的意思。周忱的脚收回，默默转身回客厅。

曲瑛把碗筷和调料张罗好，看到周忱进来，问："你姐和小褚呢？叫来吃饺子啊。"

"他们在忙。"周忱说完，低咳了一声，没由来地补充一句打掩饰，"正在讨论事儿呢，说完了自然就进来了。"

万一老人家不死心，跑去叫人，场面太尴尬，他还是好人做到底吧。

良久，在曲瑛几次再不进来吃饺子都凉了的念叨中，褚灵均终于牵着曲玥的手进来。曲玥微垂着脑袋，脸上红霞飞舞，双唇艳红欲滴。

坐到桌前，她立马夹起饺子蘸最辣的调料吃，想掩盖嘴巴的异样……前一刻甜滋滋的软软麻麻的感觉，瞬间被强劲的辣味冲击，曲玥咬牙吃完，哈着气散辣。

褚灵均很及时地递上一杯水，眼神暧昧地看着她说："别太重口味，瞧你，嘴巴都辣红了一圈。"

曲玥瞪了他一眼。哪有立马辣红一圈的，不要乱说话，引人误会！

褚灵均笑眯眯，用眼神表达：欲盖弥彰，傻妞。

吃完饺子就该休息了。大过年的总不能后半夜回去，曲瑛早早把客房准备好，又把周忱房间拾掇了一下，说："玥儿你睡客房，小褚你跟忱忱一起睡，今天刚换的床单被罩，都很干净。"

"好的，谢谢阿姨！"褚灵均微笑道谢，心里对这种安排有掀桌一万遍的冲动，脸上仍是笑眯眯。

周忱一脸不乐意，房里就一张床，两个大老爷们一起睡，太诡异了……

褚灵均看到周忱那欲言又止的表情，在心里鼓励他：come on baby！大胆说出你的想法！

准女婿的身份限制了他的表达权，可是这位叛逆小弟完全没问题！

周忱问褚灵均："睡觉打呼噜吗？"

褚灵均果断道："打！还挺吵据说……"给你一个完美理由拒绝我！

曲玥："……"

她心知肚明，褚灵均睡觉是不打呼的。

周忱点点头："哦，正好，我也打，那就互不嫌弃了。"说着，他施施然往房里去。

嗯？褚灵均被雷得七窍生烟，呆愣原地。

曲玥忍着笑，轻轻拍了拍褚灵均的手背，说："洗洗睡吧。"

褚灵均："……"

早知道他编一万个借口也要回家！悔之晚矣！

褚灵均洗漱完进房间，周忱懒洋洋地靠在床头玩手机。褚灵均很艰难很艰难地跨上那张床，很自觉地往里面躺。幸好，这是两个被窝，一人一个……不幸中的万幸。

周忱见他上床，放下手机，正要关掉台灯，褚灵均突然坐起身，说：“我去上个厕所。”

不……不能放弃！

小弟放弃了，我也不能放弃！

我是一个有操守的男人！我这辈子就没跟男人一起同床共枕过！

褚灵均蹲在厕所，纠结万分地想办法。现在说忘了吃药要回家拿药还来得及吗？太智障了……

要么一不做二不休，直接溜去老婆房里？也不行，有个小弟在房里，他溜了他一准得知道。现在两人关系还没有热络，不能确定是我方选手。万一传到准丈母娘耳中，他老实女婿的印象就崩了。

褚灵均心烦意乱地起身回房。到门口时，灵机一动，捂着腹部，一脸痛苦道：“好痛……”

周忱抬起眼，看到褚灵均那样，吓了一跳：“怎么了？”

“腹部伤口那里……我……好痛……”褚灵均扶着墙，弓着腰，身体颤颤巍巍。这演技太逼真了，周忱都蒙了，问：“我给你打120？”

“你姐带了止痛药……给她打电话……动静小点，别吵到你爸妈，免得他们担心……”他一句话几次大喘气总算是说完了。

褚霸王年少轻狂时无数次浴血奋战，刀子从身上划过去都不吭一声，没哪个兄弟看到过他这么痛苦哀嚎过。遇到那些被打的求饶的人，他还格外看不起，觉得不是个男人。这一刻为了跟白月光睡觉，他算是豁出去了。大男人的脸面不要了，怎么弱鸡怎么来。

周忱也不耽误，马上给曲玥打电话。

没几秒钟，曲玥跑过来了，穿着睡衣，一脸慌张：“怎么了，怎么了？”

一看到褚灵均那痛不欲生的模样，曲玥吓疯了。“赶紧，赶紧找医生……”说着她翻找手机通讯录，“我给你主治医生打电话……”

“别，大年三十的影响人家休息，没必要……”褚灵均看到曲家两姐弟的反应，只能感叹自己演技了得。

“大年三十也没办法啊，你都这样了！”曲玥急得声音都带有哭腔。

“你不是带了止痛药……”褚灵均边说边把手悄悄伸到曲玥腰侧，不轻不重地捏两下，“我先去你那儿吃药，如果还不好，你再叫医生……”

曲玥身体一僵，表情狐疑地看着褚灵均。

他恳求又讨好地看她：我都这么拼了，你可千万别拆台啊，老婆求求你了！

确认过眼神，她知道他在装了……

曲玥调整一下心情，扶住褚灵均，对周忱说：“我先把他带过去吃药，看看情况再说。”

“去吧去吧去吧。”周忱连着三应声。

曲玥装模作样地扶着褚灵均过去，一关上房门，反手甩开他，掐着他的胳膊说：“谁叫你这么吓人的……好烦啊……”

“我不是为了过来陪你吗？”褚灵均讨好地笑，一把抱住曲玥，“宝宝没有我暖床，能睡着吗？”

“谁说我不能……刚才就睡着了。”曲玥哼声。

这一句是假话，没有他温暖的胸膛熨贴，毫无睡意。之前她还在暗自懊恼，怎么就那么依赖跟他一起睡了……

“宝宝威武！宝宝倒床就睡真牛！”褚灵均吹捧道。

曲玥哭笑不得。

“可是我睡不着啊……我伤还没好完，你忍心看我一个人在那里辗转反侧彻夜难眠吗？估计弟弟都得烦我……”他挂在她身上，腻歪着，“宝宝，新年第一天，咱们得睡在一起啊，图个好兆头。”

曲玥松口了：“等会儿我跟小弟说，你在这边睡着了，为了不影响身体，就不折腾了。”

褚灵均捧起曲玥的脸庞，狠狠亲了几口：“老婆爱你！爱你！爱你！”

曲玥笑着避开：“好了，这么晚了，赶紧睡。”

两人上了床，挤在一个被窝里不说，褚灵均还把曲玥的睡衣都剥了。就喜欢这么无障碍接触肌肤相亲的感觉，舒服得要命。

曲玥窝在男人滚烫的胸膛里，给周忱发了一条微信。

这边周忱还有点担心，不敢睡，就怕突然要送医院，看到她姐发来的微信，松一口气，准备睡觉。黑暗中，躺在床上，隐隐觉得有什么不对劲……

算了，管那么多，身边躺个大老爷们怪难受，走了是好事。

之前应下来实在是……作为弟弟守护姐姐的责任。

褚灵均抱着媳妇，睡了一个好觉。第二天曲玥率先醒来，一扭头，看到褚灵均那张帅气的脸庞，忍不住凑过去，亲上他的脸。亲了一下还觉得不够，撑起身，又亲了一下。

褚灵均眼皮子微微颤动着……

很好！霸霸很喜欢！继续偷吻，不要停！

然而愉快的时光总是短暂的，褚灵均享受着享受着就发现福利停止了，然后是窸窸窣窣的声音……褚灵均偷偷把眼睛睁开一条缝，看到曲玥已经在穿衣服了。

要不要这么敷衍啊，才亲几口就完事了？

难道我这活色生香，不足以持续吸引你继续？

褚灵均反守为攻，一个鲤鱼打挺起身，将曲玥拦腰抱住，按倒在床上，就是一个大亲亲！

他想深入时，她扭头避开："还没刷牙呢。"

褚灵均笑道："有口气的宝宝也是我迷人的宝宝！"

"……走开走开！"简直不想理他，谁要做有口气的宝宝！

褚灵均看着曲玥娇羞挣扎的模样，越看越喜欢，越看越想逗她。

曲玥急中生智，说："你还不赶紧过去，不然被我爸妈看到，又得解释……"

一语惊醒梦中人，褚灵均果断松开手，套上睡衣下床。走到门边，轻轻把门打开一条缝往外看。曲瑛已经在张罗早餐了，厨房里飘来香味。隔壁房门关着，看样子小弟还没起床。

褚灵均合上门，对曲玥道：“你去厨房跟你妈聊天，给我打掩护，我趁机去卫生间洗漱。”

“有没有这么夸张，还打掩护……”曲玥想笑。

“事关我的形象，认真对待！”褚灵均表情很严肃。

“好好好……”曲玥应声。给自己定一个人设，然后把自己套在人设里坚持执行，曲玥只能说褚霸霸真的很有一名好演员的修养。

一家人坐在一起吃早饭时，曲瑛关切地问褚灵均昨晚睡得好不好，褚灵均连连点头。周忱在一旁沉默，很识趣地没有吭声。吃人嘴软拿人手短，就冲那88万的红包，他也不可能成为敌军。

吃过早饭，曲瑛让曲玥带上礼包去家属楼里关系比较好的一些叔叔阿姨家里拜年。褚灵均踊跃陪同。曲瑛没有反对，她在心里已经默认了这个准女婿。

褚灵均也是这所学校毕业的，当年还是风云人物，家里又大手笔地捐赠综合楼，学校里没有老师不认识他。当他跟曲玥一起在教师宿舍小区里走动时，频频有人看他。跟他打过交道的还会来跟他打招呼。

曲玥带褚灵均去了杨秋老师家里，杨老师在他们那一届担任年级主任，对他们俩都很熟悉。一个是学习拔尖的教职工子女，一个是天天搞事情的二世祖。女孩漂亮，男孩帅气，都是万里挑一的好相貌。

当这两人手拉手一起出现在杨秋眼前时，杨秋好半晌合不上嘴巴，他盯着褚灵均看了又看，怀疑自己认错了。由于这份不确定，他迟迟没有叫出他的名字。还是褚灵均先开口：“杨老师，新年好！”

比以前礼貌多了，但这熟悉的感觉，熟悉的配方，是当年的校园魔王无疑了。

杨秋这才激动地握手：“哎呀，褚灵均……你们太让我意外了，我都半天不敢认……”

杨秋妻子招待他们坐下，给他们倒茶，杨秋兴奋地跟这对小情侣聊天。

杨秋对褚灵均现在的模样很欣赏，器宇轩昂，气度不凡，加之事业有成，不是那种混吃等死的纨绔子弟。他高兴地对曲玥说：“好好好，有了褚灵均，你妈就不操心了。我就说你这孩子聪明伶俐乖巧懂事，将来一定有福气，果然吧，找了个金龟婿回来了。”

褚灵均笑着接口：“不，是我有福气，才能跟玥儿在一起。想当初全校男生至少有一半喜欢他。我能从千军万马中杀出来多不容易。”

杨秋回想当年的事情，感慨万千，笑道：“你也算是如愿以偿了。看来那时候是把我说的话听进去了……”

曲玥听得一头雾水，好奇地问：“什么话？”

杨秋正要开口，褚灵均连声低咳打断，朝杨秋使眼色，忙说：“过去的事情就不提了，那时候年少轻狂，尽惹事，给杨老师添了不少麻烦。”

那时候杨秋知道他喜欢曲玥，还在一次校花保卫战之后找他谈话。两人谈了许久，有些话他听进去了，有些话他不认同。比如他说年少时的喜欢都是镜花水月，是一种不成熟的懵懂情愫，是渴望成年的宣告。过了这几年再回头看，那段回忆叫青春，不叫爱情。

褚灵均不知道别人是什么样，但他知道，那是青春，也是喜欢。喜欢播种后，不断生根发芽，在岁月里茁壮成长，直到成为无法撼动的深情，成为死心塌地的爱。

杨老师明白过来他的暗示，笑着一语带过：“也不是都惹事，那时候大家叫你八中保护神，听说有你在，外面那些流氓地痞都不敢欺负学校里的学生了。你八中褚霸王的名声，比学校保卫科都管用。”

曲玥跟着笑，那时候她也有耳闻。就因为褚灵均光荣事迹太多，霸王名声太响亮，坐在他前排的那些日子里，她任劳任怨任欺负不敢反抗。

命运多么神奇。

若干年后，当初怕得要死的人成了现在喜欢得不行的人。

曲玥带着褚灵均在外面拜年串门，走了一天，褚灵均还兴致不减。

曲玥问他：“你有什么亲友需要拜访吗？”不然总跟着她，怕耽误他自己的事情。

“需要我拜访的都在国外，国内的都是想拜访我的。这个春节假期我就跟你混了。”褚灵均边说边眼巴巴地看着她，“宝宝千万不要让我落单啊。不然我孤家寡人，多么孤独寂寞冷。”

曲玥哭笑不得。这个家伙，卖萌和卖惨越来越切换自如了。

晚餐是曲玥大舅家请客，大家族的聚餐。早就做了收留说明的跟屁虫褚灵均，理所当然地拉着曲玥的手，跟曲家人一起过去。

褚灵均的出现，引起一片哗然，又高又帅，气度不凡，一身穿着打扮一看就不是普通人。

宴会厅里，曲思思一眼认出他，惊叫：“褚灵均！”

她三两步跑到褚灵均跟前，双眼亮晶晶的，又惊又喜地喊：“褚哥，天哪，我居然看到了你本人！你怎么在这里？”

褚灵均觉得自己跟她没那么熟吧，至于一惊一乍的吗？

不过好歹是白月光的表妹，褚灵均象征性地扯了扯唇角，揽上曲玥的肩膀，说：“跟玥儿一起过来吃饭。”

曲玥恰到好处地笑道：“你们之前不都说想见我男朋友吗，我就带过来了。”

曲思思愕然的目光在两人身上游走。

表姐的男友居然……居然是褚灵均！

褚灵均啊，这跟曲玥的前任徐醒之间隔着一万个她的现任富二代男友。

褚灵均没有过多理会曲思思，跟曲玥一道落座，坦然接受众人的观望和打量。看吧看吧，好货不怕比……阿呸！老子不是货！

曲思思回过神后，走到褚灵均身旁，他左边坐着周忱，右边坐着曲玥。曲思思轻拍周忱的肩膀，跟周忱说：“你往一边挪个位置，我跟褚哥聊聊。”

周忱眼皮子都不抬：“坐对面也能聊。”当我傻的啊，明目张胆的，还想聊骚我姐夫？

这么不知道避嫌，周忱觉得自己没翻她个白眼都算客气的了。

曲思思没想到在周忱这里碰了个硬钉子，她委屈巴巴地看着褚灵均，褚灵均视而不见，在跟曲玥低声交谈。她强忍着尴尬，去了另一边较远的位置。

但她没有放弃跟褚灵均套近乎，每当有人聊到褚灵均时，她就兴高采烈地插话。

曲玥的家人都很低调，原本也没想渲染褚灵均的条件，结果在曲思思这个大嘴巴的宣传下，大家都知道了这是一位镶金的大款，很牛很牛的那种。

一时间，众人看褚灵均的眼神和脸色都不一样了。称呼从曲玥你男朋友到小褚到褚总……客气又殷勤。还纷纷夸赞曲玥有福气，找了个一表人材帅气多金的男朋友。曲玥哭笑不得，从上一次家庭聚会被人教育挤对到这一次被人羡慕吹捧，只隔着一个褚灵均的距离。

饭桌上推杯换盏是主题，各路人马争相给褚灵均敬酒。褚灵均打算陪她的亲友们喝几杯，被曲玥拦了下来，她微笑解释道："他最近身体不舒服，还在休养，不能喝酒。"然后把他的酒换成了果汁。

褚灵均养伤这段时间嘴巴淡得都没味儿了，还以为趁着春节期间可以改善一下，哪知道……曲玥一记眼神扫来，褚灵均乖巧奶狗笑，我听话，我不喝。

褚灵均不喝，曲玥象征性地喝了几杯红酒。

席间，曲玥给褚灵均盛汤和夹菜时，曲思思看在眼里，几不可闻的轻哼。

以前跟徐醒在一起也不见她这样，换成褚灵均就这副殷勤献媚讨好的样子。这位曾经自命清高的表姐，现在还真是奴颜婢膝，狗腿得不行！

曲玥对曲思思压根就没上心，也没有发现她看着她时那格外嫉妒的眼神。

吃完饭，年轻一辈的人相约去唱歌，曲玥和褚灵均自然也被他们盛情邀请在列。其实曲玥不怎么想去，但是这种家庭聚会往往身不由己。

尤其是她刚带男朋友跟大家认识，而男朋友还被冠上金龟婿的美誉。这时候如果不参加活动，就会被说是摆谱不给面子看不起人等等。

有时候事情就是这么微妙，你人微言轻的时候没人在意你，反倒自由一些。当你被人看得起了，就有了许多束缚，还要照顾他人的情绪。

曲玥和褚灵均，她弟弟周忱，还有那些表兄弟姐妹们，十多人一起前往娱乐会所。地方是曲思思订的，大家三三两两地同坐一辆车。曲思思这两年成为网红收入不菲后，每次亲友聚会都开着她骚包的红色法拉利。但这次，她把车钥匙给了曲鑫成，自己硬是蹭上了褚灵均的车。

褚灵均开车，曲玥坐副驾，曲思思和周忱坐在后排。

一路上，曲思思不是跟褚灵均搭话就是跟周忱搭话，这两人兴致都不高，偶尔才回应，但她浑然不觉得尴尬，一个人滔滔不绝把所有时间空隙都填满了。

她还在回忆当初的校园时光："褚哥，那时候多亏了你罩我哦。有一次我被几个小混混纠缠，你帮我解围，把人都打跑了，你还记得吗？你一个挑一群，简直帅炸！我们几个女生在旁边都要为你尖叫了！"

褚灵均淡淡道："举手之劳……"她说的这些事情他早就不记得了，只记得当时因为她是曲玥表妹，多了几分关照而已。

曲玥以前没怎么过分关注褚灵均，知道他们俩认识，没想到还有这么多渊源。现在听到曲思思眉飞色舞地说着那些往事，心里多了几分唏嘘……那时候她怎么就没发现褚霸王的好呢？如果彼此早一点心动，现在他们俩的孩子都能打酱油了吧？

其他车上，几位表兄妹热烈地讨论着褚灵均。

"我还说给玥姐介绍男朋友，真的瞎操心了哈哈，大美女不缺识货人。"

"以前跟徐醒就是走了一段弯路，他们怎么看怎么不般配……"

"你们觉不觉得，玥儿跟现任的感情好的多？两个人眼神互动里都是爱，可甜了。"

"厉害了我们玥姐，不声不响拿下一个金龟婿。"

"对了，小尹不是一直嚷嚷着找不到条件好的男人吗，到时候让玥儿男朋友把他圈子里的人介绍给你认识啊……”

“这个可以有！”

抵达包间，曲思思特别豪爽地说：“玩什么吃什么随便点，今晚我买单。”

众人一片叫好。

曲玥肚子不太舒服，去了洗手间。

曲思思率先点一首男女对唱的歌，旋律响起时，她把话筒递给褚灵均：“褚哥，咱俩一起唱一首。”

褚灵均：……

这女的怎么这么烦人？人丑话多事儿精！

这要是在他自己的朋友圈，他直接就怼人了，但这一圈人都是曲玥的亲人，褚灵均收敛了脾气，心里烦着，脸上不动声色。

曲思思催促道：“快呀，要开始了。”

一只手伸过来，周忱接过了话筒：“这歌我喜欢，我唱。”

褚灵均就差对周忱竖起大拇指了，好样的，不愧是小弟，专业解围。

褚灵均对周忱印象越来越好了，虽然还有个单排连赢的挑战等着他……但他能感觉出来，这个小舅子真心对他姐好，没有那种重组家庭的复杂心思。

曲思思不开心了，哼声：“我想跟褚哥唱，你跑来截胡。”

不说还好，一说周忱直接怼：“那是我姐夫，不是你备胎，你想唱人家就得陪你唱情歌啊？别心里没点数，把越界当热情，谢谢。”

一旁的褚灵均微微扬了扬唇角。这战斗力，可以的。

“……”曲思思被噎的，一口气差点上不来。

所以她真的太讨厌周忱了！即便他有当红小鲜肉的精致长相，她也讨厌他！人贱嘴毒不合群！跟着他那个吃软饭的老爹进曲家混吃混喝，还天天一副跩得要死的大爷脸！

曲思思越想越气，歌也不唱了，把话筒随便丢给其他人，坐到沙发一角，拿出手机，给她认识的某个大佬发微信：“哥哥，我被人欺负了……”

“谁那么不长眼，敢欺负我小妹，要我去教训吗？”

“我太没用，只能靠哥哥给我出气了，嘤嘤嘤……”

曲思思在角落里噼里啪啦地发信息，眼神时而扫过周忱。不好好教训他一顿，难泄心头之恨。

把这件事谈妥之后，曲思思起身，又往褚灵均附近坐。隔着人热情地跟他聊天，中间夹着的人干脆把位置让出来，曲思思顺理成章地坐在了褚灵均身边。

褚灵均的感觉大概就是一台噪声机搬到身边了。他也没怎么应付，懒洋洋地靠在沙发上，爱答不理的模样。

他学生时代就是这么拽，迷妹心态的曲思思毫不在乎，热情不减地热脸贴冷屁股。

曲玥进包间时，看到曲思思贴在褚灵均身边有说有笑，抿了抿唇。

大家族里总是有各种各样的八卦，包括人前光鲜亮丽的曲思思，关于她整容频繁换男友靠男人上位等花边新闻都是其他人茶余饭后的聊天八卦。这样一个本身就不算行端坐正的女人，挨在自己男朋友身边笑靥如花，换做谁都不会太高兴，曲玥也不例外。

她坐到褚灵均身边，挽起他的胳膊，看着曲思思笑：“聊什么呢，那么开心？”

曲思思也笑：“聊以前学校里的事情呀，说起来，那时候我跟褚哥比你跟他都还熟。”

曲玥：“不至于吧，我们俩好歹还是同班同学，天天低头不见抬头见，你那个年级教室都在另一栋教学楼。”

“但是我们玩得好啊！”曲思思笑嘻嘻道。

褚灵均一脸不屑：谁跟你玩得好啊！

曲玥敷衍地笑了笑，懒得跟她说话了。

褚灵均和曲玥在大家起哄下合唱，曲思思坐在一旁看，越看越心塞。

当年求而不得的男神，怎么成了她表姐的男朋友！他们不是不对盘吗，不是互相讨厌吗！她到底是怎么把褚灵均骗到手的？！

活动结束，曲思思又要搭褚灵均的便车，被周忱直接拎开：“你自己开车回去，大晚上的还让人送，没事儿找事。”他实在是受不了她的话痨了，吵死人。

褚灵均也不客气：“我们不太方便，你看他们谁方便送吧。”

曲思思无奈，只能看着他们走了。

曲思思回去后越想越激动，在高中同学群里疯狂打听褚灵均的消息，又去网上百度他。

花了一晚上，她得出结论，褚灵均不仅是个富二代，如今还有富一代的能力和担当。

学生时代的男神，现在还是这么出类拔萃，人设甚至比以前更完美了。曲思思一夜辗转难眠，反反复复想着，曲玥凭什么……

她跟徐醒折腾了几年，怎么就能找到褚灵均接盘，这不科学。褚灵均一定是不知道她的过去，她跟了徐醒那么久，说不定为他打了几次胎……

她不能让褚灵均被这个女人骗了！

Chapter 12 恋爱频率

朋友是平起平坐的，男朋友是食物链的底层，要学会听话。

褚灵均对周忱单排连赢100场的挑战很上心，趁着春节开个小号打。一天连赢20至30把，他觉得照这个速度，几天就行了。还好小舅子没有限制英雄，虽然是单排，他根据队友的选择灵活选择，把优势发挥到最大，强势凯瑞全场。

沉迷游戏的褚灵均，浑然忘却了他那群哥们，邀约一律回绝。他唯一的社交就是跟在白月光后头跑，她有什么活动，他就作为家属参加。

春节几天下来，他自信满满，曲玥亲友圈里所有人，都知道他这个霸道总裁男友的存在。

这天褚灵均埋头打游戏的时候，曲玥接到曲思思电话，说是有很重要的事情跟她聊，必须当面聊。曲玥走到阳台，说："有什么事就在电话里说吧。"

"当面谈比较好，电话里我怕说不清楚……"

"可是我没法跟你单独面谈啊，我走哪儿灵均都跟着，跟屁虫，可黏人了。"

“……”曲思思嫉妒得快要吐血了。

她是故意的！一定是故意的！秀恩爱的最高境界就是这种看似埋怨的吐槽！

这通电话最后是不了了之。因为曲思思想跟曲玥聊的天，褚灵均绝对不能在场。她打算年后再找机会。正好，她趁机充分了解褚灵均，做好准备工作。

那晚聚会的时候，有人跟褚灵均加了微信，曲思思问到褚灵均的微信号，发送好友请求，备注：我是思思，褚哥加我呀。褚灵均一把游戏打完看到曲思思加好友的请求，直接忽略。

正巧曲玥走过来，坐到他身边，给他喂水果。褚灵均张嘴咬一口甜滋滋的红心火龙果，幸福的感觉让他略有不安，这么怠慢媳妇家人，会不会不好？

又一口水果吃进嘴里，他主动请示：“你表妹曲思思加我微信，我能不能不加啊？”

曲玥笑：“你们俩以前关系不是挺好的吗？微信都不愿意加？”

“你听她瞎说，谁跟她关系好。”褚灵均一脸嫌弃，“叽叽喳喳的，吵死人。”

曲思思自以为的人美声甜活力四射，在褚灵均这里真的就是很吵很闹很讨嫌。

“要不是你表妹，谁有空理她。”褚灵均轻嗤。这真是一句大实话，现在是这样，以前也是这样。

“不愿意加就别加了，不用勉强自己。”曲玥说。女人都有一种很神奇的直觉。虽然曲思思的言行举止没有什么越轨之处，但那种话里话外透出来的感觉，莫名就让曲玥不喜。

“还有你那个表哥曲源，卖车的？”

“嗯，怎么了？”

“让我给他介绍客户……”褚灵均有点无奈，“不是我不帮忙啊，跟我那些朋友需求不对口，他们大多买进口车。”以免那些亲戚在背后给他穿小鞋，有必要先说为敬。

曲玥心生尴尬："那你敷衍一下就行了。"

"你表姐曲馨她妈，千叮万嘱让我给她介绍男朋友……我捋了一遍，身边朋友单身的没有跟她很合适的。如果她愿意的话，回头我在公司里留意一下。"

曲馨比她大三岁，今年三十，还单身，家里人为她找对象的事情都急疯了。曲玥理解那种心情，便说："好啊，那麻烦你了。"如果能在褚灵均公司里找到一个青年才俊再好不过了。

"不麻烦，不麻烦。"褚灵均忙道。他就是顺便提一嘴，怕事情还没办之前，被人说不当回事。

"那个你二姨让我买保险……"

"这个你别管了，她逢人就推销保险。"

"哦。"

曲玥扶额，以前怎么没发现亲戚们这么多事儿。

"你表哥曲鑫成，说他有个赚钱的项目，问我有没有兴趣投资……"

"那你有没有兴趣？"

"说实话？"

"当然。"

"没兴趣。"褚灵均很耿直地说，"低于100亿的项目，我都没兴趣。"

对他来说，那种几十万的不是投资，是精准扶贫。

"那你就说没兴趣。"

"不太好吧，毕竟是你表哥……"因为这个原因，他没有直接拒绝。毕竟这个资金缺口只有几十万，为了几十万得罪白月光的亲人，太不值当了。

"没关系。你自己酌情处理，不用考虑我的关系。"曲玥说完，叹了一口气。

这声叹息引起了褚灵均注意，他放下手机，一把抱住她，问："宝宝怎么了？叹什么气？"

"他们这么麻烦你，我都难为情……"曲玥低声道。

婚姻要门当户对也是这个原因吧，每个人都不是独自生存的个体，身边必然有一群沾亲带故的关系人。当双方资源悬殊时，弱势一方的关联人都会趁此机会攀关系要照顾。

"小事小事，都是小事。"褚灵均忙道。他说出来可不是为了让她难为情的。"举手之劳，能帮就帮，应该的，毕竟都是你亲人。"

"那你能帮的忙多了……"曲玥嘟囔。这世界上百分之九十的问题都可以用钱解决，而褚灵均最多的就是钱，他还有什么忙不能帮。

曲玥越想越觉得不应该，不能让这些事情成为他额外的累赘，便说："以后谁找你，你第一时间告诉我，真要帮忙也是我来。"

"咱们还分什么你我啊……"褚灵均一脸促狭的笑，手不老实地往衣服里伸。

画风一下子就被他带歪了……

曲玥红着脸推他："别闹，跟你说正经事呢。"

"我也很正经啊。"他及时抓住想要逃跑的白月光。

翻滚一圈，两人陷在沙发上，褚灵均把自己玩出火了，眼巴巴看着她："宝宝，咱们很久没有……"

"你现在身体还没有完全康复，不行的。"曲玥被那火热眼神看的，脸越来越红，之前说的是什么全都抛诸脑后了。

"再这么下去，没病都要变成有毛病了……"

"我觉得……唔……"话被堵住，化为口中的缱绻缠绕。

周筱悠春节前出去旅游，节后回来的第一件事就是约曲玥见面。两人一起做SPA喝下午茶好不惬意。周筱悠跟她分享着旅游见闻，人虽然晒黑了，精神状态看起来很好。

之前卫驰跟她坦白后被拉黑，转头就告诉曲玥了，让她帮忙打听消息。但是小悠压根没跟她提，没多久就度假去了，她也不好问。

两人躺着做SPA时，曲玥顺嘴一提："你跟章城怎么样了？"

经过这趟旅游，周筱悠看淡了很多，没有了之前难以启齿的窘迫，坦然道："拉黑了。网恋不靠谱啊，他有女朋友，就网上找个人打发寂寞罢了。"

"你恨他吗？"

"谈不上。如果他骗炮之后再跟我说这些，我可能会恨他。但他在现实中一见面就坦白，说明还是个老实人，有贼心没贼胆，算了。好歹陪了我一段时间，不计较了，如云烟散去吧。"

那段日子因为各种破事心烦意乱，章城的陪伴从某种程度上来说，让她戒掉了对某人的依赖。

"哦，那就好。"曲玥应声。看来这件事没有被小悠判死刑。

"朋友给我推荐了一家特好吃的餐厅，我订个位子，咱俩晚上去吃吧。"

曲玥第一反应是，她一个人在外面吃饭，家里那个沉迷游戏每天饭来张口的猪精男孩怎么办，便说："我先问问他的安排。"

"啧啧，这都过了一年，你们还这么黏啊？一顿饭都不能单独吃？"周筱悠调侃道。

曲玥笑："最近情况特殊。"

褚灵均接电话后立马表示，赶来跟他们会合。挂了电话，他想了想，给卫驰打了个电话，问他去不去。卫驰一听说周筱悠从国外旅游回来了，果断要去。

这大概是卫驰最闷闷不乐的一个春节，每天的局一个接一个，却没有一天是开心的。以前这种热闹的时候都有周筱悠，两人你来我往地打嘴炮，当时不觉得有什么，现在才发现简直是他快乐的源泉，是他最想要的陪伴。一旦周筱悠抽身而去，他的整个世界都无聊透了，什么都提不起劲。

眼下促使他参加这些局的动力，不过是拿那些人的手机看朋友圈里周筱悠的动态。没办法，大号小号悉数被拉黑，有了前车之鉴，他不敢再开小号，只能通过他人的手机暗戳戳地窥屏了。越看越想，越想心里越不是滋味。

卫驰跟褚灵均碰头后，坐上他的车。他开车的时候，他借他的手机看朋友圈。卫驰边刷边说：“都不知道她回来了，看来我还没跟上她的实时动态。”

褚灵均一脸鄙夷：“你这像个偷窥狂。”

卫驰呵呵：“你语文一直很烂，用词不当我不怪你。”

刚说完，表情一变，目光在屏幕上定住：“这张照片有问题……”

“什么问题啊？”褚灵均懒洋洋应声。

“你看到没有，她的墨镜里倒映出一个男人！这个男人是谁？跟她一起去旅游的？还是在当地认识的小鲜肉？他们俩什么关系，发展到哪一步了？”

“服了你，心细如发啊卫总。”

“这么明显你没发现吗？！”

“我对她又不感兴趣，照片都没点开看，发现个鬼啊。”

“也是……”刚才点开周筱悠那些照片时手机还缓冲了一下，“不行，这个男人有问题，我必须得搞明白！别出去一趟就带个野男人回来了，我心脏受不了。”卫驰一边说一边更加仔细地研究其他照片。

褚灵均往身旁瞥了一眼，真心同情这位哥们。

难言的优越感油然而生，褚灵均不由得膨胀了，啧啧道：“你这种事儿精，追的女人也是事儿精。看我家玥玥，从来不整什么幺蛾子，温柔贴心小可爱，多让人省心啊。”

“滚！你还事儿精呢，不准攻击我家小悠。”

“呵呵，她现在还不是你家的。”

“快了！”卫驰咬牙。这个年过得煎熬死了，他不能再给机会让那丫头逃走。软磨硬泡也好，死缠烂打也罢，跟她扛到底，不成功便成仁。

曲玥和周筱悠坐在餐厅里等褚灵均，没想到把卫驰一并等来了。

卫驰看到周筱悠的瞬间，眼里乍然现出欢喜，激切的思念藏都藏不住。周筱悠不着痕迹地移开视线。

两个男人在对面落座，周筱悠对褚灵均道：“请你吃饭，你还要带个饭搭子。”

褚灵均道：“阴阳调和。”

周筱悠嗤笑一声，拿出给褚灵均准备的礼物：“你的，旅行礼物。”

曲玥在一旁笑道：“小悠给我们俩都带了礼物。”

只是，卫驰就坐在一旁，这么明目张胆地冷落他，不太好吧？

果不其然，卫驰问道：“我没有礼物吗？”

周筱悠翻了个白眼：“像你这种普通朋友都得带礼物，我行李箱都不够塞。”

卫驰笑，意味深长地看她：“原来我只是普通朋友啊。”

周筱悠面对他别有深意的表情，突然有点心慌。是了，她逃出去之前，两人还有一笔烂账没算清楚……

褚灵均把礼物袋给卫驰：“我这份给你，我跟我老婆共享。”

曲玥：“……”

周筱悠：“……”

还能这么操作？

“别，这怎么好意思……”卫驰一边婉拒一边伸手接过。嗯，嘴上说着不要身体却很诚实。转头看向周筱悠，他笑得面若桃花，故意道：“小悠，谢谢你的礼物。”

周筱悠已经不知道该摆什么表情了，厚脸皮到这种程度，真叫人大开眼界。

这顿饭卫驰吃得很愉快。不过半个月不见，他的感觉却像是半个世纪。再次看到她的人，听到她的声音，看着她的脸，看她嬉笑怒骂，感觉不要太享受。

吃完饭，卫驰提议下一场，周筱悠率先拒绝：“我太累了，得回家休息。”

他求助的目光看向曲玥，曲玥没领会到那意图，说：“不早了，灵均也得休息了，不然对身体不好，改天再约吧。”

卫驰把最后的希望放在他哥们身上，在桌子下面踢着褚灵均的脚。

褚灵均说："玥儿关心我的身体，我怎么能让她担心。散了散了。"他还想早点回家跟媳妇温存呢。

可怜的卫驰，孤立无援，只得说："那改天，我安排好时间地点，你们要来啊。"

这小两口靠不住，作为助攻，没有一点配合精神，他怎么这么苦……

离开餐厅，卫驰跟在周筱悠身旁："我没开车，帮个忙，送我一程。"

褚灵均这时候倒是很靠谱地说："我载他过来的。我们这边不是很顺路，你送送他吧。"

曲玥跟着道："那麻烦你了小悠，帮我们送卫驰。"

周筱悠："……"

她还能说什么?

卫驰笑眯眯跟着周筱悠上了车，心里为那小两口点赞，前一刻的嫌弃这一刻成了感激。到底是给他制造了独处的机会，还是在车子这么狭小的空间内独处。

可以，这很带劲!

曲玥在回家路上，接到沈曼曼的电话。这是周忱大学同学，两人有过几次接触，互相留了联系方式。突然接到沈曼曼电话，曲玥很是意外。

"玥姐，玥姐……"对方声音急促，呼吸凌乱。

曲玥凭直觉知道这是有事儿，赶忙问道："怎么了？"

"有人打忱忱……很多人……快来救他……警察不知道什么时候能来……快叫人来救他……他要不行了……"女孩声音带着哭腔，慌乱害怕又心痛。

曲玥一颗心不断下坠，但她保持冷静，迅速道："你在他身边吗?给我发个定位。你是女孩子，保护好自己，不要贸然冲出去。"

她还能打电话，曲玥揣测她是见机躲起来了。

褚灵均一个急刹车，问：“发生什么事了？”

“有人打我弟弟，我们快过去看看。”曲玥根据定位调出导航，褚灵均二话不说，掉转车头，飞速飙过去。路上褚灵均不忘打电话叫人。

万幸的是，距离恰好不远。

他们根据导航找到一条暗巷，沈曼曼躲在垃圾堆后瑟瑟发抖。

巷子里，六七个人围着周忱，像痛打落水狗般，拳脚全落在他身上。周忱身上伤痕累累，在地面上缩成一团，任凭殴打，咬着牙闷哼。

曲玥看到那一幕，眼泪喷涌而出，就要冲上前时被褚灵均拦住了。他把她拖到转角，捧着她的脸，安抚道：“现在救兵还没到，你跟她乖乖待在这里，不要出去。”

曲玥含着泪，哽声道：“可是我弟弟……他怎么办……”

“傻宝宝，有我在啊。”他轻揉她的脑袋，“这是男人的事情。你好好待着，别让我担心。”

曲玥还没来得及拉他，男人已冲入站圈。

褚灵均突然出现，那几个人猝不及防，一看只有他一个人又放下心来，无非是再撂倒一个多管闲事的。可是很快他们就发现，这哪里是一个人的战斗力，简直像一支队伍！

哪来这么能打的怪物！

褚灵均跟他们周旋的间隙，一脚踢开踩着周忱的人，将他拉起来。

周忱撑着青紫的眼皮，看向褚灵均，眼里现出欣喜。

“还行吗？”

“……行！”周忱喘了一口气，一把抹去嘴角的血丝，与褚灵均并肩作战。

曲玥躲在墙后看，时间流逝得太慢，每一秒都是揪心的煎熬。幸好褚灵均能打，虽然吃力，但没有落于下风，她才能控制住想要跑过去的冲动。

“小心！”褚灵均拉了周忱一把，他把他拉到身后，三两下拳脚解决了逼近的两人。

这些人只是来教训周忱，没想闹出人命，所以也没带家伙。面对周忱他们占有绝对优势肆意欺凌，但褚灵均一来就不一样了，同样都是赤手空拳，他们快要扛不住了。

这个怪物的拳脚比棍棒还凶猛！

周忱在后方看着高大精壮又身手矫健的褚灵均，迷弟的崇拜溢出双眼快要冲破天际了。

他这姐夫也太帅了！

帅疯了帅炸了啊！！

在褚灵均的援军没来之前，那群人总觉得还能挣扎，还能翻盘，赌着一口气跟他硬扛。一群人干不过一个人，实在太丢人了，回去都不好交代。可当褚灵均的援军来之后，他们想跑都跑不掉了。

那群人一个不漏地被抓住，带去警局问话。

曲玥带周忱和褚灵均去医院，沈曼曼一道前往。

周忱伤得比较重，有几根肋骨被打断，需要住院。褚灵均跟他们交手的时候虽然占得上风，但自己用力过猛也难免受伤，他的身体本就在康复期，如今伤口又一次被撕裂。

于是，两个人双双住进医院。

周忱说："姐，你别跟爸妈说，我就说我出去旅游了。等伤好得差不多了再回去，省得他们俩担心。"

"好。"曲玥点头。她也不想爸妈多操心。"今晚是怎么回事？为什么有人堵你？你惹什么人了吗？"

周忱思索一番，摇了摇头："不知道……"

"最近有没有跟人起正面冲突？"

周忱再次摇头："没有。"

褚灵均说："放心吧，他们都被抓住了，想知道幕后主使还不简单，我就不信撬不开他们的嘴。"

曲玥点了点头。下这种黑手，一定不能就这么算了。

这边惊心动魄历经艰险，那边卫驰和周筱悠全然不知。周筱悠把车往卫驰家的方向开，卫驰坐在副驾上，脑袋微微侧过来，看着她笑。

周筱悠被看得很躁，出声道："总盯着我干吗！"

"你不看我怎么知道我盯着你看？"卫驰微笑反问。不等她回答，他又说："看你是因为你好看呗，还能有什么别的原因。"

周筱悠轻轻哼了一声："以前可没听你夸我好看。"

"那时候放在心里。现在怕你不知道，就说出来了。"

周筱悠呵呵哒，没有做声，因为不想再被他撩。

车子停在小区外，周筱悠语气淡淡道："你可以下车了。"

卫驰笑睨她："上次那事考虑得怎么样了？"

周筱悠表情有点僵了。

卫驰："春节出去玩那么久，该想清楚了吧？"

周筱悠以为时间能冲淡那一次的冤孽，不料有的人还记挂在心……

逃不过只能硬着头皮面对了，周筱悠深吸一口气，说："是这样的，咱俩这么多年的朋友，彼此太熟悉，转变为其他关系实在尴尬。你要真觉得那次吃亏了，我给你一点别的补偿，怎么样？做情侣这种事就不要拿来开玩笑了，到时候咱俩都难受。"

"不会啊。"卫驰语气轻松愉快，"我很乐意尝试。人生就要勇于面对新挑战。"

他拿出烟盒，抽出一根递给周筱悠。周筱悠含在嘴里，他主动拿打火机给她点燃。随即抽出一根烟含在自己嘴里，凑上前，从她烟头的星火里把香烟点燃。两人距离很近，他眼里含情带笑，微微上挑的桃花眼既风流又勾人。

周筱悠差点陷到那双眼里，幸好及时撤离。

卫驰吐出一口烟圈，看似随意又透着认真地说："别的补偿我不需要，俗话说得好，从哪里跌倒就从哪里站起来。唯一能解决这个事情的办法，就是你做我女朋友。"

"咱们都这么熟了……"

"身体还不够熟。"他截断她的话，眼神暧昧。

……老流氓！周筱悠撇开脸。

卫驰退了一步："这样吧，咱们三个月为期。至少你得做我三个月女朋友，给我一个交代。三个月后，是去是留，你自己决定。我保证不再纠缠。"

周筱悠狐疑地看他，这人到底想做什么妖？

卫驰摊手耸肩，笑："你再拒绝就说不过去了，提了裤子就不认账，这可不厚道。你也不想咱们这么多年的交情毁于一旦吧？三个月过后，你不愿意的话，还是好朋友。我就是要一个交代，哪怕只有三个月，我也乐意。"

周筱悠被他说动了，鬼使神差地在考虑可行性。

三个月……也就三个月而已，这笔账就清了。再说，以前喜欢他那么久，这么来一段短暂的相处，不是正好如愿了？知道做他女朋友是什么滋味，心里也没什么念想了。

周筱悠是个爽快人，心念一动，脑子转过来，就不纠结了。

她看向卫驰，说："那……接下来三个月，你多担待了。"

卫驰没想到这么顺利，他以为至少还要再缠几天。啧，谁说他喜欢的姑娘事儿精了，简直利索得可爱。

卫驰笑，倾过身，靠近周筱悠。

周筱悠有点慌，正要后撤，被他及时伸手揽住肩。

靠近一点，再靠近一点……在她眼睫毛狂颤的时候，他毫不犹豫地，吻上了她的唇。

这个吻如疾风骤雨，很急很快，因为周筱悠想挣扎，她越焦灼不安他越是步步紧逼，不给她逃避的机会。翻腾着追逐着索取着，他娴熟的技巧把她撩得心跳心悸浑身无力，既然逃不开索性当做享受，周筱悠沉沦在那炙热柔软的嬉戏中……

直到她呼吸艰难带着喘，他才终于松开她。

周筱悠背靠着车窗，大口喘气。

卫驰深吸一口气，平静躁动的一切。

天知道，吻她的时候，多想更进一步……

周筱悠调整好自己后，说：“快下车，我要回去了。”

“才做你男朋友，就赶人？”卫驰挑了挑眉，语气颇有些委屈。

“呵呵，朋友是平起平坐的，男朋友是食物链的底层，要学会听话。”周筱悠杏眼一瞪，语气不善地催促，“还不快下车，我要回去睡美容觉。”

“好好好，我走。”卫驰笑，笑容带着宠溺的意味，“谁让我是你男朋友呢，食物链底层也认了。”

他乖乖下车，下车后，回头朝她招了招手。有些事不能操之过急，还有三个月时间，他不虚。

周筱悠一声轻哼，别开眼，车子掉头，疾驰而去。

车子在马路上飞驰，周筱悠一手抓着方向盘，一手抓着自己头发。

这事儿就这么成了？以前翻来覆去求而不得的人，现在送上门来非得当她男朋友，听着怎么那么戏剧性？会不会有诈？怕什么，就三个月，体验一把罢了。

虽然是这么想，心情还是有种难言的波动，周筱悠想给曲玥打电话倾诉，又憋住了。

周筱悠车子还没开到家，就接到卫驰电话：

“悠悠，可以把我从黑名单里放出来了吧？男朋友待在黑名单里，怎么给你嘘寒问暖，怎么陪你谈情说爱，怎么给你发红包，是不是？”

周筱悠脸一红，斥道：“还在开车，急什么，回去再说。”

到了目的地，车子停在车库，周筱悠拿出手机，把卫驰从黑名单里拉出来了。

卫驰：“（微笑脸）（微笑脸）皇恩浩荡，终于被赦免。”

周筱悠嗤笑了声，发送：“你可当心点，不然再把你打入天牢。”

“不敢不敢，女朋友掌握着我的生杀大权，哪敢造次。”

周筱悠收起手机，推开车门下车，进电梯的时候哼着歌，表情露出一丝愉悦。

这一晚虽然是各回各家，却保持着不间断的联系。卫驰去洗澡跟她说，洗完澡吹头发跟她说，完了喝杯小酒都要说，还随手拍照片……

周筱悠本来不想理他，想表现得高冷一点。即便做他女朋友，也要做一个高冷女王范的女朋友。可是，耐不住他一而再地发起话题再而三地撩……

不知道怎么的，就微信来来回回，来来回回……直到彼此都躺到床上，还在床头聊了很久。有一种莫名的熟悉感和默契感，仿佛那段时间跟小奶狗聊天的感觉。

周筱悠越来越投入，高冷是什么东西，早丢到太平洋去了。

开年后公司格外忙碌，已经打开局面的市场，订单像雪片般飞来。曲玥作为第一负责人，每天都有各种事宜要处理。她不能再像节前那样每天守在医院里陪褚灵均，但她处理完工作第一件事就是赶回去做饭，然后带上两份精心烹饪的营养餐来医院看两位病患。

曲玥不知道自己是不是产生错觉，她觉得小弟跟褚灵均的关系，好像亲近了很多。

原本是一人一间单人特护病房，后来，曲玥不来陪夜了，两人经常晚上凑在一起打游戏，打着打着周忱提议，干脆并在一间病房里算了。褚灵均没有异议。两人就住在了一起。

褚灵均是心疼曲玥，知道他工作忙，想她睡个好觉，不愿她晚上还在医院里折腾。再怎么样，医院里的床铺都没有家里的床舒服，白天去上班也更远。他寂寞了就打打游戏，还有个小弟作伴，怎么样都比让他心尖尖上的白月光受累好。

周忱和褚灵均一起吃饭的时候，曲玥坐在一旁，眼看着周忱率先把他便当盒里的牛肉夹给褚灵均，还说："姐夫你喜欢吃牛肉，给你。"

曲玥可以说是目瞪口呆好吗？什么时候这小子这么会心疼人了？破天荒第一次看到！

褚灵均毫不客气地一扫而空，像是习惯了这种待遇。

饭后，吃饱的褚灵均拿出手机，准备开一局，消化消化。周忱见状，忙拿出手机，说："一起，一起。"

曲玥去上个厕所回来，发现两个人在玩游戏，碗筷都还摊在餐桌上，吐槽道："东西都不收一下就玩游戏。"

"哎哎哎，我就来……"褚灵均正要放下手机，周忱率先一步放下手机，收拾那些碗筷，边收边说，"我来，我来就行了，这局对手有点猛，哥你不能出岔子。"

褚灵均看一眼曲玥，眼神带着讨好，一脸谄笑。

曲玥："……"

她真的很想问问褚灵均，你给我家周忱灌了什么迷魂汤？他怎么越来越像你的小弟了……还是特听话特服帖的小弟？

有天饭后，褚灵均想抽烟，被曲玥及时发现制止，还批评了几句。褚灵均没还嘴，倒是周忱颇为不平地说："姐，你管得太严了，哥他很少抽，就偶尔一根，你要适当理解。他的自制力已经很强了，我比他抽得多多了……"

不惜自黑来衬托对方，这是怎样的一种情义？曲玥无言以对。

当曲玥发现周忱越来越倒向褚灵均时，有点小不爽，故意给褚灵均找茬："当时忱忱说的单排连胜一百场，你做到没有？"

"必须做到了啊！"周忱抢先应声，"你还不知道吧，那个连胜直播在平台都爆了。粉丝暴涨，现在每天求着他开直播。一战成名，我的人气都快要被超越了。厉害了，我的哥！"

曲玥：……

所以，你就是这么倒戈的？

可是之前也一起打过游戏，没见你这么狗腿啊？

住院期间，沈曼曼时不时过来看望周忱。曲玥遇到她很多次，小姑娘看到她含羞带怯，又尊敬得不行，姐姐前姐姐后的，看到她提东西就要拎过去。曲玥不可能不知道她心里在想什么。

也好……忱忱该谈恋爱了。

自从几年前被伤得很重那次，他一直单身。怕他还没走出来，曲玥也不多提私人感情方面的话题。这个小姑娘她挺喜欢的，就让两个人顺其自然好好发展吧。

一段时间后，褚灵均和周忱相继出院。

那次斗殴事件被抓的几个人，供出一个老大徐光辉，说是拿钱办事。

周忱完全不认识这个人，徐光辉目前人在国外，没有回来，褚灵均安排好人，就等他回来好好盘问了。

Chapter 13 风波乍起

这个男人，具备最好的条件，足以招蜂引蝶，却对感情有着最纯粹的坚持和信念。

这天，曲玥正在公司里忙碌，接到曲思思电话。她就在公司附近的咖啡厅里等她，说是有关褚灵均的事情要跟她谈。曲玥交代手头的工作后，过去跟她会面。

曲思思一身初春套装，化着浓淡相宜的妆容，整容后的小脸精致得像瓷娃娃。咖啡厅里来往的人不由得多看她几眼。旁边座位的男士也频频看她。

曲玥赶到咖啡厅，坐在曲思思对面。

一时间，那些打量曲思思的人，都不由得倒抽一口气。

没有比较之前觉得这是精致的小美女，有了新来这位美女的对比，高下立现啊。

这新来的姑娘肤色白亮清透，脸颊微粉，五官楚楚动人，关键是特别自然，特别舒服，让人简直挪不开目光。而之前那位，再来看就俗气了，一水的网红脸模子，大眼睛高鼻梁尖下巴，山根太高，下巴太尖，美得做作，毫无个人特色。看不到皮肤本身的质感，只有妆感。

曲玥工作很忙，不想跟曲思思闲话家常，坐下来便问：“有什么事？”

曲思思轻咬下唇，表情无辜又柔弱，可怜的眼神看着曲玥：“褚哥复读那年，我跟他关系很好……”

“嗯，知道你们关系好。”曲玥淡淡应声。

上次聚会，听到她提了不下一百次，她都听腻了。

“好到……我把第一次献给他了……”曲思思垂下眼帘，手指甲抠着桌面，像是一个委屈的小姑娘，“那时候不懂事，他喝多了，没有做措施，后来还为他去流产……”

曲玥：“……”

这是在讲故事吗？

曲思思再次抬眼看向曲玥时，眼里含着泪，梨花带雨：“玥儿姐，他是我第一个男人，我特喜欢他，一直忘不了他……我真的很难接受你们在一起……我求求你，放手好不好，就当是成全我……你们俩差距那么大也很难走到最后……”

曲玥出奇地冷静，不慌不乱地反问：“我为什么要成全你？”

“你是我姐呀。”

“不好意思，这事儿就算我是你亲姐都不行。”曲玥毫不犹豫，平淡的声音，透着坚定的力量。

“玥儿姐，你非得这么狠心吗……你知道我看到你们在一起有多难受……”

“这样的话，以后咱们两家就少往来，我们尽量不让你看到。”曲玥说。

她语气依然平静，表情都没有变化，相比曲思思泫然欲泣的模样，一个像高贵的女王，一个像受气的丫鬟。

曲思思一直以为曲玥是个柔柔弱弱很好说话的女人，毕竟平常的接触她的确是这样，从来不争不抢，面对亲友们也没有争锋相对过。她以为她是个软柿子，真到短兵相接，却发现她强悍得令人发指。

曲玥不等她再次哭诉，率先道：“没有其他事情的话，我回去工作了。公司事情多，太忙了，抽不出太久的空。”

“玥儿姐……”曲思思站起身，抓住曲玥的胳膊，阻止她离去，“咱们好歹是亲人，你就这么对我？”

曲玥微笑：“你作为亲人，又对我怎么样？不管你跟褚灵均过去怎么样，那都过去了，现在他是我男朋友。你跑来跟我哭诉，要我跟他分手，就因为你心里难受，你看不过去。你的难受大过天，大过我的婚姻和幸福？不好意思，这理说不通，我不认。”

曲玥拂掉曲思思的手，大步离去。

曲思思看着她的背影，咬牙切齿。低估了这个表姐，确实有点手腕，难怪能搞定褚灵均。可是她不甘心啊，当初明明她跟褚灵均关系更好。

她喜欢他那么久，为什么到头来，跟他在一起的是曲玥。

如果是那种条件不可企及的白富美，她还能想通。可是，是曲玥，就是她身边的表姐……是当初跟褚灵均势同水火，看到他就烦的表姐……

她说讨厌就讨厌，她想在一起就在一起……凭什么！

可怕的嫉妒没日没夜地啃噬着曲思思！

曲玥回到公司，投入到工作中，没再去想那件事。曲玥本以为，她拒绝之后，这事儿就结束了，曲思思该打消她那荒唐的念头。谁知道，战火居然蔓延到她家里了。

曲思思父母上门找曲瑛打苦情牌，哭哭啼啼地说自家女儿那么小就跟了褚灵均，还为他流过产，到现在一直不结婚也是心里有他忘不了他，作为表姐怎么能横刀夺爱……

他们闹来闹去就一个核心诉求，曲玥得跟褚灵均分手，不能抢思思的初恋……

老一辈还是看重情分，不想把场面闹得太难看，曲瑛好说好劝，可他们不听，就是指责哭闹。曲瑛被闹得头大，周忱想骂人，被周国伟赶回房里。周忱给曲玥打电话，把她叫回来。

曲玥一进门就收到劈头盖脸的指责怒骂。

“天下男人那么多，你就非得找你妹妹的男人吗？”

“姐妹俩跟过同一个男人，说出去丢不丢人啊？”

“你知道思思有多伤心吗，每天在家里以泪洗面，饭也不吃，暴瘦十几斤，都没个人样了……”

“你这个做姐姐的，还有没有点良心？狠心这么折磨你妹妹？”

“一个男人而已，分手了有什么大不了的，全天下男人那么多，你就不能自己再找一个吗？”

周忱心都快要爆炸，这是一对完全不讲道理胡搅蛮缠的老贱人！

他正要骂人，被周国伟往后拉扯。周忱拿出手机，拨打褚灵均电话。这种时候姐夫得出面把这些破事说清楚，别让她姐这么受气。

电话接通，周忱按下扬声器，先让他听听那些极品的话。

曲玥等他们骂完骂累了骂不出新鲜词了，开口道：“不是一个男人而已，他是我爱的男人。我这辈子，也就遇到这么一个值得爱的男人。曲思思以前跟他怎么样，不关我的事，我没有任何责任。现在我是褚灵均女朋友，我们拥有的是当下和未来。我不可能放弃他，除非你们说动他放弃我。当然，这不可能，不信你们可以试试。”

曲玥于情于理，不急不躁，掷地有声。周忱觉得她姐简直气场两米八。他膜拜地看着曲玥，都忘了电话还在接通状态中。

“你们没必要再跟我妈闹，没用的。我的事情我自己做主。不要再说曲思思怎么样了，就算她把眼泪哭干，伤心得寻死觅活，我也不会跟褚灵均分手。这事儿谁也逼不了我。”曲玥顿了顿，加重语气，“还有，你们如果再胡闹，吵得我爸妈不得安宁，就别怪我不顾念亲情，直接报警了。”

这边，褚灵均接通电话后，喂了几声没人应，只听到嘈杂的声音。

本以为是周忱打错了，正要挂断电话，一些关键字引起他的注意。

然后他站定，静静地听着那边的声音，那些人的无理取闹，还有曲玥说的话，都清晰传入他耳中。起初特别难看几近暴怒的脸色，随着他姑娘说的每句话每个字，一点点好转，到最后露出了迷之微笑。

周忱回过神，这才想起来给褚灵均打了电话，拿起手机："喂？"

褚灵均说："我马上就过去，等着。"

"好。"周忱点头。

他现在对这个姐夫信服得不得了。那次遇到危险时，褚灵均战神般降临，是一个很重要的催化点。他以一敌多，几次在危险中护他周全还能游刃有余，实力爆表！而后两人一起住院，他跟他有了进一步的接触和深入了解。以前虽然知道他打游戏很溜，但总觉得有运气成分，这次见识他单排连赢，围观多场比赛，发现他完全是技术流，就靠精准的预判和风骚的走位，玩弄敌人于股掌之间。对于这种顶尖职业选手的实力，周忱甘拜下风。

除了一起打游戏，他还看到了他工作中的一面。严谨认真，与玩闹的时候判若两人。褚灵均跟下属通话听取工作汇报时，周忱在一旁都能感觉出他强劲的领导气势。那些杀伐果断的命令，精密的数据分析，以及一连串听不懂的专业术语，周忱是不明觉厉。

住院期间，除了打游戏，工作，休息，褚灵均没什么别的事情。除了曲玥过来看望，没有别的异性联系。简简单单，工作时投入，游戏时放松，生活中随和。对于这样一个干什么都厉害人品又好还简单低调的男人，周忱是完完全全地折服了。以前担心姐姐被他骗，现在是希望他们尽早结婚生子。不然，过了这个村就没这个店了。

所以，姐姐这段天赐良缘怎么能被曲思思一家人搅黄！

嘴皮子一张一合就想让人分手，做梦呢！

褚灵均挂电话后，往回走。

半个小时前，曲思思打电话把他约出来，说是跟曲玥有关的重要事情要跟他面谈。

褚灵均没多想，正好顺路，直接就去了。面对打扮得楚楚动人的曲思思，表情很冷淡地问："你要跟我说什么？"

曲思思搅动着杯子里的咖啡，脑子埋得很低，像是彷徨又无助然后道："我不知道该不该跟你说，没想到这么多年后会再次遇见你，真的，脑子很乱……”

“长话短说，别抒情，别废话。”褚灵均最怕旁人说话没个重点，啰嗦一堆毫无信息量，那是谋杀他的时间。他的时间很贵，除了他家宝宝，他没兴趣跟任何人闲聊。

“玥儿姐以前跟徐醒谈了几年，还为他打过胎，你知道吗？”曲思思抬起头，用无辜的眼神看他，“我不想你在什么都不知道的情况下被骗……虽然我跟她是表姐妹，但我跟你也是好朋友……”

褚灵均扶额，这人智商是不是欠费太严重？

“还有别的事情吗？”褚灵均冷声问。

“我说的是真的！”曲思思见他毫无波动，以为他不相信，再次强调，“他们谈了几年，后来还住在一起……”

“然后呢，有别的事情吗？”褚灵均平静地问。

曲思思很快调整自己的状态，含羞带怯地说：“你复读那年，有一次你喝醉后，我陪在你身边，你……”

“我怎么？”褚灵均不耐烦地追问。

“你要了我……那是我第一次……”曲思思整张脸染上绯红，眼里湿漉漉地弥漫着水汽，“但是我知道你不喜欢我，我不想给你增加困扰，什么都没说，这么多年来一直藏在自己心底……”

褚灵均深吸一口气，强忍住打人的冲动。他一遍遍告诉自己要冷静，这是曲玥亲戚，关系牵扯复杂，不弄清楚原委对自己没好处。

“藏了这么多年，就为了今天来碰瓷？要我开一张支票封住你的嘴？”

“不是不是……”曲思思连连摇头，眼神紧张又炙热地看着他，“我不需要你的钱，我自己能挣钱，我靠自己也能过得很好。”

她明白的，这些有钱人最怕女人窥视他们财产，喜欢独立新女性的人设。

褚灵均冷笑一声：“那你找我是几个意思？”

“我想告诉你……我其实……一直都喜欢你……”曲思思声音越来越低，透着无限娇羞可人。她像是鼓足勇气，又继续道：“我不需要名分，不需要你为我做什么，更不要你负责……你只要让我喜欢你就好……如果你跟玥儿姐发生不愉快，可以来我这里调节放松……只要偶尔有时间陪在你身边，我就心满意足……”

曲思思穿着一身清纯可人的春装，但又大方袒露出傲人的事业线。经过这些年的修炼，她对勾引男人很有心法，如今对褚灵均是志在必得。男人嘛，没有不偷腥的猫，没有吃不腻的山珍海味。曲玥再美，用久了也没滋没味。

她知道他们俩不可能就这么分手。她让家人去闹，目的是让他们俩产生隔阂，让曲玥以后陷入无休止的怀疑和抑郁中。而她在事后把所有锅都推到父母身上，表示自己不知情。与此同时，在褚灵均跟前扮演无所需无所求傻傻爱着他的小可怜小可爱。

一边是争吵猜忌的女朋友，一边是温柔体贴的情人，时间长了，任何男人都会倒戈。

为了得到褚灵均，即便是跟曲玥两女侍一夫耗上几年，即便眼看他们结婚自己当个小三，她也在所不惜。心急吃不了热豆腐，没有长期鏖战的坚持和隐忍，得不到褚灵均那种顶尖的男人。

这就是曲思思的全盘计划。她抓住了一般男人的弱点，却忽略了，褚灵均并不是一般男人。而且，他跟她接触的那些纵情声色沉迷享乐的纨绔子弟不一样。

在她说完话之后，空气陷入沉默。

她抬起眼，正要再次开口，一杯咖啡迎面而来——

曲思思尖叫出声，想躲已经来不及，咖啡完完全全泼了她一脸。

褚灵均放下杯子，站起身，居高临下地俯视她，冷道：“你应该庆幸，我的原则是不打女人。不然，现在你该躺在救护车上了。”

曲思思的泪水疯狂涌出，她哭着拿起纸巾擦脸，精心涂抹的妆容被毁，模样狼狈又滑稽。

“我只是喜欢你，我有什么错……”她哭得上气不接下气。

“老子是你这丑八怪能喜欢的人？”褚灵均每说一句话就要克制100次想揍她的冲动。“我家姑娘真是倒了八辈子霉，遇到你这种亲戚。搬弄是非，挑拨离间，还想插足做小三！”

曲思思一直在哭泣，已经引起了周围人的观望，还有好事者拿手机录像。本以为是渣男欺负女人，当褚灵均说出这番话后，旁人听得热血沸腾，恨不得拍掌叫好。

曲思思梨花带雨仍不忘为自己辩解：“我没有……我只是实话实说……我没想插足你们的感情……我只想默默喜欢你，就跟以前一样……”

“滚你妈的默默，你当老子智障啊？”褚灵均极力压制自己不用拳头，用嘴说话，“默默喜欢，把我叫出来说这些？还捏造老子睡过你……老子对你完全没兴趣好吧！别太给自己脸上贴金！”

这一点褚灵均对自己非常有信心，他绝对不可能睡除了白月光以外的女人。清醒的情况下不可能，喝醉了就睡过去了，更不可能！什么酒后乱性，都是男人骗女人的鬼话。这个女人居然想拿来忽悠他，真是蠢到爆。

褚灵均双手压在桌上，俯身，目光冷峻如刃，盯着她道：“老子脾气不好，你最好不要在我跟前蹦，下一次不会就这么算了。”

说完，拂袖离去。

褚灵均实在是被恶心坏了。由于他一直以来嚣张恶霸的脾气，很少有女人敢往他跟前蹭，更别说在他跟前作妖了。第一次遇上这么搞事儿的……他没狠狠修理她一顿，真是看在她姓曲的分上。

哪知道，这股恶心劲儿还没散，他又接到周忱的电话，听到发生在曲玥家里的那摊闹剧。

所以这是来他跟前蹦跶不够，还要去骚扰他的白月光，还要在他未来丈母娘跟前泼他脏水？

忍无可忍，无需再忍。

褚灵均折回到咖啡厅时，曲思思身边坐了一个男人，正在安慰她。这是她的备胎之一，看到她坐在这里独自垂泪，赶忙来劝哄安慰。

男人看到气势汹汹的褚灵均，正要责问他，褚灵均一拳揍去。不打女人，总得拿男人来泄泄火。褚灵均几下子把人打得满地找牙，不敢吭声。

他拿出钱包，把里面的一叠现金拿出来，扔在桌子上，说："破坏别人家庭的贱女人，谁帮我扇她几巴掌，这钱就当辛苦费了。"

之前就有听到他们对话对女方很不齿的人，这话一说，立马有人抢单。

褚灵均转身就走，听到身后响起的巴掌声，头也不回地大步离去。

纾解了胸口闷气后，褚灵均马不停蹄地赶往曲玥家。

这边曲思思爸妈还赖着不肯走，即便曲玥于情于理又声色俱厉，他们也不在乎。

他们这对文化水平不高又碌碌无为的村野小民，什么都听女儿的。唯一的一个女儿，还是家里最会挣钱的摇钱树，带他们过上好日子，如今说什么都是圣旨，他们为了她什么都肯干。谁敢伤害他们女儿的利益就罪该万死。

曲玥被闹得要打110，被曲瑛拦下来了。

他们老一辈之间到底有深厚的手足之情，虽然对这种行为很反感，但为了这事儿就把人送去派出所，只怕以后在亲戚之间都不好说话。尤其那时候家庭条件不是很好，家里供成绩好的曲瑛上学，她弟弟曲威早早就辍学打工，吃的苦比她多。曲瑛觉得自己占了更多的资源，才有今天安稳的工作和衣食无忧的日子，平常对曲威一家比较照顾，也比较担待。当初曲思思上八中，也是靠这姑姑的关系才弄进去的。

曲瑛让曲玥回房，别理他们。可曲玥能看着自己家人被骚扰吗，还一直大放厥词。饶是脾气很好，不轻易动怒的她，听到他们口口声声说她应该和褚灵均分手，胸腔里都烧起了一股怒火。

周忱也气，但他还在忍着，没有赶他们走的原因是他知道姐夫要来，他在等。不然以他这个脾气，就算被爸妈打一顿骂一顿，现在也立马把那两个老贱人轰走。

褚灵均一路开车就像开飞机，没多久就赶过来了。高大冷峻的男人往屋里一站，整个气氛都被压制下来，就连王珍和她丈夫都没继续闹了，小心翼翼地看着他。

曲玥惊讶地看着他："你怎么来了？"

这种难堪的事情，她并不想他在场。

褚灵均走到曲玥跟前，轻轻拨了一下她的发丝，带着怜爱和抚慰。他搂过她的肩将她揽入怀中，目光看向曲瑛，表情严肃道："阿姨，我可以跟您保证，我跟曲思思之间没有任何过去。我没跟她谈过恋爱，没有碰过她，让她流产更是无稽之谈。"

曲思思她妈一听，立马插嘴道："你不认账，我们有什么办法……过了这么多年，现在也检查不出来……外面跟你这样玩玩就不负责任的男人太多了……"

褚灵均转头，凛冽的目光扫过。女人吓得一颤，往后退了一步。

褚灵均再次看向曲瑛，说："这么多年，我只喜欢过一个人，就是您的女儿曲玥。当年我复读，也是为了能跟曲玥上同一所大学。我一直喜欢她，从来没有过别人。请您相信我，不要听他们信口雌黄。"

曲玥惊愕地抬眼看他。

一直喜欢她……还为了她复读？

曲玥怀疑自己听错了，怔怔地看着褚灵均。

"阿姨，您放心，我做过的事情我就敢认。我没做过的，谁也不能给我泼脏水。"男人一只手搂着曲玥的肩膀，目光坚定又诚恳地看着她母亲，眼里没有丝毫回避和游移。这样的眼神，不会是说谎的眼神。

曲瑛有些惊讶。当年她作为老师，听过一些风言风语，还有同事提醒她说褚灵均对曲玥有想法。但她看曲玥心无旁骛地学习，丝毫没有影响，便没有在她跟前提及，以免自乱阵脚。之后也没什么大风波，女儿成绩稳定，顺利考上名校，她就更没多想了。现在褚灵均这么一说，再细细回味，又似乎确实能找出很多蛛丝马迹。

曲瑛点点头，说："嗯，我知道了。阿姨相信你。"

对于曲思思一家人过来无理取闹，曲瑛很头疼。虽然不可能就这么让小两口分手，但扯上那些陈年往事，准女婿把外甥女的肚子搞大过，说出去到底是很难听……现在听到褚灵均这么信誓旦旦地保证，曲瑛心里也松了一口气。

“你们一唱一和欺负人……我们思思好可怜，就这么被坏男人玩弄了……”

“二姐，你这个当姑姑的是不是太过分了……外人说什么就信什么，不信自己外甥女……”

“他能这么对我们思思，以后对曲玥也不会好到哪里去……你们别被金钱蒙了心……”

褚灵均表情凛冽，斥满戾气的眼神扫过那两个哭闹的人。他正要说话时，曲玥率先一步开口：“我以后怎么样，不劳你们操心，是好是坏我自己担着。还有，我妈不相信我的话，难道信你们的？到底谁是外人，麻烦请搞清楚。”

曲玥这一次的表现可以说是从未有过的强势，完全出乎曲思思一家人的意料。当她声色俱厉时，浑身上下透出一股不可冒犯的气势。

周忱适时道：“不好意思，我已经打了110，等警察上门，你们会因私闯民宅的恶行被带走。”

那两人对视，眼神有点慌乱了。曲威强自镇定道：“你胡闹，这是我们的家务事，警察也管不了。”

褚灵均扯扯唇：“你们应该关心关心曲思思了，她好像出了点意外。”

这话一说，曲思思她妈立马给她打电话。

好半晌才接通，听筒里传来曲思思撕心裂肺的哭声。

“思思，怎么了，你怎么了……发生什么事了……”老两口心乱如麻地问。

曲思思哭着道：“我现在在医院……”

“哪家医院啊……发生什么事了……我们马上过来……”那两人一边通话一边慌不择路地离去。临走前，曲威还回头瞪了曲瑛一眼，“二姐，思思要是有什么好歹，这事儿咱们就没完了！”

曲瑛也怕褚灵均做了什么不好的事情，问他："思思怎么了？"

褚灵均淡淡道："没什么，吓唬吓唬他们。"

周忱冷道："有什么才好，这家人真恶心！"

"你少说几句。"周国伟训他。

曲玥挽起曲瑛的胳膊，软声道："妈，这次是他们太过分了，你别光是忍让，该强硬的时候就得强硬起来。"

"不知道他们这是怎么了……"曲瑛连连摇头。

"还不是你好欺负，要我早就报警了。"曲玥哼声。

"好了好了，人都走了，别管他们了。玥儿和灵均没什么事情吧，留下来一起吃晚饭。"

周国伟缓和气氛，张罗道。他给曲瑛揉揉肩，说："你呀，就是太善良。先陪孩子们坐坐，我去弄饭。"

"我给你当帮手，两个人快点。"曲瑛跟周国伟一道进了厨房。

周忱吹了一声口哨，对曲玥促狭地笑："哎哟不错哦，从校服到婚纱，十年长情哟。"

曲玥的目光顺势看向褚灵均……

褚灵均一声轻咳，拿出手机，说："打游戏，打游戏，放松一下。"

周忱还想说什么，褚灵均一个眼神扫去，他乖乖沉默，嘴角挂着欲语还休的笑容。

吃过饭，曲玥跟褚灵均待了一会儿就走了。

车内，曲玥频频看向褚灵均，酝酿着，还是把好奇得要死的话问出来了："你以前就喜欢我了？什么时候的事情啊？我居然一点都不知道！"

"咳……"褚灵均清了清嗓子。

"你那时候明明看我很不顺眼，总是找我茬……我的天！你不会是……"曲玥一边回忆过去的事情想到某种可能性，万分无语地看向褚灵均，"在玩那种喜欢你就要欺负你幼稚套路？"

褚灵均：“……”

“这也太幼稚了吧！你给我造成了成吨的校园阴影，难道就因为你喜欢我？！”

面对曲玥的一惊一乍，褚灵均实在憋不住了，说：“差不多得了啊，我就是为了打他们的脸，才强行给你加戏。”

他一声不屑的轻哼：“还真当我那时候就喜欢你呢。我可没那么幼稚。再说了，你那时候跩得要死，对我爱理不理的，一点都不可爱。”

是的，当年的他，跟现在的他，得到的待遇是天差地别。

只要遥想曾经，就觉得现在的日子像是飘浮在云端。

“……”曲玥扭过头，不理他了。

褚灵均又道：“但是我跟曲思思没有任何瓜葛是千真万确。那个贱女人故意造谣生事，她今天还来找我，不停说你坏话，想勾搭我，还说不要名分跟我在一起，把老子恶心坏了。”

原本气恼的曲玥，听到这番话，微微弯起唇角。她故意道：“那你干吗不答应啊……她长得也挺漂亮，左拥右抱是很多男人的梦想呢……”

“滚滚滚……我跟你说，别恶心我啊！”褚灵均一脸嫌恶道，“就那丑女人，还漂亮呢，老子看着饭都吃不下去。”

“哦，说来说去就是嫌人家丑啊。那要是来个你觉得漂亮的，你就愿意了呗。”

“呵呵……”褚灵均笑，“那我得跟你说句实话了。”

曲玥脸色微变。

“能让我觉得漂亮的，我活了快三十年，只见过一个。而我已经成功地把她追到手做女朋友了。”

曲玥才刚沉下来的脸马上阴转晴，快要溢出来的笑容被她及时收住。

褚灵均继续道：“我的审美我的品味独好这一口，就算是将来几十年，你也是我眼里唯一一个漂亮女人。其他的丑女人都滚走吧。”

曲玥终究是没忍住，弯了弯唇。

褚灵均觑她一眼，看到她心花怒放的样子，不禁为自己点一个大大的赞！

嘿嘿，想套路我，没那么容易。哥哥我三言两语，逃出生天。

车子开到车库停下，两人下车。褚灵均走到曲玥身边，很自然地牵起她的手，拉着她往电梯方向走。曲玥乖乖地跟着他，悄悄地看他的侧脸。

怎么办，这个男人越看越帅，简直帅得人移不开目光。

进了电梯，曲玥一脑袋扎进褚灵均怀里，抱住他。褚灵均有点受宠若惊，他家宝宝一向很矜持很保守的，居然在电梯里跟他抱上了！

曲玥有千言万语想说，却又不知道说什么好。是的，恋人的首要准则和底线就是对彼此保持绝对忠诚。但是，又有多少人做不到，多少人的感情鸡飞狗跳脏事不断……曾经的徐醒就是最好的例子。而这个男人，具备最好的条件，足以招蜂引蝶，却对感情有着最纯粹的坚持和信念。她很感激他给了她这么好的爱。

良久，曲玥软软道："今天本来很生气……后来就不气了，因为宝宝让我很开心。"

"巧了，"褚灵均笑，"我也是。"

原本被曲思思恶心得不行，后来又听到她家的闹剧，直到她的声音传来，那一字一句，无比坚定地把她自己和他视为一体。即便他还没有解释，没有澄清什么，她也是那么笃定，丝毫不被那些乱七八糟的东西干扰。

那时候，他心里的温暖和动容，真的很难用语言表达。反正就是，能够被他的白月光这么稀罕，这辈子都值了。

一声轻响，电梯门再次打开。

走进来两个人，一看到电梯里抱着的男女，吓了一跳："还以为没人……"

曲玥赶忙跟褚灵均松开，这才发现他们俩进来半天，连楼层都没按……

两个人都给忘了。

曲玥尴尬得不行，自己给自己解围："跟你说话都搞忘了……"

褚灵均毫无压力地说："咱们热恋期小情侣，亲热忘我很正常。"

曲玥瞪了他一眼，脸色臊红。

那两个路人：……

吓人一跳还这么光明正大撒狗粮真的好吗？

Chapter 14 那么爱你

我的快乐是你，想你都会笑……

因为曲瑛抱着息事宁人的态度，褚灵均也就算了，没打算继续找茬。毕竟他们闹的这一出，没有对他和白月光的感情造成影响。如果真有点坎坷波折，他怎么都不会善罢甘休。

但是，另一件事的真相浮出水面。前阵子周忱被人殴打，幕后真凶是曲思思。

褚灵均得到这个消息，第一时间给曲玥打电话告诉了她："这个贱女人太丧心病狂了，我和小弟都因为她住院，你说这件事还能算了吗？"

褚灵均这么一说，曲玥对曲思思也愈发生气。她做的这些事情太恶毒了，妄图拆散她和褚灵均的感情，闹得她家鸡犬不宁，还找人打周忱。但凡她有顾念亲情的心思，就不会做出这种事来。

曲思思对她和她的家人怀揣那么大的恶意，她为什么要这么算了？

向来听妈妈话的曲玥，这一次决定摒弃妈妈的观念。这些年他们家对曲思思一家的帮扶可不少，但结果呢，反倒帮出了反咬一口的白眼狼。对于这种不知好歹的人，就不该客气，不然真当你好欺负。

曲玥心念一定，对褚灵均说："你想怎么办就怎么办。"

"好嘞。"褚灵均愉快地应声。

有曲玥这句话，他就放心了。敢招惹他的人，他向来不会心慈手软，这一次有所顾忌就是怕被自家宝宝骂。

褚灵均犹如拿到了尚方宝剑，利索地去办事了。

另一边，曲威和他老婆王珍一起去曲思思所在的医院陪着。

他们赶来的时候，曲思思正在做紧急修复手术。她鼻子里的假体被打歪了，下巴也变形了……

只怪她运气不好，在场恰恰有几个被绿茶小三祸害过的女人，怒从心头起，将她暴打了一顿。曲思思惨叫连连，咖啡厅的管理层怕出事，安排人把曲思思救出来。周围还有一群看热闹拍视频的人。曲思思逃也般地离开，赶去医院。

从手术室出来，脸上缠着厚重的纱布，她爸妈差点没认出来。

"怎么了，思思，你这是出什么事情了？"

"怎么成这样了？谁害的？那个姓褚的王八蛋吗？"

面对父母的追问，曲思思三缄其口。说了也没用，这么无能的一对父母能帮她什么吗？

他们问多了，她不耐烦道："行了，别问了，出了点意外，心烦死了，你们还吵我！"

两人唯唯诺诺地住了口。

"你们在姑姑家那边怎么样？这事儿姑姑怎么说？"曲思思现在心情很复杂，对褚灵均是又爱又恨。爱他的张扬不羁，恨他的冷酷无情。

她知道自己没可能得到他了，但如果能把曲家闹得鸡犬不宁，让他们横生波折也不错，说不定最后会分手……她得不到的人，也不想眼看着那个虚伪的表姐得到！

"你姑姑这次过分了，无论我们怎么说都不表态……"曲威闷声道。

王珍指责他：“我就说你这个姐不是什么好人吧，平常看起来好说话，真要遇到事屁都不放一个。我看她就是怕那个金龟婿飞了，做着攀上豪门的梦。”

“你没看曲玥那个丫头片子，反应那么激烈！要是曲玥懂事点，事情就好办了！”

“曲玥也过去了？”曲思思问。

“是啊，臭丫头态度特别强硬，说什么都不听，油盐不进！”

“她还把褚灵均叫过来了。他们合着一起对付我们……思思啊，不是爸妈不帮你，他们铁了心，咱们没办法啊……”

曲思思表情一变：“什么？褚灵均也过去了？”

“是啊，这个姓褚的可凶了，看着让人害怕……”

曲威还有点不寒而栗地说：“女儿，咱们真的要跟这种人闹吗……他看着不像是好人，又有钱有势的，万一他要搞我们……”

“谁让你们跟他闹了！”曲思思尖叫出声，情绪太激动，拉扯到肌肉，痛得她低呼。

父母紧张地凑近看，被她挥开，怒道：“你们是猪吗？！我让你们去跟姑姑闹，谁让你们跟褚灵均闹了！他是什么人，你们惹得起吗？你们是不是想害死我！”

曲思思喜欢褚灵均，同样也了解褚灵均，高中几年同学不是白当的。那时候他就是横行霸道的校霸，谁敢招惹他死路一条。如今他出了社会，只怕是变本加厉。

如果是个善茬，在咖啡厅就不会用那么狠的方法来羞辱她。

“你们到底跟他说什么了？！我要被你们害死了！！”曲思思抓狂地说道。

不等父母回答，她又道：“我不管你们说什么，反正我什么都不知道，不要说是我叫你们去的！无论有什么事情你们都得给我扛下来！”

她父母赶忙应声：“知道知道……我们心里清楚……”

看到女儿那么害怕，两口子心里也开始惴惴不安了。

曲思思忐忑不安地过了一晚上，第二天打开手机，发现铺天盖地都是她在咖啡厅被羞辱的视频，她被泼咖啡，被褚灵均骂，被路人殴打……

视频里没有褚灵均的身影，但他骂她的话，清清楚楚地被录下来。

这段视频在各大社交平台传疯了。曲思思也快疯了。

她点开自己的社交账号，全都是骂她的……

曲思思是个网红模特，平常还会做直播赚钱，算是小有知名度。这件事情发酵后，她的名声臭到极点。铺天盖地都是网友的口水和诅咒。曲思思被迫关闭了账号的评论功能。

她本以为事态会渐渐平息，谁料越演越烈。第二天，她被人肉出来，就连这些年在全国各地的开房记录，整容记录，同时交往过的男人，跟土豪粉丝睡觉接受巨额礼物，等等都被扒得干干净净。最可怕的是，这些八卦都是真的！

曲思思这些年为了人前光鲜亮丽，做过的那些不光彩的事情，事无巨细地被爆料出来。以前顶着美女模特，会赚钱的网红，独立女性等头衔，就像是一袭华丽的礼服包装被撕开，里面全都是虫鼠蛇蚁，不堪入目。

攻击她的声音越演越烈，丝毫没有消退之势。曲思思无法再被动等待，她联系网络营销公司，希望把这次事态压下去。没多久人家给她回复，无法合作。因为这次事件背后有更大的力量在造势。

曲思思心乱如麻时，她直播的平台公司来人找她了，出示当初签订的协议，里面有一条是不能做有损平台声誉的事，公司要求解约并赔偿违约款。曲思思赚的钱大多花了，哪有钱赔偿。她试图补救，对方不给她回旋余地，下了律师函。

与此同时，跟她合作的杂志、品牌等，要么要赔偿要么中断合作。

社交平台都被骂声屠版不说，还有网友人肉出她的地址，往她家寄可怕的东西……

以前认识的那些达官显贵，如今没有一个帮她，甚至避之不及，仿佛她是瘟疫。不仅如此，被她玩弄过的男性，曾经以为她是纯情百合花，这才知道是万人骑，把他们当凯子钓，于是对她放狠话，要她好看……

曲思思的人生由众星捧月的成功女性跌至谷底，成了人人喊打的过街老鼠，身上还背负巨额债务。可以说她是四面楚歌，陷入绝境。她躲在乡下老家里，连出门都不敢。

曲思思父母跟着她担惊受怕，不知道怎么办才好。

曲思思哭着说："一定是褚灵均……是他在报复我……"

"你们快去跟姑姑说啊……不然我会死的……我要被逼到自杀了……"

"让姑姑出面，帮帮我们……不然褚灵均会变本加厉报复我……"

在一个月黑风高的夜晚，曲思思把自己遮掩得严严实实，跟父母一起来到曲瑛家求情。

周忱拦住曲瑛开门，先把视频放给她看，又如实告诉她，前段时间他说是出国旅行，其实是被曲思思叫的人打到住院……

饶是曲瑛一直信奉以和为贵，得知这些过分的事情也很生气，妄图拆散女儿的姻缘，又对儿子施以毒手。她对曲思思一家闭门不见，电话不接。

可他们没有就这么放弃，因为这是唯一的希望……

几天后，曲瑛父母和曲思思一家人一起过来了。

曲思思当着大家的面对曲瑛痛哭流涕下跪恳求。其他亲戚你一言我一语的都在帮他们求情。都是几十年的兄弟姐妹，一家子的人都在说话，曲瑛有点顶不住压力了。

"思思这事儿做得确实过分，可现在你们一家人都好好的，他们都被逼上绝路了，你就念在多年手足情分上，帮他们一把吧。"曲瑛父亲道。

"我都一把年纪了，难道要白发人送黑发人……瑛儿啊，就当是妈求你了……原谅她这一次吧……"

这时候，褚灵均正缠着曲玥这样那样腻歪。

运动过后，他仰躺在床，圈着曲玥的脖子，浑身舒服，意犹未尽。

曲玥还没缓过神，接到她妈的电话："明天你跟灵均记得回家吃饭，有点事跟你们说。"

曲玥应声，放下手机。

"你妈让我们去吃饭？"褚灵均就趴在她肩头，听得很清楚。

曲玥"嗯"了一声。

褚灵均："不会是因为曲思思的事情吧？"

"不清楚……"曲玥也知道曲思思沦为全网黑的地步。她看到了发到网上的那段视频，听到她跟褚灵均说的话，心里更是气愤得不行。为了挖她的墙脚，心甘情愿做小三。但凡一个意志不坚定的男人，可能就被诱惑了。这个亲戚在她心里，已经在拒绝来往名单上。

次日，两人一起去曲瑛家里。

曲瑛开口提了这件事："你们知不知道思思最近被黑被索求赔偿的事情？"

曲玥点点头："在网上看到过。"

褚灵均："略有耳闻。"

曲瑛看向褚灵均，问道："灵均，你能不能帮一帮思思？"

"妈，你为什么要帮她啊？"曲玥不满道，"她那么过分，挑唆我跟灵均的关系，来咱们家闹事，还找人打忱忱！再说了，她是被扒出那些难堪事，犯了众怒，算她自己活该。"

"你舅舅舅妈这几年没什么正经工作，全靠她养着。她现在这样，全家都走投无路了……"

"你外公外婆不可能看着他们一家三口被逼得跳楼。"

"所有人都在替他们求情，都是我的血亲……怎么办？"

曲玥沉默，没有吭声。

"你外公说，安排个时间你跟曲思思见面，让她亲自跟你道歉。"

"不要。"曲玥当即拒绝，"我不想见到她。"

曲瑛对褚灵均说："灵均，阿姨知道你家世好，人脉广，这事儿你能帮一把吗？就当是阿姨恳求你，帮这个忙。”

曲瑛把话说到这个份儿上，褚灵均只能道：“只要您开口，不能做的我都会努力做到。”

曲瑛心里大松一口气：“那阿姨先谢谢你了。”

“阿姨，您别跟我这么见外。”褚灵均微笑。

两人一起离开的时候，曲玥问褚灵均：“曲思思这个事情，你打算怎么帮？”

褚灵均搂着她的脖子，淡淡道：“只要他们一家人离开这座城市，永远别出现在我们眼前，我可以保证舆论平息，官司一笔勾销，没有其他麻烦找上门。”

曲玥将信将疑地看着他：“你能做到吗？”

褚灵均将她脖子紧了紧，不满道：“什么眼神，这么不相信你老公？”

“不是。我是怕你为了帮她，要付出很大代价。”

褚灵均一声轻嗤：“弄她这种人，跟捏死一只蚂蚁一样，费什么劲。是死是活，小爷我一句话的事。”

曲玥前一刻还担心的表情，顿时变成一脸嫌弃，作势要推开他：“受不了你这么爱吹牛的，走开啦……”

“谁跟你装啊！”褚灵均重新将她箍住，“霸道总裁有什么办不到的！就你一天不把我当回事！”

“别这么搞笑好吗，吹牛大王褚灵均。”曲玥笑道。

“别这么坑老公好吗，窝里横白月光！”褚灵均不甘示弱。

次日，褚灵均跟曲家传达了这个意思之后，他们还想求情，让他们留下来。但褚灵均没有再退让。他无法忍受那一家子在他眼前蹦，这一次留下来了，以后说不定会继续走动。他娶了曲玥，还跟他们家成亲戚了，不能忍。

褚灵均态度很坚决，他们只能妥协。不然，连退路都没有。

最后曲思思一家人卖掉房产离开了，卖房的钱用来支付违约金，不够的在未来的日子慢慢还。曲思思不仅是离开了这个城市，各大平台账号都宣布ID自杀。

曾经年入千万的网红，就这么臭名昭著，再无翻身之日。她也彻底消失在大众视野里。

这件事就此画下休止符。

曲思思心怀鬼胎横生波澜，不仅没有离间曲玥和褚灵均的感情，反倒是自掘坟墓，断送大好前程。

曲玥一看日子，发现褚灵均的生日就快要到了。去年他生日的时候，两人还没有在一起。今年是陪他度过的第一个生日。曲玥有点苦恼，该给他送什么生日礼物。他可是什么都不缺的人。

曲玥跟周筱悠讨论，周筱悠说："要不咱们一起出去度假吧，大家开个party，为他庆祝生日，又热闹又好玩。"

"咱们是指……你、我、他，三个人吗？"

"那不是，两女一男多不好啊，怎么也得均衡一下吧。"周筱悠笑，"把卫驰一起叫上呗，他跟霸霸是好哥们，陪着一起过生日，应该的啊！"

"你不是很烦他吗？他去你愿意去？"曲玥诧异地问。

之前每次卫驰出现，小悠都是一副老大不高兴的样子，还早早结束行程。

恋爱谈了快一个月还努力憋着的人，这一刻有点语塞了。

周筱悠很有罪恶感地说："哎呀，这不是为了给霸霸过生日嘛，他高兴就好，我大不了就当没那个人嘛。"

曲玥觉得四人行确实比三人行好，只要小悠不介意，她是欣然同意。

曲玥跟褚灵均提议去度假后，褚灵均恨不得举起双手双脚赞同，这件事就这么定下来了。

出发前一晚，卫驰还腻在周筱悠的公寓里。嗯，这个月他进展喜人，已经可以来去自如地做入幕之宾了。

周筱悠心里两个小人在拔河，一个觉得不该这么便宜了他，一个觉得这么美好的肉体放在眼前不用多白瞎啊。最终意志力败给了本能，她半推半就地开始了这种如鱼得水的日子。卫驰忙的时候，几天不过来，她反倒不习惯。

但她有个额外的要求，不准卫驰对外公开。毕竟是试交往，三个月后的结果谁都不知道，早早昭告天下，到时候一拍两散脸往哪里搁，她岂不是成了他风流卫少众多女伴中的一位？

丢人。太丢人。

卫驰为了稳住这三个月，只有答应她的要求。

他知道，她的心意还不确定，心里有顾虑，他能理解，只是难免失落。

周筱悠被卫驰圈在怀里，再次强调："到时候一起出去玩，你得跟我保持距离，别露馅了。"

卫驰轻掐她的小蛮腰："不露馅露肉怎么样？"

"鬼扯什么啊你，我说正经的……露水情缘，低调点，别搞事。"

死丫头！卫驰在心里恨恨，转为行动，进行新一轮压榨。

一周后，一行四人坐专机出发前往国外海岛度假。

飞机上，周筱悠闲得无聊提议打麻将。卫驰积极响应。

曲玥说："我不会呀……"

卫驰笑出声，说："不是吧？连源远流长贯穿中华上下五千年历史的伟大国粹都不会？"

曲玥："……"

她第一次听到把麻将形容得如此高贵庄重。

"霸霸都不带你玩的吗？"卫驰说着看向褚灵均，笑道。

曲玥讶异地看褚灵均："你会打麻将呀？"

她记得有一次两人聊天聊到这方面，他说不太会不怎么玩没那闲工夫。

褚灵均忙道："别听他瞎说，我只是大概知道怎么玩。毕竟像我这么聪明的人，什么东西都是看一眼就会。"

卫驰笑而不语。隐瞒事实不说，还要把自己拔高一筹。高，真是高。

“你想学的话，我可以教你基本的东西。”褚灵均说。

当初他们聊到这个的时候，曲玥说她不会打麻将也不喜欢打麻将，还说以前她爸爸就是天天打麻将都不管家里，后来发展到出轨，妈妈忍无可忍跟他离婚……听到这么一段惊悚的历史，褚霸霸哪还敢说他会打麻将，虽然他一点都不沉迷，但总归撇得越开越好。

“来嘛来嘛，他教你几局就会了。”周筱悠兴趣澎湃，手痒得很。

于是，四人坐在了麻将桌前。因为褚灵均要指导曲玥，缺的位置由一个机务人员顶上。

褚灵均坐在曲玥身边，一只手环着她的腰，一只手帮她整牌面。曲玥只见他修长的手指灵活来去，很快牌面就清清爽爽，一目了然。

这……怎么看都不像是生手!

“二筒碰了……出五条。”

“这张牌留着，出九条，九条留着没用。”

“暗杠，来，摇色子，摸牌，杠上开花！”

褚灵均指点江山，曲玥跟着出牌，过了几个回合，就见褚灵均把她的牌一推：“胡了！”

褚灵均细心地教了曲玥几盘，还给她列了一个很简单的公式，让她套用。由于师父教得通俗易懂，曲玥很快就会了。曲玥学会之后，褚灵均上桌，四个人一起玩。

有褚灵均在的时候，曲玥觉得她会了，他一走，她就迷糊了。几张牌犹豫着不知道该出哪张，褚灵均探身过来帮她看牌，指点她出。

卫驰实在看不过眼了：“这弊作的，我不服了啊。”

褚灵均：“为了给我宝教学，这盘算我输行了吧。”

我宝……卫驰抖了抖身上的鸡皮疙瘩。

周筱悠：我就想安安静静打个麻将，为什么要被塞狗粮!

后来曲玥不让褚灵均教了，但褚灵均凭借他神乎其技的送牌和点炮，让曲玥一次次胡牌。

这下就连周筱悠都憋不住了："霸霸这是给玥儿开外挂啊，怎么打？"

"我凭本事给她开的挂，你别不服气。"褚灵均八风不动道，"我家姑娘刚玩这个，我有义务让她多赢赢，高兴高兴，体会娱乐精神。"

周筱悠一个眼神递给卫驰，哼了一声。

怎么不见你给我送牌点炮！

卫驰嗅到了一种前所未有的危机感，以后怕是跟褚霸王这一对出行，方方面面都要被拿来比照教育。想想就生无可恋……

曲玥感觉很神奇地说："你知道我需要什么，你又没看我的牌？"

褚灵均笑："这个可以推测运算的，玩牌不靠运气靠智商。"

当初他为了多赢零花钱，陪他那个深爱麻将的妈过招，练出了一流的心算大法。

"你也太厉害了，这个都能算！"曲玥一脸崇拜的表情看褚灵均。

被媳妇夸奖的男人，得意的小辫都要翘天上去了，毫不谦虚地说："你老公我天赋异禀，聪明绝顶。"

"你真的太聪明了，难怪复读一年就从学渣逆袭成学霸。我要有你一半聪明就好了。"曲玥由衷赞叹。她当初为了保持成绩，可是兢兢业业悬梁刺股，一刻都不敢懈怠。

"宝宝傻一点才好。"褚灵均笑吟吟地伸手去揉她头发，说，"老公毕生的聪明才智就是给宝宝效劳的嘛。"

卫驰："……"

没有一丝丝防备，钢铁直男褚怼怼成了撩妹高手？

周筱悠："……"

为什么这两个人谈恋爱这么久，还越来越腻歪？

周筱悠打了一场有史以来最虐的麻将，又输钱又虐心。

抵达海岛别墅，周筱悠提出："我跟玥儿一间房，你们俩自便。"

曲玥欣然同意："好啊！"

褚灵均郁闷了，白天阳光沙滩，晚上月光入怀，才是美好的度假时光啊！

卫驰也郁闷了，他还想趁晚上偷偷摸摸去她房里做不可描述不可公开的事……

“宝宝，你不能出来玩就把老公丢一边呀。”褚灵均一脸不高兴。

周筱悠说：“你跟玥儿天天在家腻在一起，好不容易出来玩，让她陪陪女朋友嘛。”

曲玥点点头：“小悠说的很对啊。”

褚灵均寡不敌众，只能无奈接受现实。卫驰全程保持微笑，他一个还在试用期的男人，能发表什么意见，嫌试用期还不够短吗?

周筱悠跟曲玥手挽手去了楼上的观景房，褚灵均黑着脸坐在沙发上，卫驰戏谑道：“要不咱俩一间？”

“走开，老子不搞基！”褚灵均愤愤上楼。

周筱悠和曲玥进了房间，收拾行李挂衣服。

周筱悠换上度假长裙，伸个懒腰，躺在大床上，舒服得直蹬腿：“你说说，你是怎么收服那头霸王龙的？新鲜劲过了，还这么黏糊，啧……而且他对你是越来越温柔了呀，情话张口就来。”

周筱悠翻个身，趴在床上，双手托着脑袋，眼巴巴看着曲玥：“快给我传授你的御夫之术。”

曲玥被问得一怔，随即笑了：“就是这么顺其自然地相处啊。”

“切，多的是顺其自然走到冷淡的。”

曲玥笑道：“互相喜欢就好了呀。那么喜欢，怎么冷淡得起来。”

看到他就想笑，一起走路得牵着手，晚上睡觉还要抱在一起，就算累得不想抱也是紧紧挨在一起。就是喜欢那种感觉啊。可以彼此交付所有，紧密相连的，幸福又甜蜜的感觉。

休息好之后，四人换上泳装去海边玩。

蓝天白云下，两两一组打沙滩排球。

曲玥跟在褚灵均身边跑跑跳跳，玩了一会儿就累得不行。而他依然身姿矫健、体力充沛、弹跳力惊人，丝毫不见疲态。曲玥算是明白，他为什么那么强了，因为整个身体素质都很强啊。

曲玥玩不动时，停下来休息。褚灵均搂上她的肩膀说："宝宝，你需要多锻炼。"

"确实好菜哦，拖你后腿了……"曲玥嘟囔。

他冲她暧昧地笑，说："玩这个无所谓，被你拖到大腿根都行。但特殊运动得尽兴。"

"……又不正经！"曲玥轻嗤，别开发红的脸。

但她暗暗下定决心，以后每周都得去健身房锻炼。

吃晚餐时，周筱悠兴致勃勃地计划着夜半啤酒烧烤。卫驰慢条斯理地处理着食物，把切好的牛排叉起来，送到她嘴边。这段时间被宠惯的周筱悠，特别自然地张嘴咬过。

曲玥发现不对了，饶有兴致地看着她。

周筱悠后知后觉这动作太亲密了，卫驰又送过来的时候，她一脸嫌弃道："可别喂了，我自己知道吃，又不是三岁小孩。"

卫驰："……"

那你三岁小孩当得还少吗？

吃过饭，曲玥跟褚灵均一起打游戏。周筱悠回房拿东西，刚走上楼梯，被卫驰拉到楼角处，一个热吻不由分说地压过来……

半晌，周筱悠气喘吁吁地挣脱，瞪他，低低道："干什么呀……"

他把玩着她的发丝说："晚上不陪我，现在总得给点补偿吧？"

"他们就在楼下，你别瞎闹……唔……"周筱悠话还没说完，就被进攻了。

曲玥跟褚灵均一局游戏打完，准备叫上周筱悠一起，发现她人不在了。

"小悠呢？……小悠？"曲玥环顾四周，叫道。

“管她，继续啊。”褚灵均在游戏里再次邀请曲玥。

带菜鸟只带媳妇，其他人带不动，不想带。

“等一等嘛，小悠刚才说了，下一局等她一起再开。我先去楼上房间拿充电器。”曲玥起身，往楼上走，边走边找周筱悠，“小悠？”

楼上拐角处，周筱悠被按在墙上，心乱如麻。

她别开脸，声音低哑，急促道：“放开呀，玥儿上来了……”

“这时候放？你确定？”他暧昧的笑，低低的声音带着蛊惑人心的磁性。

周筱悠用力咬上他的肩膀，可恶的坏男人。

“小悠？……小悠？”曲玥的声音越来越近。

周筱悠快要绷不住了，卫驰托着她，走两步转身进了房间。

曲玥没看到周筱悠，便径自回房拿东西了。还没转身，被褚灵均从背后抱住。

“宝贝儿……宝贝儿……”接连低唤几声，又软又绵。

曲玥一听这调子，头皮发麻……

每次他这么叫她的时候，都是想……

“大白天呢！”曲玥嗔道。

“又不是没在白天过……”褚灵均依然腻着。

“这不是在家呀，等会儿小悠来了怎么办？”曲玥推他。

褚灵均坏笑：“机智如我，已经锁门了。”

“……”

傍晚四个人见面，非常有默契地绝口不提那段空白时间。

谁也不问谁干吗去了。

原定的泡温泉项目也一致取消，去海边沙滩玩。

玩闹过后，几人坐在沙滩上，晒着月光吃着烧烤喝着啤酒，吹牛聊天。

周筱悠刷着微博说：“这个话题好有趣，晒多年前的QQ个性签名，直视当年脑残的自己。”说着，她点开自己的QQ，个性签名往最前翻，边看边念，自己先笑抽了。

曲玥打开自己的QQ，往回翻着，说：“我中学没怎么玩QQ，很少登录，没有什么个性签名记录。大学有过零星几条，后来跟人联络主要用微信了。”

褚灵均懒洋洋地说道：“我也不玩QQ，多幼稚啊。”

卫驰翻着手机，慢悠悠念道：“……电流太强，卒。2008年9月6日。”

“漂亮的让我面红的可爱女人……2008年9月15日。”

“……我每天在想想想想着你。2008年9月20日。”

“感谢地心引力让我遇到你……2008年9月30日。”

褚灵均嗤笑道：“差点唱出来，果然是风流卫少，十年前就这么骚了。”

周筱悠抿着唇，一脸不高兴。

卫驰不紧不慢，继续念着：“放假了，看不到人，心烦。2008年10月1日。”

“生无可恋……2008年10月3日。”

“去她家楼下溜达一圈，没看到人，看到她妈，还好老子跑得快……2008年10月5日。”

褚灵均吸到一半的椰汁停住了，表情以诡异之势崩坏。

“生气了？我此刻却只想亲吻你倔强的嘴。2008年10月25日。”

“若爱上一个人，什么都值得去做……2008年11月1日。”

“刮风这天我试过握着你的手，但偏偏，雨渐渐，大到我看你不见……2008年11月3日。”

“很吵啊你！闭嘴！”褚灵均扬起手里的椰青，直接朝卫驰扔过去。

卫驰敏捷地躲开，拿着手机，语速加快，在QQ空间里抓紧翻页抓紧念：“我的快乐是你，想你都会笑……”

“没有你在我有多难熬多烦恼……”

“就是开不了口让她知道……”

“整颗心悬在半空，我只能远远看着……”

褚灵均冲向卫驰，一个飞踢，恼羞道：“狗日的，再念老子撕了你嘴！！”

卫驰边跑边道：“你说说那时候是有多骚啊，每天写这种酸死人的歌词哈哈哈哈哈哈……”

卫驰左闪右避，迅速翻页：“为什么为什么为什么，为什么就是做不到……”

“敢对别的男人笑，看我不打死他！”

“今天讲题的时候态度可好，看来做个学霸才招她喜欢。”

“她的睫毛，弯的嘴角，无预警地对我笑……”

“老子看书就打瞌睡，还不如看她来得精……啊啊啊……喘不过气了放手……”褚灵均成功追上卫驰，抢过他的手机，箍着他的脖子。两人较着劲扭打着。

褚灵均红着脸怒道：“长舌公……老子要灭了你！”

卫驰拼不过他的蛮劲，嚎呼道：“救命啊——褚霸霸高中期黑历史被翻出来，要杀人灭口了——救命——”

曲玥和周筱悠面面相觑……

所以，刚才卫驰念的那么多，是褚霸王以前的QQ签名？

周筱悠心疼卫驰，看卫驰落在下风被褚灵均钳制，怕他没轻没重伤了他，赶忙冲上前劝阻：“好了好了，谁还没点黑历史，你别恼羞成怒啊，我不也念了自己的吗……”

在他们闹成一团时，曲玥没有凑热闹，而是走过去，捡起刚才打闹时掉落在沙滩上的手机。

点开，页面还在……

“窗前明月光，想得心慌慌。”

“她那么喜欢听歌，天天插着耳塞，元旦晚会登台秀一发，说不定会掳获芳心。”

“我想就这样牵着你的手不放开……”

“木头GIRL！”

曲玥脑子里突然浮现出一个画面，学期末的元旦演出，褚灵均穿着白衬衣，登台演唱《简单爱》，引起全校女生疯狂……

本就风头很劲的他，自那之后由校霸荣登校草。

而她也因为那次，突然发现，行为可憎的他，居然那么帅。

Chapter 15 浪漫之夜

没有被好好爱过的人，怎么想象得出来，被爱究竟有多幸福。

海滩上，褚灵均跟卫驰打着闹着，目光不经意扫过曲玥，发现她在看手机，他松开卫驰，飞奔而来，一把抢过手机。

“别听那傻子瞎说，这不是我签名……”他紧紧攥着手机，藏在身后，喘着粗气道。

曲玥眨了眨眼，调整心情，波澜不惊道：“那你抢手机干吗？让我看看呗。”

“看什么，那傻子不知道念的谁的东西！”褚灵均平缓呼吸，一屁股坐在沙滩上，缓了缓紧绷的神经，捏住手机的手没松开，“你那时候跟我是QQ好友啊，我可没在QQ上写这些乱七八糟的玩意儿。”

事实是，高中的时候，褚灵均有两个号，大号进入班级群，顺便加了曲玥，小号是私人自留地。大号用得少，加上曲玥登录得少，几乎没什么东西更新，他更懒得上了。小号天天用来抒发感情，最后反倒遗落了大号，上大学后就用上了小号。再后来，大家都用微信，QQ也没怎么用了，他都忘了当初在这上面写过些什么。

没想到，今晚猝不及防被卫驰翻出多年前的个性签名。

曲玥瞧着褚灵均笑，褚灵均被笑得发毛，别过脸吐槽："笑什么笑，说了不是我！"

那些话真……不是发花痴就是酸掉牙，坚决不能认领！

他现在可是左手娇妻右手事业的霸道总裁，以前那个傻不拉几的单相思蠢小子，随风散去吧……散去吧……

曲玥还是笑："我没笑那个……"

"那你笑什么？！"他瞪她。

"我笑你脸好红哦……"曲玥伸手，碰了碰男人无比别扭又臊红的脸。

他不知道，他的表情已经出卖了他的心。

褚灵均触电般避开，连声道："太热了太热了……酒喝多了，躁得慌……"

卫驰凑过来，正要说话，褚灵均一记凌厉的眼神扫去。他为了今晚的安全，还是决定作罢，不要调侃了。

由于褚霸霸太躁了，加之武力值爆表，这个话题就此带过。

散场时，大家都喝了不少酒，褚灵均为了掩饰心虚，喝得尤其多。

回到别墅，褚灵均勾着曲玥的脖子，嚷道："我喝醉了……我要照顾……我要跟老婆睡……"目光环视，醉眼惺忪还带着恶狼般的凶狠，大声道："谁敢抢我老婆，我跟谁拼了！"

周筱悠瞧他那样，不知道真醉还是装醉，心里真有点虚。

她对曲玥说："要不你就跟他一起吧……喝醉了没人照顾，万一吐晕在厕所也不好……"

卫驰立马响应："这家伙喝多了有点发酒疯，没人照顾不行。你是她老婆，辛苦点，照顾照顾他吧。"

褚灵均暗暗偷笑。很好，很识相。

曲玥一瞧身上这个无法直立行走的大型物种，还能怎么办？

只能拖他回房里呗。

褚灵均酒量千杯不倒，他装醉是为了借机胡搅蛮缠跟曲玥一间房，没想到还有额外附赠福利……

比如，白月光温温柔柔地给他洗澡，他躺在浴缸时给他刮胡子洗脸，出来后又给他擦干，给他吹头发……他装着半醉半醒的样子，腻歪在她怀里，像个巨婴一般，享受着她的打理。

曲玥温柔又耐心，细致地为她的巨婴宝宝打理着，直到把他弄上了床。

褚灵均长胳膊长腿一伸，舒服得直叹气。

照顾好他之后，曲玥自己去洗漱。等她终于上了床，褚灵均骚动的身心早就等不及，如恶狼扑食般一个翻身将她牢牢抱住。

馨香满怀，他深吸一口气，幸福感满满。

曲玥在他耳边低低问道："你什么时候喜欢我的呀？"

"喜欢呀……"他呢喃应声。

"什么时候呀？高中吗？"

"喜欢呀……"

"是不是高中同学的时候就喜欢我呀？"

"喜欢呀……"

面对这个二傻子般不断重复的回答，曲玥很想拧他耳朵。

她还在想怎么问清楚，怀里男人传来均匀的打呼声……

算了，算了。这个家伙看来是打死不想承认。

褚灵均一边有节奏地呼吸一边暗戳戳地庆幸，还好老子有装睡这一招！想套我话，哼哼，想得美！

曲玥关了灯，躺下身，蜷缩在褚灵均怀里，打了个哈欠，很快就有困意了。还好没有跟小悠一起睡觉，如今离开这个胸膛，真不知道能不能睡得着。

次日的行程安排是海上娱乐项目。

周筱悠和曲玥换泳衣时，周筱悠见曲玥的泳衣是特别保守的那种连体裙装，特鄙视地抢了过来："你别跟一身赘肉的女人一样好不好？现在很多四五十岁的姐姐阿姨们身材都好得不要不要的，敢露敢秀。你比他们还不如！”

周筱悠带了几套泳衣，甩给曲玥一件亮黄色比基尼：“来，快穿上亮瞎我的眼。”

曲玥瞧着还没巴掌大的布料，亚历山大……

周筱悠鼓舞道：“不要怂，就是撩！把你家霸王撩得神魂颠倒！不然他要被海边其他性感美女吸引眼球了哦！”

曲玥鬼使神差的，换上了那套比基尼。

周筱悠换好泳衣后，一转头，看到曲玥，双眼放光：“我去，我都要被掰弯了！”

这大胸细腰大长腿，这白到发光的皮肤……

周筱悠啧啧惊叹，说：“便宜霸王了，不知道他有没有好好疼爱你。”

“来，敷个面膜，抹上防晒。”周筱悠带着曲玥，做细心的护理，“这么细嫩的皮肤，可得好好保护。”

两位男士分分钟换好泳裤，等在一楼客厅，闲得无聊，开了一局游戏，边玩边吐槽。

褚灵均：“她们是不是在房里睡着了？怎么这么久？”

卫驰毫无压力地笑：“女人嘛，她们的名字叫磨蹭，一会儿等于一个小时算给你脸了。”

褚灵均：“我家宝宝被周筱悠带歪了，心塞。”

卫驰：“天真，这是女人的共性。”说他家小悠，他可不服了。

褚灵均：“我看你这两天跟周筱悠相处得不错啊，之前的事解决了？”

卫驰手一抖，差点被敌方带走，稳稳神道：“那事儿她还不知道，你可千万别提，求别坑！”

褚灵均：“哟，瞒天过海？那你可当心点啊，一旦被揭穿，可比老实坦白后果严重得多。”

卫驰笑：“你不说，我不说，她怎么会知道？”

“什么瞒天过海啊？”周筱悠声音突然从身后传来，卫驰的手机差点吓掉了。

两人一起转过身，两个亮瞎眼的泳装美女出现在眼前。

褚灵均倒吸一口气，豁然起身，扔下手机，拉起曲玥的手往楼梯走。

“怎么了？”

“先跟我上来。”

嫌曲玥步子不够大，他直接将她打横抱起，三两步迈上台阶，转眼没入转角。

卫驰莫名看着他们俩：“搞什么这是？”

周筱悠的注意力倒在刚才的聊天话题上。她绕过沙发，坐到卫驰身侧，单手杵着沙发，一只手轻抬卫驰的下巴：“刚才你们俩聊什么呢，瞒天过海我可是听到了……”

眼里带着警告，笑眯眯道：“坦白从宽，抗拒从严哦。”

她一身比基尼，他穿着泳裤，就这么赤诚相对，火辣性感到爆，卫驰滚动着喉结，努力让自己冷静下来，面对眼下危机。

毕竟是老司机，他很快变被动为主动，大手一揽，将周筱悠搂入怀中，彼此相贴，在她耳边低声道：“真的想知道？”

周筱悠被撩得脸上发热：“好好说话……”

“我是在说话呀……怎么样才叫好好说话，嗯？这样吗？还是这样……”

“走开……他们要下来了……”

“别动，等我把真相告诉你……跑了就不说了哟……”

周筱悠为了听那件瞒天过海的事情，还真就忍下来了。

卫驰低低笑道：“他还不知道我们在一起了……那些瞒天过海的事情，就是我看上你，想办法追你呀……”

周筱悠被撩得脑子迷迷糊糊的，一听这情话，更是失去了思考能力。嘴上说着你骗我吧，心里她已经默认了……

楼上，褚灵均把曲玥抱回房里放下，转身去衣柜里翻找。

“你找什么呢？”曲玥莫名地问。

褚灵均嗓子干燥粗哑：“外套，外套呢？我跟你说，你可不能就这样给我跑出去！被其他男人盯着看，我得疯！”

曲玥弱弱地发出疑问：“沙滩上不都是这样吗？”

“那不一样！”他斩钉截铁。

“哪里不一样了？”

褚灵均终于找到一件罩衫，拿着走到曲玥身旁，往她身上套，说：“没你这么美的！没你这么让人上火的！到时候都得盯着你看！”

曲玥故意逗他：“看看又不少一块肉，干吗那么介意？”

褚灵均脸一沉，双手捧起她的巴掌小脸，凶巴巴地盯着她教育道：“我凭自己本事辛辛苦苦追到的老婆，其他人有什么资格看？！老婆是我的私人宝藏，谁也不能觊觎！闻个味儿听个响儿都不行！”

曲玥被他逗笑，褚三岁幼稚起来的时候，谁也比不过。

“快下去，别让他们等久了。”曲玥推着他，笑着催促道。

褚灵均哼声：“让我等的时候可没这么贴心……”

褚灵均走在曲玥身后，看着她的背影。虽然外面套了罩衫，可多了那件若隐若现的罩衫，反而显得更诱人了是怎么回事？尤其是若隐若现的蜜桃臀和那双大长腿……

褚灵均喉结上下滚动，迟疑道：“要不咱们还是别去海边玩吧？怎么穿都很火辣啊！”

“走开啦！”曲玥怕他又搞出什么新花样，快速离开房间。

曲玥以前很少远行出游，现在每次跟褚灵均一起出来玩，都像是走入新世界，开心得不行。四人一行在海边尽情玩闹。褚灵均特地带上单反，给曲玥拍照。看到自家姑娘脸上盛放的笑容，他心里也乐开了花。

褚灵均带曲玥下海浮潜。两人在教练指导下，穿戴好装备，漂浮于蓝天碧海之间，手拉手看神秘绚丽的海底世界。曲玥盯着那些色彩斑斓的不知名生物看时，褚灵均在一旁搔首弄姿表演海底舞蹈，带着呼吸管的她想笑又得憋住，差点没岔气。

上船后，她取下呼吸管，笑个不停。

褚灵均拿出相机，定格她笑靥如花的画面。

褚灵均滑水冲浪，曲玥不敢参与，坐在快艇上看他。

男人帅气的模样，堪称完美的躯体，在阳光下熠熠生辉，迷了她的眼，融了她的心。

颜值即正义，好帅，好酷！

褚灵均带曲玥玩得花样百出，一整天，曲玥的笑容就没停下来过。

两人坐在快艇上时，褚灵均搂着她的脖子，大声道："就喜欢你这么没见过世面玩什么都开心的样子！"

声音顺着风声传入耳中，曲玥笑着喊道："才不是！因为跟你在一起才开心好不好！"

褚灵均勾起唇角喊："好巧啊！我也是！"

风浪扑面而来，褚灵均大声喊道："我的生日愿望是，褚灵均和曲玥永远永远在一起——"

曲玥坐在一旁，甜蜜又开怀地笑。

大概，这辈子所有的欢笑，都是这个男人给的。

晚餐时间，四个人坐在餐桌前吃丰盛的海鲜大餐。

褚灵均细心地替曲玥把食物处理好不说，还亲自送到她嘴边，她只等张口就行了。

不太习惯这么照顾人的卫驰，感觉压力有点大。这位皇帝脾气的霸道褚，到底是什么时候学会这么狗腿讨好女人的？

但挑战摆在眼前，他也不能视而不见，除非不想通过试用期了。

于是，卫驰也仔仔细细地料理着食物，然后把食盘递给周筱悠。两人的关系毕竟还没摆在明面上，不能堂而皇之地喂食。

周筱悠开心地笑纳了。

卫驰瞧她那笑眯眯一脸享受的样子，突然发现，原来照顾女朋友的感觉也很不赖啊。

于是，从来只有被女人伺候的卫少，甘之如饴地伺候着周筱悠。

吃过晚饭，大家一起给褚灵均开生日派对。

当曲玥送上她亲自打磨的手链给褚灵均戴上时，褚灵均像个害羞的大男孩。

她对他说："生日快乐！"

他咧嘴笑："有你就快乐。"

她垂下眼笑，模样比他还羞涩还开心。

随后就是疯狂的蛋糕大作战。凑热闹的人，全都疯玩成一片。

派对结束，喧嚣落幕。

夜深人静时，褚灵均带曲玥乘游艇出海。

"我带你去看一样东西。"

"什么呀？"

"到了就知道了。"

褚灵均搞得神秘兮兮，曲玥被吊足了胃口。

等游艇停泊在大海中，放下一艘小船，带曲玥下去。

曲玥有点慌："好黑呀，不会出事吧？"

褚灵均抓着她的手，笑："你老公在这儿呢，怕什么！"

手心的温度传递过来，曲玥惴惴不安的心稳稳落下，笑了。

小船驶出一段距离后，褚灵均说："抬头看。"

曲玥闻言仰起脸。

辽阔海洋上，宇宙繁星，银河浩瀚。

天与地在茫茫然的黑暗中模糊了边界。

这一刻，她分不清自己是在天上还是海上。只有无边无际笼罩而来的星子，一颗一颗，一片一片，缀满这整个世界。如此瑰丽壮美，震撼得她久久回不了神。

"海面上的星空，漂亮吗？"褚灵均轻声问。

他特地关注了天气，在这样一个无风无浪的夜晚，带她来看星空。

曲玥呐呐应声："好美……好美……"

褚灵均带着曲玥，并排躺在船上看星空，一只手枕着自己的脑袋，一只胳膊垫着她的脑袋。

整个世界只剩下他们俩，静静依偎着。

褚灵均突然说："要不要我唱首歌给你听？"

曲玥欣然应声："好呀！"

"塞纳河畔，左岸的咖啡，我手一杯，品尝你的美，留下唇印的嘴；

花店玫瑰，名字写错谁，告白气球，风吹到对街，微笑在天上飞……"

褚灵均轻快好听的声音在海上飘荡，曲玥的心都快要飘起来了。

"你说你有点难追，想让我知难而退，礼物不需挑最贵，只要香榭的落叶。

喔，营造浪漫的约会，不害怕搞砸一切，拥有你就拥有全世界……"

曲玥跟着褚灵均一起唱。

"亲爱的，爱上你，从那天起，甜蜜得很轻易。

亲爱的，别任性，你的眼睛，在说我愿意……

亲爱的，爱上你，恋爱日记，飘香水的回忆。

一整瓶的梦境，全都有你，搅拌在一起……"

海面上，星空下，两人的歌声在飘荡。

整个世界只有她和他，只有他们俩的爱情。

曲玥边唱边笑，唱着笑着，泪花不经意滑落眼角。

她悄悄抬起手拭去，又暗暗发笑。好没有见过世面的样子，居然因为他的浪漫，幸福到流眼泪。可是这种幸福，真的是她以前从没有想过的，或者说根本想象不出来。

没有被好好爱过的人，怎么想象得出来，被爱究竟有多幸福。

褚灵均一边唱歌一边给自己打气，戒指就装在他的兜里。

在他生日这天，在氛围正好的时候，在这星空大海见证下，向她求婚……不会被拒绝吧？

一首歌唱完，褚灵均酝酿好情绪，坐起身。曲玥随之坐起身。褚灵均正要把钻戒拿出来，不远处射来灯光，接着是周筱悠欢呼雀跃的声音：“哈喽，我们也来了！”

褚灵均：“！！！”

他真的好想把周筱悠丢进海里喂鲨鱼！

曲玥看向那边，朝他们招手笑。

原来周筱悠没看到曲玥，得知他们开游艇出海了，闹着卫驰也带她出海玩。卫驰根据褚灵均这艘游艇上的定位驶过来，双方完美会合。

褚灵均：我不想要这样的会合，谢谢！

气氛全被破坏了，褚灵均已经拿不出求婚的感觉了。

算了算了，下次再说吧……一桩心事未了的褚灵均，在接下来的时间里，像一只随时都会喷火的暴龙。

卫驰和周筱悠莫名其妙，不知道这条霸王龙是哪根筋搭得不对了。

至于曲玥，已经被爱情冲昏了头脑，他暴走时觉得他可爱，发脾气也可爱，甚至气势汹汹的怼卫驰还是觉得他可爱。反正，这就是浑身上下写满了可爱的男人。

回到别墅后，褚灵均搂着曲玥，理所当然地说：“宝宝，我28岁的第一天要跟你一起睡。”

卫驰立马附和：“可以，这很有意义。”

两位女士：“……”

于是，这又是男女搭配的晚上。

到了返程这天早上，曲玥提前定好闹钟，早早醒来。

几个人中，只有她不赖床。醒了就起床，干脆利落，一点不磨蹭，也没有起床气。以前周筱悠跟她一起睡的时候，到了第二天早上，看她利索起床，发自内心地赞叹：“玥姐，你绝对是个干大事的人。大冷天的能二话不说从被窝里爬出来，说你没出息我都不服。”

曲玥起床后，也没有马上叫醒褚灵均，而是先去楼下给四个人做早餐。最后一天了，到时候路上舟车劳顿，得吃点好的。

准备得差不多时，她来到周筱悠房外，敲门，没人应声。

曲玥拧开门，走入。

“小悠，起床啦。”曲玥边叫边往房里走。

走到床边时，她猛地顿住步，瞪大眼。

这……她是不是看错了？卫驰怎么睡在小悠床上？

这两人蜷在被子里抱成一团，姿势相当自然又亲密。

周筱悠迷迷糊糊地睁开眼，抓着头发：“感觉才刚睡呢，就要起来了……”

对上曲玥的眼神，她异于往常的惊讶和错愕，她目光所落之处……周筱悠表情一寸寸僵硬下来。下一秒，她迅速拉起被子，将身旁卫驰的脑袋盖住。

“呵呵……呵呵呵……呵呵呵呵呵……”周筱悠对着曲玥傻笑。

“呵呵……”曲玥回以不慌不忙的笑，“收拾收拾，起来吃早餐了。”

她转身，大步离开房间。

周筱悠赶忙拿起手机，给曲玥发信息：“不要声张啊，回头跟你解释。”

曲玥：“（坏笑）（坏笑）”

“就是晚上回来很晚了嘛，玩嗨了嘛，他非要去我房间，我……我喝多了，稀里糊涂就……”周筱悠艰难地解释。

回程后，大家一起吃了饭。她立马把曲玥单拉出来喝咖啡，跟她负荆请罪。

“我记得派对上你喝得不多呀？”曲玥笑眯眯道。

她可不傻，两人那么亲密自然的睡觉姿势，怎么看都不像是一夜情睡在一起的。再结合这几天在海岛上，他们两人之间的互动，不仅没有之前的剑拔弩张，反而融洽得让人意外。

前后拉通来看，答案呼之欲出。

周筱悠还在憋着。

曲玥幽幽叹了一口气，语气颇为幽怨道：“看来你不把我当姐妹了，这么重要的事情都不跟我分享了。”

这话一出，周筱悠直接缴械投降：“姐姐姐姐，我错了！我不是瞒着你，我是……是因为昙花一现啊！我要是正儿八经谈了个男朋友，我恨不得拿个大喇叭对你喊，省得你一天天给我塞狗粮。”

“怎么昙花一现了？”曲玥莫名地问。

周筱悠只得从实招来：“我跟卫驰是三个月的露水情缘。就那次酒后乱性，他录下来是我主动办了他……要我做他三个月的女朋友，不然他心里不平衡。”

“这……”曲玥消化后总结，“你们真会玩。”

“我也不想的呀！”周筱悠苦着脸道，“这不是自己太混，惹上事了吗……你别看卫驰平常嬉皮笑脸，其实一肚子坏水，手段多得很。他跟霸霸不一样，霸霸是明里狠，他是暗里坏。我要不答应他，不知道他还会整出什么幺蛾子。”

曲玥回想海岛游的时候，周筱悠跟卫驰那默契互动的画面，感觉这妞儿明明是乐在其中。但是呢，人艰不拆，她还是不要直接打脸。

曲玥问：“那三个月过后呢？你们打算怎么样？对了，现在过多久了？”

“一个多月了，就剩下一个多月了。”说这话时，周筱悠都没有察觉到自己不经意泄露出的怅然若失。“之后就拜拜，各走各路呗。本来就是一段露水情缘。”她故作洒脱道。

“你跟卫驰既然彼此喜欢，为什么要拜拜？”

“谁说我喜欢他了！”周筱悠激动得差点掀桌，“我不喜欢他！一点都不喜欢他！我是抱着不睡白不睡的心情才跟他在一起三个月！他那个花花公子也不会喜欢我的，要喜欢早喜欢了。他就是一时新鲜，三个月过后差不多就腻了。大家一拍两散多好，何必姿态难看。”

曲玥若有所思地点点头，微笑道：“那就及时行乐吧。”

在事情还没有到来之前，谁也不知道会发生什么。

她确定，卫驰是喜欢她的，因为那时候卫驰吐露心声的眼神，骗不了人。

但她也不急着现在劝小悠什么，时间会说明一切。

周筱悠重重点头："对，就是这个理儿，及时行乐！"

一个多月的时间一晃眼就过去了。临近的时候，周筱悠掐着时间过日子。

到了最后一天晚上，她缠着卫驰，不知疲倦。卫驰被她的热情感染，两人像两头野兽，纠缠在一起。最后畅快淋漓地抱在一起沉沉睡去……

第二天起床，如往常般一起洗漱，互相逗乐。

卫驰穿戴整齐，周筱悠送他到门边，说："三个月结束了。卫先生，再见。"

卫驰一愣。这么快？

这才几天啊，就三个月了？骗人的吧？

他抬手看了看表。

周筱悠微笑道："我们3月6号晚上在一起，今天是6月7号。"

……记得可真清楚！

卫驰面上不动声色，淡淡微笑，点头："好，我知道了。"

周筱悠："那，拜拜？"

卫驰点头："拜拜。"

周筱悠强撑云淡风轻的表情："走好，不送。"

"嗯，别送了。"卫驰转身离去。

周筱悠看在门边，听到他的脚步声走到电梯，听到电梯响起的声音。

然后，声音渐渐消失……

直到一切归于平静，她反手关上门，一脚踹上门板，大骂："滚滚滚滚滚！再也不要出现在我眼前！滚得越远越好！可算是到了三个月！老子终于自由了，解脱了！我再也不要……"

骂到一半，门铃声响起，伴着有节奏的拍门声。

这个拍门的声音，她瞬间辨认出来，是卫驰。

周筱悠深吸一口气，调整情绪。

……刚才没有被他听见吧？

应该没有，这道门隔音效果很好。

可是就一门之隔啊，真的不会听到吗？

我……管他有没有听到！这根本不重要！

周筱悠打开门，懒洋洋看他："怎么了，又回来了？"

卫驰微笑道："突然想起来，有些东西放在你这里。既然之后不来了，我就一起带走吧。"

周筱悠的心沉沉下坠，一声闷响，砸进了冰窟里。

疼，很疼，钻心入骨地疼。

卫驰步入室内，找到他的肩包，拿了几件衣服和办公用品装好，动作利索，很快就收拾好了。

他再次走到门边，微笑跟周筱悠道别："那，再见。"

周筱悠面无表情看他。

他转身离去，顺便为她带上门。

周筱悠走到客厅，仰靠在沙发里。

半晌，翻个身，紧闭的双眼压在手臂上，泪如雨下。

Chapter 16

跌宕起伏

真爱是即便八十岁，彼此还会手牵手一起散步，互相拥抱和亲吻。

度假放松后，曲玥以更加饱满的热情，全身心投入到工作中。经过一年时间的发力，星月暖通的产品已经遍布全国各地，成为市场上颇有知名度的品牌。因为专注，打造臻品，获得市场和消费者的认可。最新一季度的报表出来，公司销售额在领域内拿下了全国第一。

公司规模也在快速扩张，由起初的几十人，发展成如今数百人的体量。有了一些亮眼成绩后，来找曲玥谈合作的人络绎不绝。但她已经在思考，如何突破这个领域。一成不变的单一市场，给她本能的危机感。

陆泽言恰逢其时地联系了曲玥，约她出来聊一聊。

两人在一家茶道会所见面。

穿着旗袍的美女在沏茶，陆泽言和曲玥相对而坐。

陆泽言微笑道："贵公司已经交付的产品，获得了一致好评。我果然没有看错，你是精益求精做事的人。"

"谢谢陆总美誉。最重要的是，你愿意给我这个机会。"

茶香袅袅，在空气中升腾。

茶师分别给他们倒了一杯茶。

陆泽言品了几口，放下茶杯，道："我有个地产项目，想找人合作，你有兴趣吗？"

曲玥掩饰住心底的惊愕，脸上淡淡笑道："陆总您深耕房地产十几年，金湖集团大大小小几百个项目遍布全国，为何要找人合作？"

陆泽言轻叹一口气："这些年，项目越做越多，人却越来越身不由己，要对公司上万员工负责，要为上层政策背书，要给股东交出满意的答卷。唯独，没有给消费者一个交代。"

曲玥听着陆泽言的话，依稀想起，陆泽言的履历上是建筑师出身。

陆泽言："高杠杆高负债，跑马圈地，为了维持资金链，缩短回款周期，半年从出图到项目建成。你觉得这种情况，能做出什么好产品？"

曲玥："所以，陆总的意思是……？"

"金湖被资本捆绑，背负的东西太多。我想脱离金湖的束缚，再成立一家房企，打造我真正满意的桃花源。曲总，你有兴趣跟我合作吗？"陆泽言发出诚挚的邀请。

曲玥："为什么是我？我没有经验。"

"有经验又如何，深谙一切市场规则，迎合一切赚钱套路，到时候就是另一个金湖。我现在需要的是情怀。我要一个有情怀有匠心的合作伙伴。"陆泽言看着曲玥的眼睛说，"你愿意跟我合作，善待业主一生吗？"

曲玥深思片刻后，看着陆泽言的眼睛，说："如果陆总信得过我，我愿意尝试。"

陆泽言笑了起来："好。那我们再约时间详谈。是投资做股东，还是单纯做职业经理人，你可以自行选择。"

曲玥点下头。

她已经不是当初那个能跟陆泽言交谈被她肯定就兴奋不已的小老板。面对这个合作邀请，除了被肯定的高兴，更多的是对其他领域的雀跃欲试。既然要做，自然全力以赴，曲玥在第一时间就决定了要注资。

曲玥回去后，跟褚灵均说了这件事。

褚灵均问她："你想做吗？"

曲玥点头。

褚灵均如实道："房地产方面，跟陆泽言合作，还是稳，他是资深操盘手了。不过，新公司是奔着用心做产品，想必不太会赚钱。"

"这个没关系。"曲玥忙道，"住房跟每一个老百姓息息相关，用心去做，意义大于收益。"如果能影响整个行业，更是好事一桩。

褚灵均揉了揉她的脑袋，笑道："行啊，你开心就好。"

反正还有他给兜底。

褚灵均心知肚明，陆泽言邀请曲玥合作，除了看重她的才干，还有他这个背后支柱的原因。用心做产品，说起来容易，做起来难，没有强有力的支撑最后还是被资本教训得跪下叫爸爸。

褚灵均对陆泽言无感，但暖通公司是由于徐醒的专业，才迈上这条路……相比之下，不如试试房地产，这个天地更广阔，更能锻炼她的才干。

得到褚灵均的认同，曲玥兴致更高了。她跟陆泽言经过几次磋商后，基本敲定了成立新公司的准备工作。她注资一个亿，陆泽言注资一个亿，成立雅居地产公司。

曲玥这一个亿有一半是褚灵均强塞给她的，他说："要做就做真正的老板，至少持有一半份额。"曲玥想推辞，他眼一瞪，说："我老婆哪有给别人打工的道理。"

曲玥心里暖暖的，没再拒绝。经过这一年的相处，她心里已经认定了褚灵均，此生非卿不嫁。曲玥笑道："好的，老公。等我赚钱了养你哦。"

"什么？你刚刚叫我什么？"褚灵均像是听到了什么不得了的东西，盯着她问。

曲玥脸一红，嘟囔："什么什么呀……"

"就刚才你叫我什么来着，我没听清楚，再叫一声听听？"褚灵均催促，"快呀快呀，再叫一声。"两人相处这么久，只有他老婆老婆地叫，她还从没叫过老公，突然来这么一声，褚灵均心都酥了。

曲玥被他这么催促，哪还好意思："没听清楚就算了嘛，我要去忙了。"说完，转身欲走。

"忙什么啊！"褚灵均一把搂住她，恨恨道，"我不管，你要不再叫一声，哪儿都别想去，咱俩就这么耗着吧！"

"叫不叫？叫不叫？"他一边挠她痒一边催促，曲玥笑个不停，无奈道："好了好了……别闹……"

"让谁别闹？"

"老公，别闹……"

"让谁别闹？"

"老公，老公……"

"诶，乖。"褚灵均心满意足地放开魔爪，将她圈入怀中搂紧。

真想快点把这媳妇娶回家，每天听她叫老公。

曲玥在新公司筹备期忙得昏天暗地。幸好星月暖通已上了轨道，她亲自培养的一批中高层管理人员层级有序、职责分明，不需要她分出太多精力。面对新的机遇和挑战，她热情高涨信心百倍。

周筱悠打电话给曲玥，约她出来小聚。曲玥忙里偷闲，赶去跟好友见面。

周筱悠特地声明了，不带家属，曲玥便独自一人前往。路上，曲玥想到周筱悠跟卫驰的事情，时间过了一个多月，他们俩后续怎么样了？

周筱悠把曲玥约在一家轻吧。碰面后，还不等曲玥询问，周筱悠率先道："三个月到头，分了。"

"没开玩笑吧？就这么……分了？"曲玥难以置信。

她以为，三个月过后会顺其自然地交往下去。

"呵呵，我说了是露水情缘嘛，在一起就是玩笑一场，当不得真。"周筱悠一脸讥讽的笑，给自己倒满一杯酒，一饮而尽。

"谁提出来的？"

"重要吗？我提还是他提，有差别？"周筱悠放下酒杯，"结果是干脆利落一拍两散。”

痛快得超乎她的想象……她以为，她以为……

这三个月的相处，至少，会有留恋和不舍……

不说许下终身诺言，至少在一起的快乐，值得再温存一段时间吧？可是她一提出来，他就那么痛快地走了，衣物都不忘顺便打包走。

曲玥有些不解，她记得当初卫驰吐露心声时的表情，怎么可能是玩笑？好不容易在一起了，他怎么会这么草率分开？曲玥问：“你们之间是不是有什么误会？”

“没有，男欢女爱玩一场能有什么误会？”周筱悠冷笑，又给自己倒了一杯酒。

谈话间，她一杯接一杯地喝，转眼喝空了几瓶。

酒精上头，原本冷清自持的神色越来越崩，话也越来越多。又一次放下酒杯时，她抓着曲玥的手臂说：“我后悔了……我后悔死了！”

“后悔什么？”

“我为什么要跟他玩三个月的游戏？我自讨苦吃啊！我以为玩完就玩完了……可是不是啊……我现在天天想着他，我怕我控制不住联系他……不，我不能输！尊严不能丢！”周筱悠说着，声音哽咽了，“这个混蛋，明明只是玩一场，为什么表现那么好？为什么要让我有种被他爱的感觉？我好不容易从那个大坑里爬出来，又一次栽进去，比以前栽得更深，我该怎么办……”

这感觉比以前单恋难受太多。吃到嘴的东西再吐出来，不如一直没尝过。

曲玥：“又一次栽进去？你的意思是……你以前喜欢过他？”

周筱悠无力地应声：“喜欢，喜欢很久了……一直不敢说，憋在心里……”

借着酒后这股劲，她把心事都发泄出来了，倾诉着那个一直难以启齿的秘密：“我也不知道是从什么时候开始的……大家那么好的朋友，哪好意思开口，他身边的女朋友还让我欣赏点评，我怎么说……难道说，你把我当哥们，我却想上你……”

曲玥努力消化着，她诧异于周筱悠这么一个大大咧咧没心没肺的女孩子，居然能藏得住这样的心事。而且，她在喜欢对方看着对方交女朋友的情况下，还能一直做朋友……这是怎样的一种煎熬和忍耐？

“你就不难受吗？”曲玥心里满是对她的心疼，责怪道，“为什么不告诉我？有个人分担，听你倾诉，至少会好过一些啊！”

周筱悠摇摇头：“不能说……我怕说了就泄露了……大家都那么好的朋友，你跟褚霸王如胶似漆，他跟卫驰关系那么好，走漏到他那里怎么办……到时候连朋友都做不成……”

说着她又笑起来：“我周筱悠活得潇洒漂亮，怎么能让自己陷入那种尴尬难堪的境地？喜欢一个人而已，又不是什么要死要活的事情，不至于把大家都弄得不尴不尬，都是成年人了。”

所以，她就抱着这份心情，依然做他的朋友。

可是时间长了，真的会累，心会疼啊。

那一次说是酒后乱性不如说是借酒发泄半推半就，她以为会改变什么，但什么都没改变。她彻底死心了。不想让自己那么痛，她壮士断腕般跟他划清界限，不再厮混在一起，积极去相亲约会。

结果……

相亲被他搅黄……撩个喜欢的小奶狗，心意所托非人……

听到他似真似假的告白，发生一次真正的酒后乱性……

事情的发展让她猝不及防，无力招架。

曲玥思虑片刻说：“我还是觉得，卫驰是真的喜欢你。如果是随便玩玩，找谁不好，为什么要找身边的好朋友？到时候怎么收场？为了一场游戏，毁掉多年的友情，他没那么愚蠢。”

周筱悠苦笑，嗓音无比艰涩地说：“我之前也以为，他可能，真的，是喜欢我……”

三个月的相恋时光，给了她一种错觉。

她以为他真的喜欢上她了，因为他对她那么好那么黏。他对她的好，跟对他以前那些招之则来挥之即去的女朋友截然不同。他会紧张她，会嫉妒会吃醋，会为她伏小做低。

以前只会用钱买女朋友高兴的卫少，在她这里，不断付出时间和心血。只要她高兴，他能大半夜驱车几条街买她喜欢吃的东西。她感冒发烧的时候，他坐在床头陪伴，宁可电话办公也不去公司。她姨妈痛的时候，他会耐心地给她揉肚子，直到她舒服地睡着为止……

她总会不经意发现他在看着她，那是温柔得能滴出水来的眼神。即使她可能正在毫无形象地吃小龙虾，满手满嘴都是油腻，他依然是那种宠溺的眼神，给她擦拭嘴角。

这种深情款款又温柔用心的男人，吸引力是致命的，就像戒不掉的瘾。

“他以为我玩得起……我也以为我玩得起。可是我后悔了，我不想要这种恋爱游戏……”周筱悠靠在曲玥肩头，痛苦地呢喃，“难道我就不值得被人好好爱着吗……”

“值得。你当然值得。”曲玥心疼道。

曲玥陪周筱悠待了很久，褚灵均忙完后直接过来接她。这时候周筱悠已经喝得晕头转向，两人一起把她抬上车送回家。

曲玥仔细地照顾周筱悠，帮她卸妆洗漱，直到她好好睡下。关上房门，曲玥走出来，对等在客厅的褚灵均说：“我想找卫驰谈一谈。”

“谈什么？”

“他到底是怎么想的，为什么这么对小悠。”曲玥说话时，眼里带着怒意。

褚灵均开导道：“他们俩感情的事，你就别掺和了。卫驰这样自然有他的考虑。”

“可是他明明说过……”

“宝宝，咱别激动。”褚灵均上前将她抱住，轻轻拍着她的后背哄道，“我知道你为你闺蜜打抱不平，可这种事情你情我愿的，咱们作为局外人也改变不了什么。何况，你要为周筱悠出头，也得考虑她的意愿是不是？你觉得她愿意你去找卫驰对质吗？”

曲玥一瞬间冷静下来了。

无论怎样，她得遵从小悠的意愿。

次日，曲玥给周筱悠打电话关心她的状况时，周筱悠笑嘻嘻浑然无事。

“昨晚是喝多了吧……酒后胡说八道哈，你别当回事……”

“我就是我，分手后还是小仙女的我。”

“你可千万别去找卫驰说什么他辜负了我啊，本来就是一场游戏，谁还玩不起呢。”

是的，周筱悠说到做到。即使思念难熬，即使百爪挠心，即使心里很痛，她也没有主动去联系卫驰。一个巴掌拍不响，他选择了走，她绝不强留。

苦苦哀求来的不是爱情，是怜悯。她周筱悠是何等骄傲的女孩，怎么可能要人怜悯。

周筱悠心情不好没去上班，每天去购物血拼，美容院做SPA，从头发丝美到身体每一寸，去健身房练得挥汗如雨，欣赏自己的马甲线。

曲玥尽量抽出时间陪她，陪她买买买，跟她一起去泡温泉，看她敷着面膜品着红酒享受香薰SPA排解不快时，只能感慨一句，有钱真好。

想当年，她失恋的时候过的是什么日子！

住在出租房里，面对令人窒息的环境，接手一家濒临倒闭的公司，一口气都不敢歇地拼了命工作。能交上房租发下工资就谢天谢地，哪有钱消费哪有时间玩，身体和灵魂全都疲惫不堪，硬逼着自己强撑，拼着一口气不让自己倒下。

曲玥调侃道：“有钱人失恋能优雅体面地自我释放。没钱只能借口用工作麻痹自己，半夜在出租房里哭。”

周筱悠笑：“有钱当然好。你现在也是有钱人啊。”

“算不上，还在努力中。”

“你最近是忙着你那家新成立的房地产公司？”

“嗯。第一个项目是代表工程，要好好做，招牌和口碑全靠它了。”

“身为霸霸的女人，你还这么努力赚钱干事业，不服不行。”周筱悠为曲玥点赞。这个物欲横流的社会，多少自恃美貌的女人就想钓个金龟婿，过上什么都不用干的安逸日子。

“事业跟感情不矛盾，都是会让我们变得更好、值得去努力的东西。”曲玥微笑着说，“灵均很棒，逻辑思维自成体系，很多时候给我的建议和提出的看法都令我耳目一新。有这样的良师益友在，不好好珍惜实在是暴殄天物。”

她家这位霸道总裁，玩闹腻歪的时候是可爱到犯规的褚三岁，谈工作的时候是厉害到令她崇拜的精英。

“有个这么出色的爱人，我也不能太差劲啊。不然，漫漫人生路，怎么携手前行，相伴到老？家世已经不如他了，在个人事业上还不思进取做个井底之蛙，岂不是更配不上他？”

“持久的共鸣，灵魂的吸引，才能让爱情历久弥新。色衰而爱弛这种事，通常发生在依仗年轻貌美找个有钱人就贪图享乐的女人身上。真爱是即便八十岁，彼此还会手牵手一起散步，互相拥抱和亲吻。”说这话时，曲玥脑海里浮现出她和褚灵均老了的样子，一对老头老太太，那时候他还会不会像现在这么皮？皮不动了吧……

曲玥勾勒着几十年后的画面，不由自主地笑了。

周筱悠感叹：“难怪你们俩感情这么好。”

以前她觉得褚灵均喜欢曲玥就是看上她的脸，但是两人相处一年下来还是这么甜蜜，只看脸的话早腻了吧。曲玥虽然很美，但以褚灵均的条件，什么样的美女找不到。这两人之间还是有更深层次的内在吸引。

转念，周筱悠嗷呜一声，捶着床道：“我是一个失恋的人啊，你怎么又撒起狗粮了，还让不让人活了啊！下次不约你出来了！”

周筱悠给自己制定了一个八国自由行的旅程，不开心就出去看这大大世界，心情会豁然开朗。但在她出发前，收到了卫驰送到的请柬。

他订婚宴的请柬……

在这短短半个月时间，他找到了结婚对象？

还是……本来就有，他不过在订婚前跟她疯狂放纵一次？

无论哪一种可能性，周筱悠都要被气吐血。

周筱悠给曲玥打电话："你收到那人渣混账的订婚请柬没？"

"收到了……"曲玥弱弱地问，"你也收到了？"

"是！"周筱悠咬牙切齿应声。

"那你……参加吗？"

"参加？！当然要参加！！"周筱悠几乎是从牙缝里挤出的声音，"我倒要看看，他卫少最后的归宿是何方神圣。"

在卫驰订婚宴前，周筱悠拼命地锻炼和保养护肤，力争在那一天美出新高度，狠狠艳压他的未婚妻。

卫驰的订婚宴在市中心一家知名六星级酒店举办，包下整个顶楼的大宴会厅。

整个现场陷入粉红色海洋，处处点缀着粉色HelloKitty，精美的洋娃娃，晶莹闪亮的钻石，精致的蕾丝，犹如公主的童话世界。

周筱悠与曲玥结伴前来，走进会场，差点泪崩。

她努力克制着翻腾的心绪，把曲玥拉离褚灵均身边，在她耳边颤声道："我跟他没完……他……他真的……太过分了……"

"怎么了？"

"我跟他说过，我最喜欢粉红色，希望未来的婚礼是粉红色主题……他娶别的女人，居然用粉红色，太过分了！"周筱悠气得脸色阵白阵红。

曲玥赶忙安慰道："冷静冷静，你今天可是要艳压群芳的女人，不能让情绪左右你的气质。"

"我……"周筱悠咽下一口气，说，"对，我是要艳压群芳的女人！我不能输！"

她控制着内心的情绪，管理着面部表情。决不能让渣男看到她愤怒痛苦的样子，她要比他的未婚妻更美，狠狠打脸！

周筱悠在会场游走的时候，两名工作人员走到她跟前，问道："请问，是周筱悠女士吗？"

“是。”周筱悠淡淡应声。

“卫先生请你去后台化妆间。”

周筱悠眉头一蹙，这人渣是想搞什么幺蛾子？

来都来了，怕什么，难道还怕看到他不成！

周筱悠无所畏惧，跟着工作人员离去。

到了化妆间，多名化妆师蜂拥而上将她团团围住，一名助理在旁边微笑道：“卫先生说您是他的贵客，必须好好打扮。他特地为您准备了礼服。”

有病啊？神经啊？他的婚宴，打扮她这个前女友干什么？羞辱新套路吗？

当那件礼服裙展示在周筱悠眼前时，她愣了愣。

她承认，她被那条裙子美到了。居然能把粉红色那么完美得用在礼服上还丝毫不显土气……周筱悠毫无抵抗力地换上，站在落地镜前，优雅妩媚与精灵俏皮融为一体，她觉得自己美疯了！

所以，那个人渣到底在想什么？

管他的，只要她美美的就好！

周筱悠换上新裙子和新发型后，随着工作人员的引领来到宴会大厅。

宴会现场的灯光突然熄灭，只有壁灯发出淡淡的柔和的光。而此时的周筱悠成为了全场焦点。被引领到大厅中央的她，身上的礼服裙闪闪发光，美轮美奂。

就连周筱悠自己都惊愕地看着身上的裙子，天呐太美了！

这条礼服裙是由特殊的化纤面料制成的夜光裙，时尚与科技结合，自带光源，裙面上樱花飞舞，落英缤纷。热衷于科技创新的卫驰，这次为了周筱悠这条礼服裙，可说是煞费苦心。

在众人目光聚焦在周筱悠身上，欣赏着那艳惊四座的裙子时，一束追光灯亮起。

灯光下，一身笔挺西装的卫驰，手里拿着一捧roseonly的玫瑰，款步走向周筱悠。

周筱悠愣愣看着他。

这一晚上，她经历了太多意外，有点反应不过来了。

卫驰将捧花递给周筱悠，周筱悠怔怔接着。

然后，他在她眼前，单膝跪地，目光专注且深情地看着她："小悠，你愿意嫁给我，做我的新娘吗？"

"……"周筱悠大脑轰的一声，仿佛被炸掉，思维完全掉线。

一架粉色的无人机飞行器，飞到他们身侧，缓缓下降到卫驰手边，他取出一枚硕大的钻戒，轻轻牵起周筱悠的手，为她戴上了戒指。

周筱悠：￥%T$&$%#%&#@#￥#……

满脑子都是乱码，没有章法，没有逻辑。

乱的，全都是乱的……

在众人热烈的掌声中，卫驰起身，将周筱悠轻轻搂入怀中。

全场灯光亮起，管弦乐队再次演奏。

现场进入舞会的热闹氛围。

卫驰在周筱悠耳边，低声道："试用期结束，我就不想再恋爱了。"

他环着她的腰，温柔又紧密，他的声音在她耳边低低柔柔地缠绕："我想结婚，我想娶你，我想一辈子跟你在一起。从此，弱水三千只取一瓢饮。我卫驰，眼里，心里，只有我的妻子周筱悠。"

周筱悠哽着抽紧的喉咙，泪水怔怔直往下掉。

卫驰松开她，轻轻拭去她的泪水，看着她的眼睛说："如果恋爱有保质期，有分手时限，那么我们的婚姻一定是白头偕老，毕生相伴。"

周筱悠低下头，脑袋抵着他的胸膛，泣不成声。

她边哭边吐槽："谁说要嫁给你了啊……自作主张搞这些，有问过我同意没有……别以为我是感动哭的，我是被你气哭的……你这个混蛋……把人耍得团团转……我告诉你，我就是不同意不同意不同意……"

卫驰心虚了，他轻轻抚着她的后背，低声道："宝贝儿，你刚刚的沉默可就是默认，钻戒都戴上了，不能反悔呀，所有人都看着呢。"

"我就要……"周筱悠气得正要取下钻戒，被卫驰的大掌及时抓住。

"求你了，宝贝儿，别哭了，你爸妈过来了。"

周筱悠赶忙拭去泪水，再次抬起头时，她爸妈果然走过来了。

"怎么还哭了呀？"她妈取笑道，"难道是被小卫感动了？"

卫驰紧紧扣着周筱悠的五指，用力攥了攥。

周筱悠感觉到他掌心在发汗，心里总算是稍微平衡了一点。

她抿了抿唇，嗔道："你们都联合起来瞒着我啊。"

"你们谈恋爱还瞒着我们呢。要不是小卫来跟我们说订婚的事情，我都不知道。"周妈妈笑道，"小卫说了，要给你一个意外惊喜，不让我们跟你通气。"

周筱悠："……"

真的是够意外的……

情绪犹如坐过山车高低起伏，她这辈子都没有被这么折腾过。

没一会儿，卫驰父母也过来了。

两家家长对这桩婚事都非常满意，彼此青梅竹马又门当户对，找不到更满意的对象了。这次订婚宴上，两边长辈都笑得合不拢嘴。自家孩子不声不响地搞定这么般配的伴侣，完全不用操心。

卫驰带着他的未婚妻，逡巡全场，跟人碰杯。

褚灵均站在曲玥身边，看着那人群中心的一对，心里又是欣慰又是嫉妒。

欣慰的是，他那游戏人生的哥们，终于找到让他心甘情愿步入婚姻的女人了。

嫉妒的是，他们这才处几天这家伙就求婚成功了，而他，持之以恒喜欢十年，甜甜蜜蜜相处一年，到现在，还没求婚成功！

嫉妒让他面目丑陋！他衷心祝愿卫少今晚就被罚跪键盘！

褚灵均的父母正巧在国内，也被邀请来参加卫驰的订婚宴。在褚灵均心里酸得冒泡时，他父母还不忘火上浇油。

“连卫驰都要结婚了，你什么时候提上日程啊？”

“是不是你脾气太臭，不知道疼人，曲玥不愿意嫁给你？”

“谈了也有好长一段时间了吧，你们都是奔三的人，差不多可以安定下来了。”

两人你一言我一语的，褚灵均听着更烦了，不悦道：“我的事我自己会安排，不用你们瞎操心。”

还好曲玥这时候陪周筱悠去了，不然被她听到这些话，他这脸是真没地方搁了。

另一边，周筱悠问曲玥：“霸王犯错的时候，你怎么惩罚他的？”

曲玥想了一下，说：“我好像没有罚过他。倒是他自己很有主动承认错误的觉悟，有一次乱发脾气之后，我一回家，他自己跪键盘举水盆请罪……”说到这里，曲玥忍俊不禁。

笑了笑，她继续道：“用他的话说，他褚霸王狠起来，连自己都不放过。”

周筱悠眼前一亮，嘴角勾起弧度：“可以啊……这个可以有！”

卫驰突然打了个喷嚏，有一种凉飕飕的感觉漫上后背。

片刻后，曲玥跟周筱悠一起过来，问候褚灵均父母。

褚灵均妈妈趁热打铁道：“玥儿啊，你闺蜜都订婚了，你跟灵均打算什么时候啊？是不是也在悄悄谋划，到时候给我们一个突然惊喜？”

曲玥脸一红，这个问题还真是不知道怎么回答。

她羞涩地垂下眼，笑了笑。

褚灵均连咳几声，给他妈眼神暗示，让她打住。

他妈妈并没有领会到，反而继续道：“灵均以前没谈过女朋友，可能不解风情，不知道怎么讨女孩欢心。脾气也差了点，这些都靠你多担待了。不过，他的优点也很明显……”

褚灵均越听脸色越难看，曲玥在一旁偷偷地笑。

她觉得他爸妈是不是对他有什么误解，明明她这个男朋友很解风情啊……

带她去过那么多好玩的地方，体验过那么多次浪漫。情话也是信手拈来，论黏人撒娇让她这个女孩子都自愧不如。她还是被他影响的，开始跟他互相叫宝宝……

褚灵均妈妈还想说什么，褚灵均直接截断她的话：“今晚是卫驰和周筱悠的订婚宴，你们多聊聊这对准夫妻，别喧宾夺主了。”

他在心里暗暗咬牙，求婚已经是迫在眉睫的事了，再不搞定他褚霸霸真得贻笑大方。

夜深人静，酒店的总统套房内。

周筱悠靠在贵妃椅上，品着红酒，俯瞰城市夜景。

房间一侧，卫驰跪在键盘上，双臂高举着一盆水，正在朗诵《三字经》：“人之初，性本善，性相近，习相远……”

“耍我好玩吗？”周筱悠浅啜一口红酒，悠然问道。

“我没有耍你啊老婆，我是想给你个惊喜……”卫驰赶忙辩解。

虽然也有突袭的心思，想弄她个措手不及，让她在茫然和感动之下，稀里糊涂就上了他这条船。效果的确如他所料，只是，他低估了善后的困难……

“只有惊没有喜，谢谢。”周筱悠白他一眼，“……端好了！”

感觉手酸的卫驰，刚想稍微放松一下，这一声令下，立马笔直地举起水盆，一脸坚决英勇的表情。

这都从哪儿学来的变态招数啊！

卫驰敢怒不敢言。这要是换做以前的女人，他分分钟甩脸走人。但现在这位是他要娶回家的老婆大人啊，不把她哄高兴不行。

卫驰试图打商量：“宝贝儿，看在我精心准备这么一场订婚宴的分上，看在那条我亲自设计艳惊四座的礼服裙的分上，看在你喜欢的HelloKitty的分上，原谅我的先斩后奏吧……求婚不都是要突然惊喜吗？没见过谁是提前商量好的啊，那岂不是毫无惊喜感？”

“先斩后奏，说得轻巧，你知道我有多难受吗？”卫驰不说还好，越说周筱悠心中委屈更甚。

“你心里明明清楚，你知道我对你有感情，你才敢闷不吭声地策划求婚……可你有没有想过，就因为我喜欢你，这段时间我有多难受？”周筱悠声音哽咽了，眼角闪烁的泪花被她努力逼回去，“你有恃无恐，把我放在深渊里，任由我痛苦那么久……”

“我……”卫驰想辩解，又不知道说什么好，唯有长叹一口气，“老婆，我错了，我认罚。”

沉默片刻，他说：“我不是有恃无恐，我是认定了，这辈子非你不娶。如果这次求婚不成功，还会有下一次，下下次。反正，只有你，不会是别人。”

“这段时间我紧锣密鼓地筹备这场婚宴，心里其实很想你，几次偷偷看你。看你每天都过得很充实，行程安排得很满，我就放心了……”

后来得知她在计划出国，他赶忙大力推进日程，总算是在她出国前把请柬送过来了。

周筱悠：“……”

所以还是她的错咯？她没有表现得颓废消沉以泪洗面？他误以为她过得很嗨皮？好吧……她那样也是为了说服自己和告诉别人，她很OK，没有任何人她都可以很OK。

“宝贝儿，你今天在订婚宴上那么配合我，我非常感激感动，现在受这点小惩罚根本不算什么！”卫驰说着，自发将水盆一上一下犹如举铁，但是长时间受力，明显在强撑，手臂青筋暴起，隐隐发颤。

周筱悠轻嗤一声：“行了，这个惩罚可以分批进行，今晚就到这里。我困了，别影响我睡觉。”

卫驰如获大赦，将东西放下，三两步上前，将起身的周筱悠一把抱住，捧住脸蛋就是亲。

“走开啦……谁让你耍流氓了……”

“现在是未婚夫的责任，不履行的话就是我不尽责了……”

他抱着她，哄着她，说着让她脸红心跳的话：“宝贝儿，我太想你了……每天晚上都在想……”

她卸去一身武装，沉溺在温柔乡里。

气吗？很气啊！

爱吗？太爱了！

Chapter 17

一起老去

他这辈子最幸福的事，就是喜欢这个姑娘，且一直一直喜欢下去。

前段时间周筱悠因失恋情绪低落，每次约上曲玥，即便工作繁忙压力很大曲玥也尽量抽出时间陪她。因为她知道，这种时候很难熬，有人陪伴会好很多。

如今小悠的感情尘埃落定，曲玥有更充分的时间和精力投入到工作中了。

新公司雅居地产已经成立，第一个项目在紧密筹划中。

曲玥作为地产新人，这段时间在恶补相关知识。她学习能力很强，尤其身边有陆泽言和褚灵均两位随时可以学习的大咖，成长速度惊人。

但她为事业打拼，难免就疏忽了身边的人。

褚灵均的心情有些矛盾。一方面觉得应该支持她的事业，一方面又因为被冷落而不是滋味。要说赚钱，他的钱真的不少了。但是他知道，这是她的事业追求。

知道归知道，也会有情绪。好比这一天，他为了犒劳她，特地买了菜回来，给她做了一桌精致的美味，每一道菜都是掐着秒表烹饪出来的，可谓精益求精。

可是等一桌菜凉透了，人还没回来。

打电话不是在开会就是在占线……

褚灵均很抓狂，好歹他也是日入斗金的霸道总裁，怎么像是每天守着老婆回家的家庭“煮夫”……他也想过干脆出国出差，让自己也忙起来。比忙，哼，谁还不能把自己的日程表排满！

可是……她已经这么忙了，他再一忙，不得了，那不得一两周都见不上面？对于他这种每天晚上必须要抱在一起睡觉的重度依赖癌晚期患者来说，简直无法想象。

褚灵均在家里心烦意乱地待了几个小时，决定去曲玥公司亲自督促她下班。

新公司的地点在城市新区产业园，褚灵均开到的时候，已经是深夜十点。他一肚子火气，气势汹汹地前往曲玥的总经理办公室。

还没走到门边就听到激烈的讨论声，走近了往里一看，好家伙，办公室里坐满了人，现场开起了临时会议。会议气氛很热烈，大家各抒己见，畅快淋漓。

褚灵均站在门边，目光落在曲玥身上。

这时候的她，是独当一面的大女人，是有气场有魄力的领导者。一颦一笑举手投足都带着独有的魅力，像是一个发光点，能牢牢吸住旁人的目光。

都说认真的女人最美丽，褚灵均也越来越有感触了。

他看着她，她听到好的想法时嘴角不经意浮现笑容，她发表见解时大气自信地侃侃而谈，她双眼里闪烁着睿智又专注的光。他看得心里千回百转，竟然忘了自己的本意是不由分说地把她打包回去。

褚灵均旁听了好一会儿，退到外面的会客室，安静地坐在那里等人。坐在这样一个热情高涨氛围浓厚的环境里，他都不好意思打游戏，索性看起了财经。

一个多小时后，曲玥从办公室出来，这才看到褚灵均。

她惊讶地快步上前，走到褚灵均身边，问：“你怎么来了？什么时候过来的？”

褚灵均波澜不惊，笑：“来接你啊。这么晚回去多不安全。”

“没关系啦，有同事送。”曲玥笑道，笑容里是藏不住的甜蜜和窃喜。

褚灵均哼了声：“被男同事送我更不放心。东西收拾好没有？可以回去了吗？”

“可以，可以，等我几分钟，整理一下就好。”曲玥连连点头。

她回到办公室整理时，助手吴惠在一旁说：“曲总，你男朋友可真贴心，我看他都默默坐了一个多小时了。”

曲玥愕然……他居然有耐心等她那么久。再次出来看到褚灵均时，心里有种说不清的感动。

两人手挽手进了电梯，上车。

褚灵均放着音乐开着车，脸上表情怡然自得，找不到丝毫不满的痕迹。可是曲玥一想到他等她那么久，还是想解释：“现在是特殊情况，项目马上就要面市了，时间紧张，才会加班加到那么晚，以后会好一些的……”

“没关系啊。”褚灵均打开车窗，任由晚风灌进来，笑道，“男人嘛，就该以老婆的事业为重。”

曲玥没忍住笑了：“你怎么这么可爱！”

“还能更可爱一点，要不要？”褚灵均眉眼一挑。

“要！”

褚灵均举起一只手臂，握拳，像韩剧女主角般喊道：“Aza，Aza，Fighting！”

曲玥被逗得不行，开怀大笑，工作一整天的疲惫一扫而空。

褚灵均想到家里的饭菜凉掉了，不想她回去吃剩饭，预约一家私房菜，带曲玥过去吃。两人抵达时，热腾腾的菜肴正好上桌。

一流的景观，一流的菜品，一流的氛围。

曲玥坐在褚灵均对面，有种不真实的感觉。

其实刚从办公室出来看到他，她心里充满了不安。

怕他久等，怕他不耐烦，怕他有意见，怕他一气之下不再支持她工作了……可是，事实与她想的完全背道而驰。

他那么温柔，那么可爱，那么体贴，甚至给了她约会般细心周到的夜晚。

吃到美味的食物时，曲玥胃里很舒服，心里更舒服。

她忍不住软声道："亲爱的，有你真好。"

褚灵均很清楚地看到，她写在眼里挂在脸上的幸福和感激。再想想以前，他因为她工作忙碌跟她发生争吵时，她心里一定很难受吧。

其实并不难，他只要设身处地为她着想，支持她的追求，多给她一些空间让她施展抱负……

怎么能理所当然地要求她时刻以他为重？这一刻，褚灵均豁然开朗，她首先是一个独立的人，然后才是他的女人。他要做她的避风港，而不是金丝笼。

褚灵均扬起唇角，看着她笑："我是陪你一辈子的人，我要不对你好，不支持你，你的日子得有多难过？你嫁我这老公又有何用？"

曲玥眼眶酸涩，微微低下头掩饰。

褚灵均又道："你在外面怎么牛怎么逞强都行，在我这里，你就是我的宝宝。"

曲玥抿着唇笑，没有说话。

语言的分量太轻，无法表达她内心的幸福和感动。

她怕自己一说话，就管不住情绪，把感动变成泪水。

三个月后，雅居公司在万众瞩目中举行了一场新品发布会。前期造势引起了业界广泛关注。发布会这天，超500名主流媒体、自媒体及地产行业内人士集聚一堂。

这场发布会在国际博览中心举行，现场采用高科技立体光影技术，勾勒出绚丽壮美的城市繁华和楼盘规划。高楼平地起，大师执笔，规划先行，园林设计令人惊叹其匠心独具。

这家新成立的公司来势汹汹，用最好的地块打造超一流产品，在场的人热烈议论着，脸上是毫不掩饰的激动和赞叹。

曲玥站在展示台中央，一身优雅合体的西装套裙，妆容淡雅精致，笑容不疾不徐，在万众瞩目下侃侃而谈，介绍地块和产品。几十分钟的讲说，全程脱稿，各种数据信手拈来。

当她站在台上的照片被发到网上后，最美CEO迅速上了热搜。

应对各路媒体提问时，曲玥回答得游刃有余。褚灵均坐在前排看她，心中不免赞叹，不由得骄傲。不过半年时间，她已成长为如此出色的地产公司CEO。她那些创意和想法，他看了都心动。单纯从消费者角度，他很乐意为那样的产品买单。

褚灵均的父母一并到了现场，原本是为了给准媳妇打气，结果被惊艳一脸。

褚母赞叹："以前就觉得她很好看，知书达理有气质，性格温柔脾气好，适合咱们灵均那暴脾气。没想到啊，她这么有能力。"

"咱们儿子的眼光能差？他看什么出错过？挑媳妇自然不在话下。"褚父笑道，"这样也好，两个人一起成长一起拼搏，婚姻更加稳固。哪一天灵均累了，事业受阻了，身边还有能干的老婆相互扶持。"

褚母跟着笑："我还等着抱孙子，希望他们能兼顾好事业和家庭。"

发布会结束的时候，褚灵均刷手机，发现曲玥的照片在网上被疯传……

各个角度正面侧脸全身照，被网友无死角地PO出来，还有一群颜狗喊着要更多。

一丝危机感漫上心头，褚灵均登录他已经荒废到长草的微博账号，从雅居官博转发曲玥的照片，配文：媳妇，我的！

嗅觉敏锐的网友们很快挖出了这条微博。

又很快，开着八卦战斗机的网友们扒出这位是超级有钱的土豪大佬，XXX和XXX知名公司背后都有他的影子。

一群观光群众到他微博下面留言，褚灵均还颇有兴致地回复了多条。

“好的好的，知道是你媳妇，不抢。”

褚：“抢也抢不走。”

“美女果然是属于有钱人的……”

褚：“老婆是有钱人，支持她的事业，等她养我。”

“这是看到老婆上热搜，赶紧出来宣示主权吗？”

褚：“怕被贼惦记。”

“有没有考虑砸钱让媳妇进娱乐圈？这种盛世美颜，可以直接出道了。”

褚：“高贵冷艳CEO人设不崩。”

“你上哪儿找的这么美的媳妇？”

褚：“C城八中发的。”

“哈哈哈哈，你是我见过最接地气的土豪了！”

褚：“壕而不土，谢谢。”

这次发布会开得很成功，无论是现场，还是线上，都引爆了话题量。曲玥无疑是最出彩最亮眼的存在，与精心打造的产品一并引得众人关注。

答谢宴时，褚灵均陪在曲玥身边，心甘情愿当她的背景板和荫蔽树。

曲玥跟人交谈时，褚灵均耐心地陪在一旁，时而贴心地递上饮品。送走一名重要宾客后，曲玥对褚灵均说：“我去洗手间补个妆。”

褚灵均笑：“准奏。”

曲玥啼笑皆非，这活宝，随时都要皮一下。

曲玥穿过人群，一个熟悉的身影不经意进入视线。

她心神一凛，下意识地停住步，去搜寻那个身影……

那个穿着灰色西装的男人……没看错，那个背影，不是徐醒是谁？

他不是在国外潜逃吗？怎么突然出现在这里？

徐醒的身影在朝褚灵均的方向过去……脑海中某根神经猛然绷紧，曲玥顾不上去洗手间了，飞跑过去。差点被高跟鞋绊倒时，她踢掉鞋子狂奔，高喊：“徐醒——”

众人纷纷侧目。

距离几步之遥时，曲玥清楚看到徐醒从口袋里摸出了一把伸缩军刀。

曲玥用尽全力朝褚灵均扑过来，那一瞬间，徐醒疯了般疯狂捅刀子！

现场陷入混乱……

尖叫声，怒喝声，各种嘈杂的声音，充斥着曲玥的耳膜。

她艰难地抬起眼，看到褚灵均惊恐的眼神……他的表情刺痛了她的心，她很想抚摸他的脸，告诉他说，我没事……可她没有了力气，就连呼吸的力气都快没有了，身体越来越虚弱……世界一片天旋地转，嘈杂的声音越来越小，意识不断往深渊滑落……

医院急救室外。

褚灵均和曲玥的家人在揪心地等待着。

徐醒已经被制服，移交相关部门审讯。褚灵均顾不上他了，整颗心都悬在曲玥的安危上……

他知道她不会有事，他很确定，一定不会有事。

可是，眼看着她浑身是血地倒在眼前，这种可怕的冲击，令他六神无主。

周忱看到身旁的姐夫，脸色惨白眼神惶然，安慰他道："你放心，我姐很坚强，她会好好的。"

褚灵均点头，木讷又机械的，点下去抬起来，又点下去抬起来。

"放轻松，没事儿的。"周忱轻轻拍了一下褚灵均的肩膀，发现他浑身紧绷到僵直，像一块铁板。

许久后，医生从急救室出来，褚灵均总算像个正常人，冲上前询问情况。

医生说手术很成功，脱离生命危险，等待病人苏醒。所有人都松了一口气。

褚灵均重新坐在椅子上时，腿都是软的。

周忱拍着他的肩膀，激动道：“我就说吧，我姐很坚强的！没事儿的！”

“嗯……嗯……”他跟着胡乱地点头。

曲玥还没醒，褚灵均就寸步不离地守在床边等她醒来。

周忱陪在医院里，怕他一个人闷着想太多，跟他聊天。

“以前爸妈刚在一起的时候，我很排斥他们，排斥有继母和姐姐……好在那时候姐姐上大学去了，平常没什么接触，我也松了一口气……”

“后来呢？”周忱说着，吸引了褚灵均的注意力，等待下文。

后来……

他被初恋女友欺骗，被最信任的哥们出卖，被老师冤枉，被他爸打骂，人生陷入绝望的谷底，他一气之下离家出走，在网吧浑噩度日。

没有未来，没有希望，什么都没有，混一天是一天，逃避这一切……

直到她在网吧里找到他。

他以为她是来教训他拎他回家的，故意对她视而不见充耳不闻。

可她什么都没说，什么也没问，就在他旁边的位置，跟他一起在网吧泡了几天。他打游戏，她画图做设计，他跟人聊天，她画图做设计，他看电影，她还在画图做设计……

他很暴躁地赶她走，她很平静地说：“如果你喜欢待在这里，我就陪你待着好了。”

“谁要你陪我了！”他又尴尬又恼羞，恨不得砸了她的电脑。

她很认真地看着他，平静又温柔的声音像潺潺流淌的溪流，对他说：“我是你的姐姐。我不陪你，谁来陪你？”

他愣了好一会儿，才恼羞成怒道：“谁的姐姐？老子没你这种便宜姐姐！连我爸都不管我，你少来管我。”

她不怒反笑，看着他说：“便宜姐姐也是姐姐啊，白捡了一个弟弟，更要做一个好姐姐了。还有啊，我没有在管你，我又不是你爸妈，为什么要管你。我是来陪你的。”

“谁稀罕你陪！”他很别扭地嚷道。

但她浑然不在意，依然待在网吧里，就坐在他身边。看他玩了几把游戏后，还让他带她玩。莫名的，他的情绪没有那么消沉烦闷了。

身旁那个一扭头就在的姐姐，话很少，没有苦口婆心的说教，没有盛气凌人的指责，就这么安静地待在旁边。一起吃泡面，一起喝酸奶，目光对视时，她脸上会有温柔又好看的笑。

这个姐姐似乎没有那么讨人嫌……

这个世界似乎也没有那么面目可憎……

后来，周忱率先受不了，这么个大美女待在这种乌烟瘴气的环境里，时不时还有男人觊觎的目光。他把一个试图跟曲玥搭讪的小混混揍了一顿后，拉着曲玥离开。

周忱去学校之前，曲玥把所有生活费都给他了。

他不肯要，她知道他身上没钱了，执意要给。“妈妈每个月给我的生活费不少，我自己在外面还有兼职收入，钱多了也是乱花。你就当是我把钱存在你这里，等你以后有钱了再还给我。”

曲瑛对曲玥是力所能及给她最好的一切，不让她在物质上缺什么少什么。而周国伟对周忱的养育则是很清贫的放养贱养。加上男人比女人心大，不善于表达，关爱之情也不会体现，只有棍棒教育。周忱的少年时期可以用孤苦伶仃来形容。

他常常觉得自己是在这个世界游走的边缘人，甚至有了自暴自弃的心理。

这时候曲玥出现了。

一个没有血缘关系的姐姐，却让他有了跟这个世界的纽带。

从网吧离开后，两人各自回到学校。但自那后，曲玥隔三差五就会给他发消息，每个月会给他补贴零花钱。她的每一句话，他都会很认真地仔细看反复看，虽然回应的很少。

她总说一些让他觉得很可笑的鼓励他学习的话，还会给他买各类教材教辅，有时候发点励志的鸡汤文。

周忱觉得这个老姐挺搞笑的……

可是，从没有被人寄予期望的他，身上突然多了一份关怀和希望。这是一种很特别的感受，特别到他愿意去学习，愿意去努力，想要证明点什么。

后来的一切越来越好。周国伟跟曲瑛在一起后，被管得服服帖帖的，脾气少了很多，耐心多了很多，周忱的日子也好过了。

两个残缺的家庭组合在一起后，这个新家庭越来越有家的味道了。

不是以前那种自生自灭的状态，如今回到家就可以吃上热腾腾的饭菜，生活细节被照顾得妥帖又周到，有一次他直播一晚上嗓子不舒服声带异常，第二天家里就泡上了润喉茶。姐姐每次回来。都要给他带一些吃的穿的用的各种礼物。

人就是这么奇怪的生物。以前他最大的期望就是赚大钱，买一套自己的房子，自由自在地生活。可当他收入越来越高，甚至有两千万签约金的时候，想的不是买套房子搬出去住。而是把钱留给姐姐，让她去发展她的事业。

即便她现在一切顺利，他也想给她买套房子作为陪嫁。

周忱断断续续地跟褚灵均聊着曲玥的事情，说："我姐很坚强，看起来很柔弱，其实很强的。在我见过的人当中，我觉得她的内心是最强大的。"

"嗯。"褚灵均点头应声，周忱的回忆也勾起他的回忆，笑道，"定力尤其强，以前八中校花，追她的人从前门排到后门，就没见她对谁多看一眼。"

周忱八卦之心被勾起，问："你那时候也是众多追求者的一个？"

褚灵均笑了笑，算是默认了。

"姐夫，有句话我不知道当讲不当讲。"

"不当讲就别讲了。"

"……"这姐夫怎么不按套路出牌？

"别，不说我心里憋得慌！"周忱忍不住开启了吐槽模式，"你早干吗去了啊，你跟我姐从高中就是同学，怎么就让那个垃圾徐醒捷足先登了？"

褚灵均脸上笑容渐渐消失，沉默良久后，说：“那时候愚蠢。”

他这么坦荡荡地自黑，周忱倒有点黑不下去了……

术后几天，褚灵均一直待在医院里陪伴曲玥。

起初大家乐观的心态，随着曲玥一直昏迷不醒，又生出忧虑。而褚灵均尤其暴躁，随时随地处于一点就燃的状态。

陆泽言代表公司过来看望曲玥，褚灵均全程黑着脸，没给他好脸色看。

周筱悠和卫驰过来，周筱悠看着昏迷在病床上的曲玥，眼泪扑簌簌直往下掉，被褚灵均骂道：“人还好好的，哭什么哭！又不是哭丧！”

褚灵均父母来看望，顺便劝他回去休息，褚灵均布满血丝的双眼，眼眶通红，不耐烦道：“别那么多废话！她在这儿，我不守着还去哪儿！”

周忱知道他内心的脆弱和不安，宽慰道：“别担心，会好起来的。”

褚灵均哼声：“我知道。”

当曲玥在病床上昏迷一周还没有清醒，医生再一次会诊。

这一次他们不像上次那么乐观了，更不敢保证什么时候一定能醒。

曲玥爸妈蒙了，周忱也蒙了。

周忱看向褚灵均，此刻他反倒异常冷静，说：“不用担心，会好起来的。”

周忱点头：“是。一定会好的。”

周国伟抱住抽泣的曲瑛，轻拍她的肩膀抚慰道：“玥儿吉人自有天相，一定会醒过来……咱们要相信玥儿……”

在大家慌乱无助的时候，褚灵均一反常态地淡定下来。

他不再成天待在医院里，开始着手安排别的事宜。

潜逃在外的徐醒，东躲西藏，日子过得猪狗不如。另一边是曲玥事业步步高升，褚灵均在华尔街大名鼎鼎。他每一天都似万蚁噬心，每一晚都在仇恨中煎熬。昔日的羞辱，加之今日身败名裂，新仇旧恨煎熬的他身陷地狱。

最终他偷渡回国，不惜搭上自己也要同归于尽。

他原本的目标是褚灵均，曲玥冲过来阻挡的瞬间，他又惊又怒。

但，转瞬，下手更狠。

人世间做不了夫妻，那就一起下地狱！

褚灵均去拘押徐醒的地方，周忱要跟着一起去。

两个男人拳脚交加狠揍徐醒。徐醒起初很嚣张地笑："我得不到你也没有……那时候我就说过……曲玥不会属于你……永远不会……"后来，身体痛苦不已，咳着血，笑不出来，连声音都发不出来，只剩下一口气。

褚灵均甩开他，笑："不要死得太早，不然就看不到我们的婚礼了。"

褚灵均不会打死他，那太便宜他了。如今他多重罪名，足够把牢底坐穿。

离开的时候，周忱攥着拳头道："早就想修理他一顿了！这种人千刀万剐都不解气！"

褚灵均坐在车里抽烟，抽了一根又一根，说："这事儿怪我，是我害了你姐。"

周忱："你别自责……谁也想不到他会突然出现……"

"不是。"褚灵均打断他的话，目光看着虚空，像是陷入回忆中。

如果他当时不那么愚蠢……

如果他不那么意气用事……

周忱不明所以，正想问什么，褚灵均拧灭烟头，开车。

"人生是一条不断向前的路，没有岁月可回头。"

"没关系，我喜欢往前看。"

"以后的日子，我会对你姐好，每一天，每一分，每一秒。"

褚灵均一边开车一边说。

周忱坐在副驾驶上，转头看他。

男人硬朗的脸部线条在灯光下被柔化，他的话像是对他说，更像是对自己说。

他身上有一种令人信服的力量。周忱相信他。

幸好。他姐的归宿是这个男人。

一周后，褚灵均做了一件让所有人惊讶的事——直播攀登珠穆朗玛峰。

周忱想要一起，褚灵均没同意，让他在病房照看曲玥，保持通信。

褚灵均带了一个团队，直升机随行，不过这些都是摄像和后勤工作人员，他没有借助任何交通工具，徒步攀登雪山。

第一天很顺利，天公作美，一鼓作气往上。第二天，气候变得恶劣。零下三十多度的严寒，暴风雪肆虐，他在陡峭的岩壁上攀登，即便穿着特质的登山靴也很难踩稳，接连滑倒几次。但他爬起身，仍咬着牙坚持前进。

关注直播的人越来越多……

大家都在屏幕前揪心地看着这个挑战珠峰的男人，为他提心吊胆。

第四天，当天气放晴时，褚灵均顺利登顶。

这时候直播间的人气已空前热烈，无数人翘首以盼最后胜利的时刻。

褚灵均面对镜头，取下帽子，露出了那张脸。

刀削斧凿般的俊美脸孔，引得屏幕前的人惊叫连连。

他转过身，拿过一根登山拐杖，在雪地上写字。随行的工作人员在上面铺洒花瓣。

大家都在好奇，他在写什么呢？

镜头终于移过去——皑皑白雪上，伟岸站立的男人身旁，是五个清晰可见的汉字：曲玥，我爱你。风起，玫瑰花瓣漫天飞舞。

一瞬间弹幕爆炸了。

“我的天，这是攀登珠峰求爱啊？浪漫哭了好吗？”

“要疯要疯要疯……甜炸了啊啊啊啊啊！”

“女主是谁？女主会出现吗？求告知女主！”

“女主快出现！女主快出现！”

“小哥哥帅气又深情，别人家男朋友嘤嘤嘤嘤……”

褚灵均站在镜头前，拿出手机给曲玥打电话。

病房里，周忱接通手机，按下扬声器，放在曲玥枕边。

他自己的手机，同样在密切关注褚灵均的直播。

褚灵均深吸一口气，目光远眺，对手机那端的她说：“曲玥你知道吗，我喜欢叫你白月光。因为你在我心里，就像月光一样，皎洁，珍贵，迷人，不可亵玩。白月光自打照进我心里，已经有十年了。”说到这里，褚灵均自嘲地笑了笑，“嗯，之前死要面子，不好意思承认……”

“认识你以前，我有很多想去的地方，有很多想做的事，还有很多不切实际的想法和冲动……认识你以后，我走的每一段路，去的每一个地方，都因为没有你在，变得平淡无趣。所有的冲动和冒险，变成千方百计想跟你在一起。”

“现在我一点都不怕丢脸了，我要站在世界之巅告诉所有人，曲玥，我喜欢你。”

“曲玥，我特别喜欢你，我喜欢你十年了。我一直一直，从来没有停止过喜欢你。从第一次你撞进我怀里，我就沦陷了。那时候你不喜欢我，你看我不顺眼，单恋的滋味真不好受啊，我每天晚上都跟自己说再也不喜欢你了，可是到了第二天，又重新喜欢你一次。一眨眼过了这么多年，这是第3650次喜欢你了。”

褚灵均顿了顿，深呼吸，说：“所以，你愿意嫁给那么喜欢你的我吗？以后我还会一直喜欢下去，直到生命终结的那天。”

直播间里沸腾一片，所有人都在疯狂刷屏，激动的迷妹们热泪盈眶。

“答应他答应他答应他……”

“快答应他啊，求求你了女主……”

“女主快答应他吧……小哥哥太痴情了……”

“女主上辈子拯救了银河系，这辈子才有这么帅气浪漫深情的小哥哥……”

“小哥哥都快哭了，女主答应他啊答应他啊答应他啊！”

“感动死了……我又相信爱情了……”

良久，手机那端一片寂静。

周忱坐在病床边，仰起脸看天，不让湿润的眼眶掉出泪来。

褚灵均笑了笑，说：“你不说话，我就当你是默认了。我知道，你是害羞的宝宝。没关系，我能读懂你的心。”

就算以后，你永远不能说话，不能表达，也没关系，我都懂。

褚灵均问：“等我回去，我们就筹备婚礼好不好？”

“好……”一丝极其微弱的声音，若有似无地飘过来。

褚灵均瞳孔骤缩，手指将手机攥得死紧，一颗心疯狂跳动，激动得口齿不清：“你……你在说话吗……说……说什么……”

病房里，周忱激动得差点从椅子上跳起来，因为他看到她姐的眼睫毛在不停颤抖，嘴巴也在动……

她很努力地再次说：“好……”

我要嫁给你，我要做你的新娘，我要继续被你喜欢下去……

我不想就这么躺在病床上，我还有一辈子要交给你……

“医生！医生！快来看我姐！……她醒了！有反应了！”周忱激动地冲出病房叫医生。

再次回到病房时，拿起手机，激动地对那头的褚灵均说：“她醒了，真的醒了，有反应了，刚才在跟你说话，她在说好你听到了吗？听到没有？”

褚灵均直直往后仰，倒在雪地上，手掌盖在脸上，哽着喉咙哑声道：“听到了……”

他就知道，她怎么舍得对他不闻不问……

怎么舍得，任由他独自在人间飘荡……

怎么舍得，让他再也看不到她的笑……

半年后。

曲玥和周筱悠这对好闺蜜，约在同一天同一个地方一起举行婚礼，好事成双。

婚礼当天早上，化妆师过来给曲玥和周筱悠化新娘妆换婚纱。一切准备妥当后，周筱悠挥退化妆师和闲杂人等，只留自己和曲玥在房里，悄悄道："咱们开溜吧。"

"什么？"曲玥怀疑她听错了。

"不能让他们这么顺利就娶到媳妇啊，没有困难也要制造困难上。"

曲玥哭笑不得："为什么要制造困难……"

"当初卫驰悄悄办订婚宴把我耍得那么惨，我现在也就小小的回报而已。"周筱悠哼声，抓着曲玥的手臂说："拜托了拜托了，结婚一辈子就这么一次，你陪我刺激一回！"

"那万一他们找不到我们怎么办？"

"简单啊，留下线索呗。"

于是，离经叛道的周筱悠带着曲玥疯狂了一次。

两人留下字条，趁着众人不注意，神不知鬼不觉地开车走了。

等褚灵均和卫驰两人率领浩浩荡荡的伴郎团过来接亲时，一路过五关斩六将，终于到了最后一扇门，推开，空空如也。

两个原本意气风发的男人，脸色齐齐发白。

"之前还在的啊，人去哪儿了……"

"好像是说去买什么东西了。"

"哎呀我都记不清了……一眨眼的工夫，去哪儿了啊……"

"快快，电话联系……"

"电话打不通啊……两个人的电话都打不通……"

众人七嘴八舌，现场乱成一锅粥。

褚灵均走入房中，看到放在梳妆台上的一张纸，上面有一行清秀的字迹。

他一看就知道是曲玥写的。

“我在原点等你。”

褚灵均脑子里电光火石，跟卫驰说：“别紧张，她们在跟我们开玩笑。你看，这是曲玥留给我的话。”

卫驰抓过去看了半天，一脸茫然地问：“什么意思？”然后他翻箱倒柜地找纸条，道：“怎么没有小悠留下来的？这丫头就不给我提示吗？”

“他们俩应该是在一起的，走吧。”事不宜迟，褚灵均立马拉起卫驰出发。

褚灵均上车后，一路狂奔，把车子开到八中。

停好车，他去曾经那栋教学楼。

正值节假日，学校放假，教学楼里空无一人。

卫驰丈二和尚摸不着头脑，跟着褚灵均转悠。他对这所学校并不熟悉，此时心急火燎地找新娘，也没心思欣赏褚灵均的母校，连连追问：“你确定他们在这里？学校这么大，怎么找啊？你没搞错地方吧？”

褚灵均飒沓流星，胸有成竹地前行。过去十年了，学校有的教学楼已经改建，班级次序也都改变了。但褚灵均清楚记得，他转学第一学期，在哪栋楼哪个教室。

还没靠近，褚灵均就看到那个教室门开着。

他心中一喜，快步上前，跑进教室里。

整整齐齐的桌椅，空无一人。转头一看，黑板上用粉笔写着几行字。

“褚灵均是个大笨蛋！”

“大笨蛋以前只知道欺负喜欢的女孩！”

“女孩现在超喜欢那个大笨蛋，要嫁给他了！”

褚灵均愣愣地看着黑板，傻傻地笑起来。

就在这时候，上课铃声响起，响彻校园。

褚灵均走出教室，来到走廊，眼前人影一晃，撞上他胸口，馨香满怀。

怀里的人抬起头看他，笑了。

这一瞬间，十年前的女孩和十年后的女人重叠出现在他眼前。

他仿佛又是那个情窦初开的少年，整颗心跳得不像话！

“我说你这个也太简单了吧，他们这么快就过来了，没意思。下一站得我出题！”身后的周筱悠愤愤道。

原本在走廊另一端闷闷抽烟的卫驰，看到周筱悠，心中一喜，快步走来。

“站住！”周筱悠喝道。

“我的宝贝儿啊，我的小乖乖小可爱，咱们别闹了好吗？今天可是结婚的大喜日子呀。”卫驰柔声哄道，这半年他已经被驯化为很标准的老婆奴了。

“你想得美！”周筱悠朝他做个鬼脸，抓住曲玥的手，把她从褚灵均怀里拉出来，“走了走了，下一站我出谜题。”

“周筱悠，你别闹行不行？”褚灵均的少男心被打断，很不爽地说。

周筱悠不由分说，拉着曲玥就跑，边跑边说：“想娶老婆，就凭实力来追呀！”

卫驰和褚灵均无可奈何地跟在后面。

周筱悠把曲玥拉上车，两位男士正要上车，她一踩油门，车子狂飙而出。

卫驰：“……”

褚灵均：“……！！！”

两个男人对视半晌，褚灵均怒道：“你老婆就是个坑货！”

卫驰怼回去：“我乐意被坑，怎么着？”

两人无奈上车，车子开出校园后，没有目的地了。

这一次，褚灵均也没辙了。

卫驰说：“她说这一次由她出题，她肯定会给我提示的。”

话刚落音，他手机提示音响起。他一脸激动，抓着褚灵均胳膊：“我就说吧……”

“说个屁啊！”褚灵均的注意力根本不在他身上，而是道路一侧的人行道旁，站在树下的女人。他急急催促："快开车门！"

卫驰把车门打开，褚灵均飞快跑下车，冲向曲玥。

曲玥站在原地，笑吟吟看他。

他拉近最后一丝距离，将她紧紧抱入怀中。

半晌，他才缓和下来激动的情绪，问："怎么没跟周筱悠在一起？"

曲玥依偎在他怀里，说："不舍得再让你追了。"

她仰起脸，看着他的眼睛说："你追了我十年，多累呀。"

"不累不累……能娶你做老婆一点都不累。"褚灵均连连摇头，边说边笑，笑容透着激动带着傻。

曲玥看着他笑，声音轻柔且郑重："以后，无论什么时候，发生什么事，我都会站在你身边，等你，陪你。"

褚灵均低下头，与她额头相抵。

阳光漫洒，微风和煦。

他搂着他心爱的姑娘笑。

他这辈子最幸福的事，就是喜欢这个姑娘，且一直一直喜欢下去。

直到白发苍苍，直到身形佝偻，彼此还能手牵着手，聊着过往的小事，细数眼底的情意。

Extra 一 我多喜欢你，你不会知道

高考结束，曲玥紧绷了一年的神经终于放松。

毕业季的聚会多到应接不暇，曲玥常常在各种场合里遇到褚灵均。如今心情放松，不像考前避他如蛇蝎，打照面时会点头微笑。

同学们围桌而坐，气氛欢腾。重点班的尖子生们，考得大多不错，发挥稍差也不影响读重本。总的来说，苦日子结束了，新生活就要来临，众人欢声笑语，指点江山，对未来充满期待。

有人问："曲玥，你报的哪个学校啊？"

曲玥还没开口，就有人抢着帮她答："C大！曲神一直很稳，上C大妥妥的！"

接着又有人吆喝："咱们班男生还有谁报C大的啊，高中不能早恋的校花，大学可以放心大胆地追了哟。"

有人得意地笑："嘿嘿嘿我就是C大！校花以后多多关照！"

有人一脸愤慨："不早说，我要找王老师把志愿表要回来重填！"

一贯张扬嚣张的褚灵均，在这四下欢腾的氛围里反倒沉默得不

像话。

但他的气场和存在感，即便一声不吭也是不容忽视的存在，很快有人把话题引到他身上。

“褚霸王报的哪个学校？一大帮迷妹们都关心着呢。”

“霸王去国外念书，不跟你们这帮土货混了。”

“人家霸王高考前就拿到录取通知书啦。”

曲玥闻言并不吃惊，倒觉得是意料之中。以褚灵均的文化课成绩，在国内最多读个普通二本，但凭借他的综合素质和家族实力，去国外应该能念顶尖学府。

一想到未来天各一方，人生道路南辕北辙，可能再也不会有交集，曲玥看他也没那么不顺眼了，甚至，在这举杯道别的毕业季，生出些离别的感伤。

聚会到了后半场，同学们逐个与人碰杯，现场嬉闹又混乱。

褚灵均到曲玥跟前时，曲玥忙拿起酒杯，与他相碰，客气地寒暄：“什么时候走？”

“……不清楚。”褚灵均含糊的应声，如鲠在喉。

出国念书是父母早就为他规划好的人生，他也默认了。可是这一刻，分别在即，他的心情却难受得不能自已。这两年单恋时光虽然也有苦闷和不爽的时候，可每天都能看到她啊，每天都能跟她说上话，每天都能再次喜欢上她。有苦有乐，有孤独也有陪伴。

可是出国意味着什么？很长时间里看不到她的人，听不到她的声音，彼此完全活在两个世界里。她的大学生活必将缤纷多彩，一群追逐的狂蜂浪蝶里总有幸运儿成为她男朋友。而他独自在异国飘零，饱受思念的苦楚煎熬。

就这么放弃，甘心吗？就这么远走，舍得吗？

对上曲玥笑容的瞬间，褚灵均听到自己内心的声音，不能走。

褚灵均跟父母摊牌，表示要复读一年考C大。

家族里炸开了锅。没人能理解褚灵均的选择。是，C大是不错，国内一流学府。可是他要学的金融，再怎么样都比不过国外顶尖商学院。无论硬实力还是软实力，资源还是人脉，不是一个量级。更何况，在那边毕业了直接进华尔街历练，各方面条件成熟，举重若轻。

家族里的人轮番跟他谈心，试图开导他。那边一切都准备好了，为什么要浪费一年时间去考C大？

褚灵均从来不会任人主导，他打定主意的事情，谁都改变不了。

面对众人的质疑，他直接撕掉录取通知书，云淡风轻地说："我热爱祖国，国外水土不服，不爱去。"

褚老爷子思忖之后说："好，也好……难得灵均一腔爱国情怀……"

复读的事情就这么定下来了，或者说，他不肯去国外就读，家里人没办法绑着他去。

又一次同学聚会时，曲玥听到旁人八卦褚灵均——

"你们知道吗，褚霸霸要复读！"

"不是吧？无法理解啊，为什么不去国外，再熬一年炼狱般的高三？"

"他不是学渣吗，干吗自找罪受？明明家里那么有钱，何必千军万马挤独木桥？"

"想破脑袋都想不通……"

"我听说是因为不喜欢国外，想考个国内的名校……"

大家议论得热火朝天时，曲玥没有插话，心里暗暗惊讶。

没两天，她在学校操场上偶遇褚灵均。或者说，他特地在这里蹲守她。

"好巧啊。"他云淡风轻地跟她打招呼。

曲玥微笑："巧。"

以前两个人关系僵硬，有曲玥的心理因素在，她学业压力太大了，抗拒一切让她分神分心的人事物。褚灵均带着危险的侵略性，是个招惹麻烦的人，她只想远远避开。如今高考结束，心态轻松，再面对褚灵均也没有那么排斥了，还能微笑寒暄。

想到之前同学们聊到的八卦，她问道："听说你要复读？"

"嗯。"他守在这儿就是想跟她说这事。

"为什么呀？"她不解的问。

为了你呀！褚灵均在心里回答，但嘴上说："国外待不惯，不想去。"

"那也不用复读啊，报其他学校来不及了吗？"

褚灵均呵呵："就我这分数，你读C大，我读C大青鸟吗？"

曲玥扯扯唇，差点笑出来。原来这家伙还会冷幽默。

"就我这智商，稍微努努力，考个C大没问题。"

"嗯。加油！"曲玥由衷道。放弃国外的名校选择复读高三，这得多有魄力和勇气，这一刻曲玥是真心佩服他。

褚灵均勾起唇角，笑容隐隐浮现。

就这样，多好，还能看她笑，还能面对面说话。

这个城市里有她，有他的牵挂和快乐，还去什么国外！

褚灵均复读的事情就这么定下来了。曲玥前往C大报到开启大学生涯时，褚灵均进入高三尖子班，为了C大而奋斗。

曾经吊儿郎当不学无术的他，新学期一反常态地认真，认真到那些认识他的老师们都不习惯了。以前一起厮混的哥们好不容易熬到毕业，各自海阔天空去了。虽然褚霸霸威名远播，低年级的小弟们纷纷来找，但他已然是两耳不闻窗外事一心只读圣贤书。

对于酒肉朋友和打架搞事的，褚灵均一律谢绝。曾经耍帅扮酷独领风骚的他，如今低调得仿佛不存在。众人道他这是大彻大悟洗心革面了，只有他自己知道，那个姑娘不在了，风头出给谁看？没劲。没劲透了。

随着一个月一次的月考，褚灵均成绩稳步上升，每次月考后的年级排名不断往上蹿。

一学期过去，期末放榜，他位列全年级第八名。

曾经的校霸褚灵均，摇身一变成为学霸。这奇迹般的转型，所有人惊叹不已。

身处光环中心的褚灵均日子倒是过得风平浪静。

他唯一的盼头就是早日高考，早日去C大跟白月光会合。

春节期间，褚灵均在教师大院附近徘徊，想跟曲玥制造一场偶遇。几天没等到人影，才知道他们一家人出外度假去了。

整个春节都无精打采的褚灵均，新学期伊始，果断前往C大。

他辗转寻觅，找到曲玥宿舍楼下，正想着怎么把她叫下来顺其自然地打招呼，远远看到高挑靓丽的身影走来。

白月光！朝思暮想的白月光啊！

褚灵均浑身紧张手足无措，手从裤兜里拿出来又插进去，舔舔唇，顺了顺头发，清了下嗓子。他从路的这端往那边走，手里拿着手机边走边看，佯装漫不经心。

距离越来越近，他的心跳越来越快，就等她惊讶又惊喜地喊住他。

两人擦肩而过……而过……过……

就这么过了……

褚灵均愣在原地，再转头，曲玥跟身旁室友有说有笑地走远。

我……

这么一个惊天地泣鬼神的大帅哥从身边走过，你都看不到吗？白月光你是不是瞎啊？！

褚灵均好气，他尾随在曲玥身后，气急败坏地想现在该怎么办，该不该追上去打招呼？

没有引起白月光注意的他，倒是吸引了沿途其他女生，有大胆的女生过来搭讪，褚灵均不胜其烦，不爽道："闪开！老子是你能要电话的人吗？"

褚灵均凶神恶煞的模样，女生吓得话都不敢多说一句，委屈地跑远了。

褚灵均一路跟着曲玥，直到阶梯教室。

这是一堂选修课，大教室里坐了上百人，都是各个班级的人，彼此并不熟悉。曲玥拜托了同学提前占座，褚灵均只能坐在后排的角落。

他望着曲玥的背影，突然间心绪涌动，眼眶都有点酸涩了。

他向身边的人借了一个本子，撕下一张纸，揉成一团，朝曲玥扔过去。

第二个纸团砸上后背时，曲玥有所察觉，扭过头往后看。

黑压压一片的脑袋，根本看不出谁在扔她。当她回头时，那些视线相接的人都对她笑，笑容格外热烈。曲玥有点尴尬，回过头继续上课。

本以为上大学会比较轻松的曲玥，因为美貌太出挑，身边有狂蜂浪蝶环绕不说，还容易招人非议，一个不小心就落人话柄。所谓树大招风，不过如此了。她如今跟高中一样，低调安静，潜心学业，社团聚会之类的活动除非官方组织一般不参与。

褚灵均默默陪着曲玥上了一堂大课，课间时看到那些对她献殷勤的男生，气得牙痒痒。让他倍感欣慰的是，白月光还是那么高冷，对异性礼貌又疏远。

由于曲玥身边一直有朋友作伴，褚灵均没找到合适的时机和合适的理由去打招呼，最终作罢。

来这一趟，一饱眼福也值了。

下学期褚灵均更加刻苦发奋，成绩已经遥遥领先也不敢放松。

万一高考太紧张发挥失常怎么办？为了确保万无一失，只有努力变得更强，强到即便发挥不好也能绰绰有余地上C大。

高考前一天学校放假，让大家放松心情。

褚灵均再次前往C大。有了前车之鉴，他不再装模作样，简单干脆地给她打电话，把她叫下来。

炎炎夏日，曲玥穿着一袭淡绿色连衣裙，仿佛带着凉爽的清风，款款走到他跟前。

千言万语卡在喉咙里，褚灵均失了声，像个傻子般不知道该说什么。倒是曲玥先开口："你不是明天要高考吗？怎么到这里来了？"

褚灵均慢慢找回自己的理智，回道："过来放松心情，想到你也在，就把你叫出来了。"

曲玥很理解这种考前的焦虑心情，贴心地问："你对校园熟悉吗？要不我陪你走走？"

褚灵均求之不得，心里小人高兴得旋转跳跃劈叉，脸上不动声色，淡淡道："可以啊。"

两人绕着林荫大道走了一圈，曲玥边走边介绍学校里那些有悠久文化的东西，褚灵均听得津津有味。末了她还请他吃了一顿饭，鼓励他："就当是平常考试，不要有心理负担。"

褚灵均沉浸在她的温声软语里，没有喝酒，人已经醉了，走路仿佛飘在半天云上。

夕阳西下时，褚灵均依依不舍返程。

接连两天高强度考试，结束后，褚灵均第一件事不是蒙头大睡也不是出去大醉，而是给曲玥打了个电话。

"考完了。"

"嗯，还不错吧？"曲玥听到他轻松的语气，放心地问道。

"还行吧，考个国内top2没问题。"他云淡风轻地装着。曾经的学渣，悬梁刺股苦读一年逆袭成学霸，怎么也得在姑娘跟前嘚瑟一把。

"哇，厉害了，恭喜恭喜！"曲玥由衷佩服。当初做同学时，成绩全班吊车尾，如今能在年级名列前茅，这不是靠勤奋就能做到的事情，还得有极高的天赋。

"昨天你对我的疏导起了作用，今天临场发挥不错，我得请你吃个饭感谢你。"

"好啊。"曲玥欣然应声。一是打心底为他高兴，二是现在两人相处轻松多了，她不再刻意避着他。

褚灵均放下手机，打开音响，跳起了社会摇。

端着水果送到房间里来的佣人，看到少爷这兴奋到疯癫的模样，默默放下东西走了。

可怜的少爷，总算是把这一年熬完了。再这么下去怕是精神都要不正常。

曲玥跟褚灵均一起吃饭的时候，问他打算报什么学校，褚灵均为了给她一个意外惊喜，卖关子说还没想好，到时候再考虑。曲玥也没有继续追问。

成绩出来后，褚灵均的分数不负众望遥遥领先，成为全市理科高考状元，全国名校随便挑。

褚老爷子可高兴了，这兴奋劲儿不亚于自己被奖励军功章。褚父倒是见怪不怪，自己儿子自己了解，就那聪明劲儿，只要肯学，必然是出类拔萃。不过在填报志愿时，褚灵均选C大，出乎所有人意料。

C大虽然也是鼎鼎大名，但比起TOP2还有差距。吃苦受累一年，难道不是为了最顶尖的学府吗？褚灵均对大家的建议坚定地说不，他就是要读C大。

又到一年新生入学季，曲玥作为社团的一员，而且是门面担当，被力邀前往招新处撑场子。

当几辆炫酷的跑车出现在校园里时，随着飞扬的尘土，是大家沸腾的心情。顶级跑车，奢华的阵势像是某个超跑俱乐部过来兜风，瞬间吸引了所有人的目光。

旁边的人都在七嘴八舌地议论，曲玥抬头扫了一眼后就低头做自己的事情。

她没有看到，从车上走下的人。

褚灵均清爽的白T恤搭配磨白牛仔裤，短发根根竖起，脸上戴着一副茶色太阳镜。

打扮清爽简单，又格外帅气逼人，且气场强大。

女孩子们都在看他，他径自走向曲玥，直到在她桌子前停下。

骤然成为人群焦点的曲玥，后知后觉抬起头。

褚灵均抬手，将墨镜往上移，双眼没有任何阻碍地，直直看着曲玥，笑：“学姐，你好。”

曲玥惊讶地看着他，努力消化道：“报了C大？”

他可是高考状元啊，比她去年的成绩好多了，C大怕是有点屈才了吧？

褚灵均说：“这里近点，清北太远了，不爱去。”

不爱去……去年国外留学也是不爱去。

以前曲玥对他的感慨是，有钱，任性。

如今对他的感慨是，有实力，任性。

褚灵均成为C大新生后，有足够的理由去约曲玥了。对环境不熟，跟班里的人不熟，不知道去哪买东西，每件事都可以找上曲玥作陪。

每每他跟曲玥走在一起时，会成为一道亮丽的校园风景线。褚灵均面上不动声色，心里偷偷美着呢。苦读一年，就是为了跟白月光并肩走在校园里。值了，太值了。

两人的关系随着互动频繁越来越融洽，不知不觉间，曲玥把褚灵均当成朋友了。

虽然以前高中同班时有过不愉快的回忆，但毕竟都过去了，如今在大学里又是校友也是缘分。而且她很佩服褚灵均的智商，心里隐隐有着崇拜之情，这种光环让她更愿意跟褚灵均来往。

曲玥学习之余兼职做家教，有一天晚上回来时被几个混混缠上。她第一时间拨通了褚灵均的电话。幸而距离校园不远，褚灵均飞速赶过来。

他霸道地搂住曲玥，跟那三人对峙：“谁敢动我女人？”

曲玥脸色微红，垂下眼睑。

几个混混不信邪，出言挑衅，褚灵均二话不说跟人干架，曾经八中校霸可不是浪得虚名，一个撂倒三个，那几人骂骂咧咧逃走还让褚灵均等着。

曲玥拿出纸巾替褚灵均擦拭脸上的血迹，虽然他打跑了他们自己也受了轻伤。

“对不起，这么晚把你叫出来，还害你挨了打……”曲玥很愧疚地说。

“说什么对不起啊，帮你是应该的。你想到找我是对的，只有我能撂倒这些混蛋。”

高中时只能暗中默默英雄救美还生怕招人烦的褚灵均，这回终于光明正大地当了一回英勇的骑士，心里别提多美了，怎么会害怕受伤。

经过这次事后，两人关系更近一步。

褚灵均心花怒放，曲玥却受到诸多八卦的困扰。

她刚进校时曾因为校花评比声名大噪，后来刻意低调才逐渐淡出大家的视线。可褚灵均就不一样了，他高调的气场藏都藏不住。当然，他也不必藏，他是走哪儿都自带聚光灯效果的人。传闻学校里至少有一半女生迷恋他。

当曲玥和褚灵均走在一起时，那效果……没多久全校都在传曲玥是褚灵均女朋友。

曲玥几乎每天都会被身边的同学朋友盘问她和褚灵均的关系， 她无奈地解释：“只是普通朋友，因为我们是高中同学，比较熟悉一点。”

大家将信将疑，暧昧地笑：“那么帅气的小哥哥，你就不心动吗？”

心动……没有。或许某些瞬间发现他真的很帅，还挺有意思的，但她潜意识里把自己跟褚灵均划为两个世界的人，即便现在关系融洽成为朋友，也不是能心动的对象。

曲玥没想到，就连跟褚灵均做朋友都不得安宁。

有一天从实验室出来，她被几个一看就不好惹的女孩围住。

“你跟褚灵均只是朋友，对吧？”为首的女孩冷冷打量她，仿佛在看一件货品。

曲玥不想回答，碍于做人的基本准则，还是点头："是。"

"哦，那我告诉你，他是我的人。"说着，女孩拿出手机，点开相册，在曲玥跟前翻了几张照片。有一张是褚灵均趴在键盘上睡觉，她坐在旁边挨着他，比着剪刀手，笑靥如花。

曲玥扫了一眼，便移开目光。

女孩嚣张跋扈地说："我可告诉你了，别仗着自己好看就插足别人感情做小三。惹毛了我，不会让你好过。"

女孩说完，重重推了她一下，带着那帮姐妹扬长离去。

曲玥转过身，看着她们的背影说："嘴皮子一张一合就可以颠倒是非黑白吗？我和褚灵均是清清白白的朋友。你要是他女朋友，看我不顺眼，很简单，你让他跟我断绝往来，我绝无二话。做不到就不要来找我耀武扬威。"说完，大步离去。

她性格安静不喜欢惹是生非，但不是懦弱，不容许他人污蔑诋毁。

这天褚灵均约曲玥陪他去书店选教材，曲玥原本想拒绝，最近流言蜚语太多了，该拉开距离。可褚灵均言辞之恳切，态度之积极，加上他之前救过她，她实在不好意思拒绝。正好，趁着这次把话说清楚，如果他有女朋友就该保持距离，不要再找她作伴了。

两人约在校外那家奶茶店门口。褚灵均提前订了两张电影票，按照他的计划一起选了书之后再找个借口看电影。他浑然不觉有人在曲玥那里作妖。

可天公不作美，才出门就遇到倾盆大雨，他唯恐曲玥不来了，赶忙给她发信息："我就到了，等你哟。"

手机刚放下，褚灵均被一群人围住。

为首的几个人就是上次被他打跑的，这是掐着点报仇来了。

大雨倾盆，路上行人匆匆躲避，褚灵均被他们围堵在小路上……

曲玥到了茶奶店门口，等了半晌，不见褚灵均的人，给他发信息：

“我到了，没看到你呀？”

没有回应。曲玥继续等待。

过了半个小时，雨越下越大，没有丝毫减缓之势。曲玥给褚灵均打电话，没人接。

手机铃声持续不断响起，躺在泥泞里的褚灵均努力地想要掀开眼皮，浑身拿不出一丝力气，脸上的血被雨水冲刷，伤口被刺激得凛冽生疼。

明明眼皮都撑不开了，他还是握住了手机，他知道这一定是她打来的电话……

还没按下通话键，大脑一沉，昏过去了。

曲玥独自站在屋檐下，看着密不透风的雨幕，继续等待。

如果有事不来了，会说一声吧？像这样临时联系不上，会不会出什么意外？曲玥越想越忐忑，撑着伞在雨中漫无目的地寻找，边找边打电话，始终是无人接听。

想联系他身边的同学，却发现没接触过他的朋友圈，没有其他人的联系方式。

天渐渐黑下来，雨势丝毫没有减缓之势，曲玥只得回了宿舍。

心情有一丝低落，又有一丝担忧，她忍不住继续给褚灵均打电话，还是没人接。

室友看她那坐立不安的样子，问她：“怎么了？发生什么事了？”

“我跟褚灵均约好了一起逛书店，等了很久都不见人，现在也联系不上，很担心他……”

室友们全都一副了然的神情。

其中关系较好的陈琳道：“你别嘴上说着朋友朋友，其实对他动心了吧？”

曲玥立马摇头：“不是，别乱说。”

“一般女孩子去赴约，等了一会儿不见人就气走了，你看你在雨里傻等那么久，回头还担心他的安危……这不就是陷入爱情里的智商吗？

朗朗乾坤下，他一个大男人，能出什么事情？”

又一人劝道：“别想多了，他可能就是有事儿去了，来不及跟你打招呼。”

“玥玥，褚灵均有没有跟你表白过？”陈琳好奇地问。

“说了我们是老同学，就是朋友之间的交情，怎么扯上表白了。”

“那你可注意点，别自己陷进去了啊……褚灵均那种招人的男生，你这种性格怕是HOLD不住。”

曲玥等了一晚上，始终没等到褚灵均的短信或者电话回音。

第二天，到底还是放心不下，又打了一个电话过去，这一次有人接了。不过不是褚灵均，陌生的严肃的男性声音对她说，褚少正在忙不方便接电话。

曲玥挂了电话，没再联系褚灵均。

而这时的褚灵均，正躺在病床上，接受治疗。

那晚被混混用刀划伤了脸，从脸颊到下巴留下一道很深的伤口……

原本帅气清隽的脸庞因为这一道疤，倍显凶悍凌厉。

醒来后的褚灵均无法接受这个事实，他一想到曲玥看到他这张有疤痕的脸可能会害怕，就极度焦灼。可他再怎么辗转治疗，也只是让疤痕变浅，无法恢复如初。

这期间曲玥照常学习生活，褚灵均很长一段时间没联系她了。那次之后，没有再回电话或信息。或许是因为那位女朋友，跟她断绝往来吧。

曲玥这么想着，很识趣地没再联系他。

起初有些不习惯，毕竟前阵子还是朋友。渐渐也就好了，从来没有把两人融合在一起，也没有多余的心思，朋友聚散离合都是缘分。关系剑拔弩张，或者相处融洽，或者彼此冷淡……都是会发生的。

曲玥再次见到褚灵均，已经是几个月之后的事情了，而且是他带人不分青红皂白地殴打徐醒。

事后，褚灵均给她发短信，约她出来见面。曲玥没有理会。

元旦那天，徐醒约曲玥去看电影，曲玥才下宿舍楼被褚灵均堵住。

曲玥这一次才清楚看到他脸侧的痕迹，目光停留了几秒，褚灵均别扭的避开，斥道：“看什么看，不小心摔了。”

不等她回应，他又说：“就算多了一道疤，哥哥我还是玉树临风帅气逼人。”

这一点曲玥承认，即便脸侧多了一道疤也不影响他的帅气，倒是多了几分强悍的气势，让他气场更压人了。

曲玥问：“你找我有事吗？”

“过节闲得慌，陪我一起去看个电影呗。”褚灵均状似漫不经心地说。但其实，在大白天这么走到她眼前发出邀约，已经鼓足了勇气。

“不好意思，我已经约了人。”

曲玥声音平淡，却仿佛惊雷在褚灵均头顶炸开。

“谁？你约了谁啊？”他盯着她问。心里太难受，脸上表情都变狰狞了。

曲玥不由得退后两步，这仿佛又是高中那个喜怒无常张狂跋扈的霸王了。她淡淡道：“时间很赶，我先走了。”转身，急匆匆离去。

褚灵均怔在原地。

谁？又是徐醒吗？

褚灵均心头憋着一股气，无法消散。

他再次找到了徐醒，哪知道徐醒油盐不进，且句句带刺。

“你以为有钱就了不起？有钱就能为所欲为？不好意思，钱买不到人心。”

“曲玥她不喜欢你，她看不起你，就算没有我徐醒，她也不会看上你。”

“大少爷，醒醒吧，再有钱你也买不到曲玥，人不是商品。她不喜欢你就是不喜欢你。”

褚灵均彻底被激怒，本身就是个暴脾气，涉及到曲玥更是触他的逆鳞。他疯了般发泄内心的痛苦和愤怒。

徐醒挨打时不忘拨通曲玥的电话，褚灵均那些骂骂咧咧的脏话全都通过听筒传到曲玥这边。当她赶到现场时，徐醒狼狈不堪地滚在地面上，快要奄奄一息。

曲玥护住他，拉扯褚灵均："干什么，你要打死人吗？"

"走开！老子今天就要打死这孙子！"褚灵均红着眼喝道。

"褚灵均你够了没有？你这样让人觉得很恶心！啊……"

一声短促的痛呼，曲玥下巴出现一块淤青。

褚灵均发现自己不小心把拳头招呼在她身上，吓得愣住。

曲玥倔强地跟他对视。

这一刻，褚灵均痛苦到极点，反觉得一切都没意思了。

他转身离去，越走越远，走着走着，一路狂奔，边跑边叫，声音沙哑崩溃。

褚灵均一夜无眠，坐在操场长椅上发呆。这种痛苦绵绵不绝，并没有随着时间流逝而减缓，反而每一分每一秒都在加剧，不停扭绞着他的心脏。

他只是喜欢她，为什么要这么痛苦？

那就不喜欢了吧。她讨厌他，她恶心他，她不可能喜欢他，这是注定没有回应的感情，为什么还要继续喜欢？她从高中时就不喜欢他，无论他多么竭尽全力，哪怕想让她的目光多停留几秒钟，都是徒劳。

不要喜欢了。这种喜欢太痛苦，放弃吧。

褚灵均不停说服自己，可是越这么想竟然越难过，痛苦没有丝毫减缓。要剥离那种喜欢，仿佛要剥离灵魂。

浑浑噩噩过了一晚上，终于熬到了天亮。

天光亮起，周围活动的人多起来。褚灵均站起身，莫名其妙地，不由自主地，走到了曲玥宿舍楼下。

他守在一棵大树下，看到她和室友一起出来。

迎着晨曦，她浅浅的笑容，明亮的双眼，瞬间照亮了他晦暗无序的世界。

那一刻，痛苦一晚上坚决不要再喜欢她的褚灵均，又一次，喜欢上她。

我有多喜欢你，你会知道吗？

你不会知道。但是没关系，只要你还在，我就会一直喜欢下去。